小書痴的下剋上

為了成為圖書管理員不擇手段！

第一部 士兵的女兒II

香月美夜——著
椎名優 繪　許金玉 譯

本好きの下剋上
司書になるためには
手段を選んでいられません
第一部 兵士の娘II

奇爾博塔商會
歐托
珂琳娜的丈夫。以前是旅行商人，現在在大門負責處理文件。是教梅茵識字的老師。
班諾
城裡勢力逐漸崛起的富商。招攬梅茵和路茲為學徒，是兩人行商方面的監護人。
多莉／七歲
梅茵的姊姊。健康又活潑，很會照顧妹妹。
路茲／六歲
梅茵的搭檔兼監督者。也是最了解梅茵的人，梅茵的領跑員。

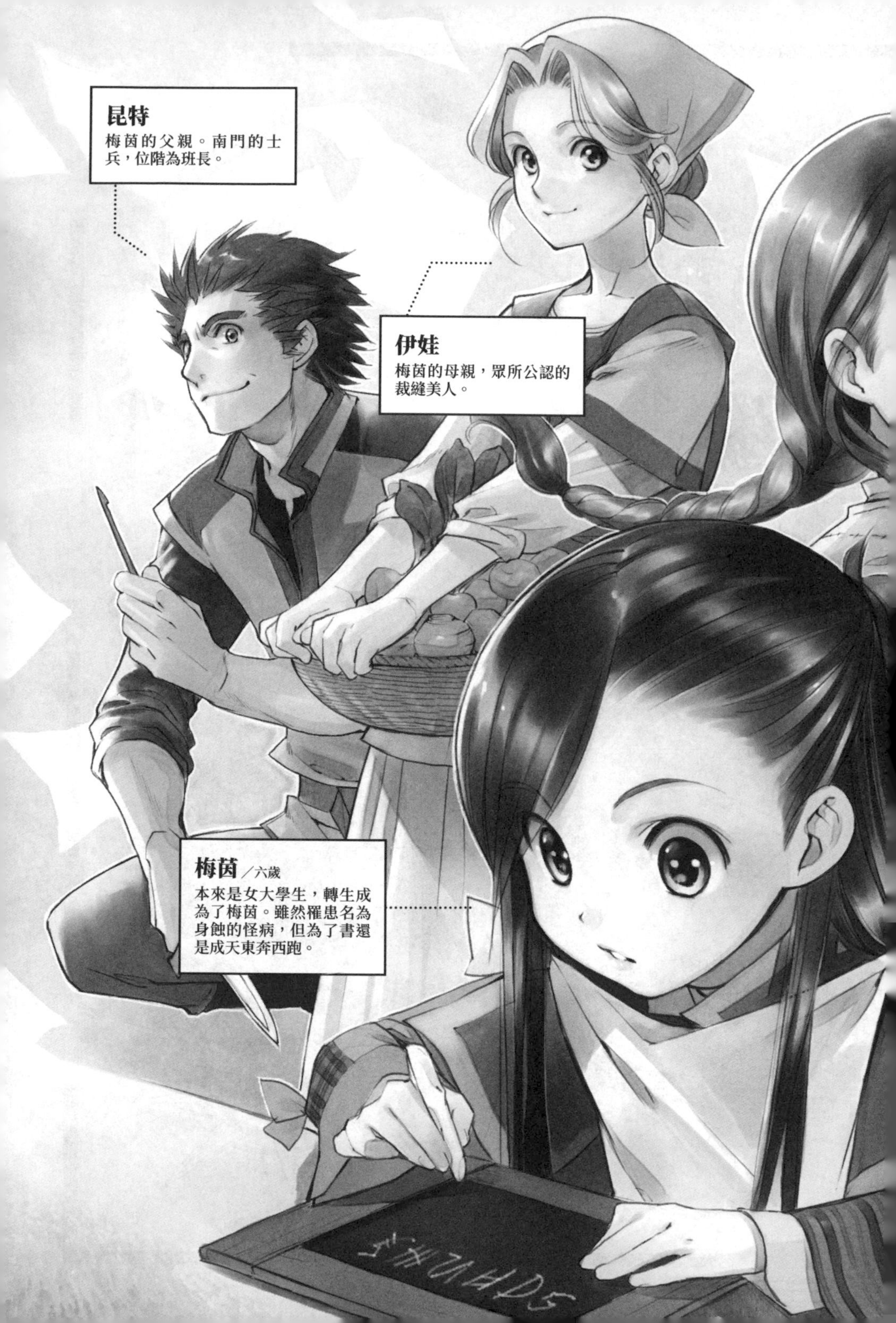
昆特
梅茵的父親。南門的士兵，位階為班長。
伊娃
梅茵的母親，眾所公認的裁縫美人。
梅茵／六歲
本來是女大學生，轉生成為了梅茵。雖然罹患名為身蝕的怪病，但為了書還是成天東奔西跑。

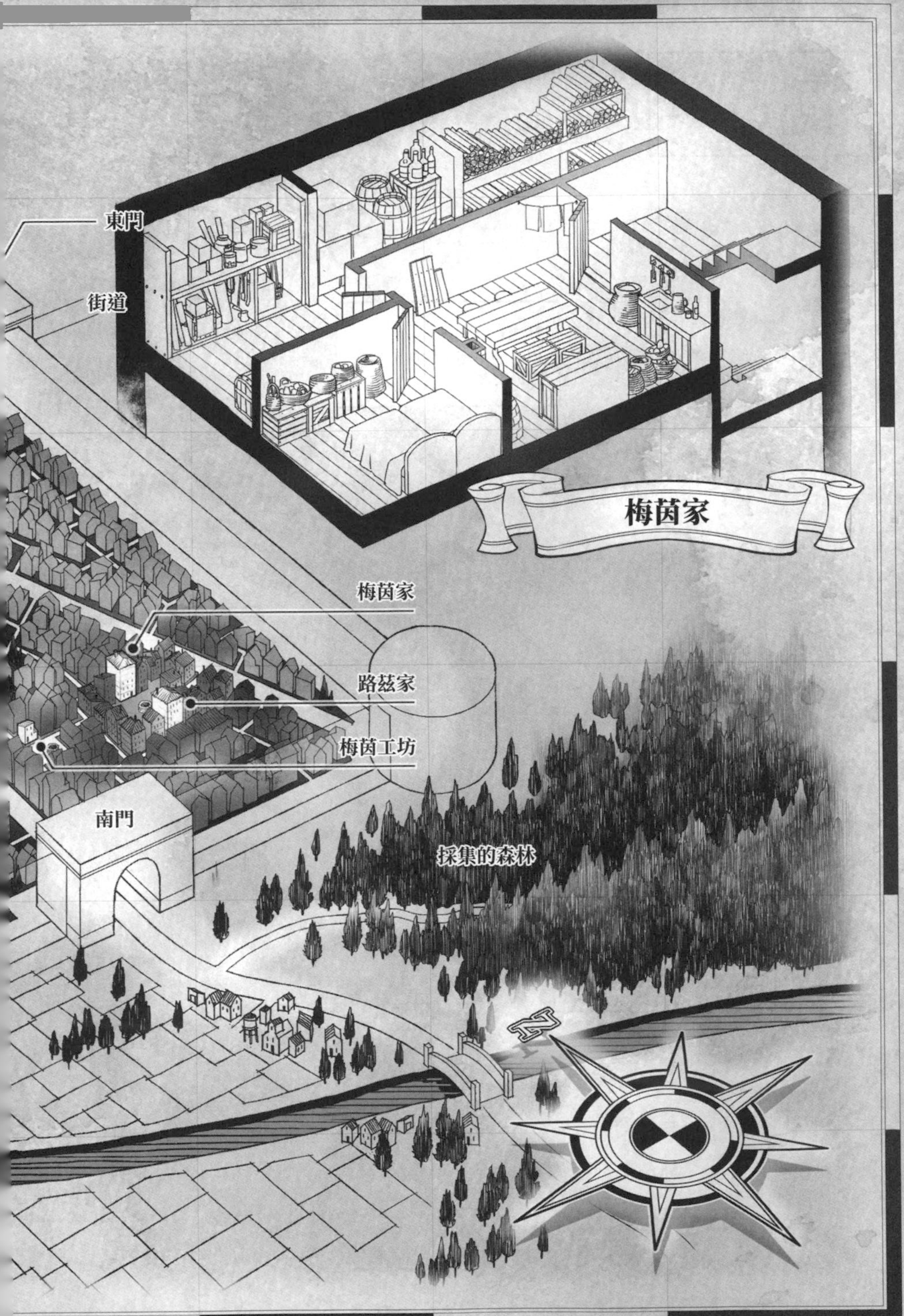

東門
街道
梅茵家
梅茵家
路茲家
梅茵工坊
南門
採集的森林
N

神殿
北門
公會長家
奇爾博塔商會
商業公會
收購魔石的店家
中央廣場
西門
市場
工匠大道
艾倫菲斯特

CONTENTS

第一部 士兵的女兒Ⅱ

第一部

士兵的女兒Ⅱ

序章

「多莉，幫我削考夫薯。」

「好～」

在母親伊娃的要求下，多莉坐在椅子上拿出小刀，幫忙準備午餐。她俐落地削掉考夫薯皮，一邊看向梅茵剛才走出去的大門。

梅茵說要把路茲介紹給父親的同事，為了趕上第三鐘的會面，早早就出門了。但是，多莉並不覺得梅茵可以成功。

「雖然梅茵幹勁十足的樣子，但怎麼想都不可能嘛。媽媽，不阻止她好嗎？」

「我也覺得路茲要成為旅行商人是不可能的事，但必須讓本人自己認清現實，梅茵又這麼努力，就隨他們去吧。」

伊娃也削著考夫薯，聳起肩膀，挑明了表示她從一開始就不覺得梅茵能夠勝任。從表情看得出來，她已經確定梅茵會失敗了。

梅茵還是直到前天才知道，把路茲介紹給父親的同事，就等於是要幫路茲找到當學徒的地方。於是她才手忙腳亂地開始準備，昨天還去了森林，幫路茲全身上下洗得乾乾淨淨。路茲的頭髮也變成了閃亮到讓人大吃一驚的金髮，但僱用學徒看重的是介紹人的信用，並不是外表。

憑梅茵的信用，多莉不覺得有人會願意僱用路茲。但是，看著最近梅茵奮發向上的模樣，就覺得很神奇。一年前的梅茵並沒有這麼積極。

「……最近的梅茵變了好多喔。雖然還是一樣動不動就會發燒病倒，但不會再哭著抱怨說『不公平』了。啊，但現在還是會一下子哭一下子生氣啦，說自己辦不到，可是又很堅持要自己來。」

以前的妹妹總會不甘心地哭哭啼啼抱怨：「就只有多莉這麼健康，可以出去玩，太不公平了！」但最近再也沒有聽過她講這種話。雖然梅茵還是一樣常常發燒，但也找到了自己想做的事情，要是挑戰失敗，還會意志消沉。

「哎呀，小孩子都是這樣長大的嘛。本來是凡事都要人照顧的嬰兒，卻開始討厭被人家照顧，什麼事情都想自己來。可是，當然不可能馬上就做得很好，結果就鬧彆扭發脾氣。多莉三歲以前也是這樣喔。」

回想起從前，伊娃瞇起眼睛說。多莉根本不記得自己以前的事情了。聽到母親說自己以前也有過凡事都想自己來，卻在失敗後發脾氣的時期，不禁有些害臊。

但是，把伊娃回憶中的自己和現在的梅茵做比較後，多莉納悶地歪過頭。

「媽媽說我是三歲以前吧？這樣看來，梅茵的成長速度很慢吧？」

「很慢喔。但她的身高也長得很慢，所以應該還在正常範圍內吧？好不容易稍微變得比較健康了，心智也跟著成長了吧。可能會給妳添不少麻煩，但只要沒有生命危險，就讓梅茵去做自己想做的事情吧。慢慢地，她自己能做的事情會越來越多，也會知道自己的能力範圍，就不會再亂來了。」

「……這麼說來，在我參加完洗禮儀式，得由她代替我幫忙做家事之前，她都以為自己也可以汲水和採集呢。結果發現自己完全做不好，還受到了打擊。」

經伊娃這麼一說，多莉才回顧了梅茵這陣子來的行動。

雖然梅茵的要求大多還是非常莫名其妙，但現在已經可以自己換衣服，也能自己上完廁所再清理乾淨了。回頭去看她突然大發脾氣的那時候，多莉的負擔確實變輕了許多。

第一次她自己去森林採集的時候，還把路茲拖下水，偷偷做「黏土板」，結果被弗伊他們踩壞，生氣得眼睛都變成了彩虹色。可是後來去森林，就沒有再發生什麼問題了。雖然因為沒有體力也沒有力氣，採集的量很少，但只要把她當成是剛開始去森林的三歲小孩，就覺得這樣子很正常。

「梅茵可以自己做的事情真的越來越多了呢。希望以後會越來越健康。」

「今天一定又會介紹失敗，垂頭喪氣地回來吧。到時候多莉再安慰她吧！畢竟梅茵努力過了嘛。」

伊娃說完，抱著削好的考夫薯站起來。多莉也把削下的皮集中起來，起身幫忙準備做午餐。

然而，此刻的多莉作夢也想不到，為了想當旅行商人的路茲，幫忙牽線的梅茵居然在有附帶條件的情況下，開闢出了一條成為商人徒弟的道路。

動手做和紙

要做和紙了。終於可以做和紙了！而且還不是自己做，路茲也會幫忙，當作是面試的一環。太棒了！

結束與商人的會面，我又蹦又跳地踏上歸途。

……現在的我，感覺可以和花式溜冰員一樣跳躍轉圈一圈或一圈半。

「唔呵呵，呵呵呵～」

「梅茵，心情好是沒關係……但妳不要太激動喔，不然又會發燒了。」

「怎麼可能不激動嘛！因為要做紙了耶！現在終於可以做紙了！要是做出了紙，也就可以做書。萬歲──！」

眼看書就在伸手可及之處，哪可能不激動呢？我小跳步地走著，路茲抱頭嘆氣。

「……梅茵，雖然說要做，但要怎麼做啊？我可是完全不知道喔。而且也需要工具吧？真的沒問題嗎？」

路茲帶著嘆息丟來了冷靜至極的問題，原本興高采烈的心情頓時煙消雲散。

一口氣被拉回到現實世界的我，想到自己的現況就臉色慘白。我知道做和紙的順序，也勉強記得那些工具的名稱，還曾經看過介紹沒落紙匠與工具的書籍。但是，要用來做和紙的那些工具要怎麼做出來，我就不清楚了。沒有工具，就做不了紙。

……嗚哇，得先把工具做出來嗎？啊啊啊，結果我的知識還是一樣沒有什麼用。

「喂，梅茵，妳怎麼突然變得這麼安靜。不會到了這時候才說做不出來吧？」

路茲的表情變得非常不安，我忙不迭地搖頭。

「才不會呢。我知道怎麼做紙，也一直都很想要。可是，因為我的力氣砍不了樹，也汲不了水，現在也還不能生火，又搗爛不了纖維，所以一直做不出來。我又不能因為自己的任性，就叫你幫我做紙……」

「我都說過我會幫忙了，可以和我商量看看嘛……」

路茲有些不甘心地嘛嘴。我很開心他的這份心意，但做紙是重度的勞力工作。跟之前趁著採集的空檔，幫我挖土和砍樹枝這些小任務完全不一樣。

「路茲，我先聲明喔，我能做的就只是教你怎麼做紙。和我之前自己先試試看，再請你幫忙不一樣，從頭到尾做紙的工作幾乎都得由你自己一個人完成。這樣子你還是願意嗎？」

「那當然，我們不是說好了嗎？妳想出來的東西，全都由我來做。」

雖然剛才路茲二話不說就答應，但有必要再確認一次。因為他剛才搞不好只是在情勢所逼下，不得不點頭。

「路茲，還有啊，所有東西都要先從工具開始做起，你真的有毅力嗎？」

「……梅茵也會一起做吧？」

「當然，我也會盡量幫忙。」

說著，我卻「嗯……」地陷入沉思。如果要做工具，就必須先列出需要哪些工具；也要把家裡翻過一遍，尋找有沒有可以替代的物品。雖然會惹母親生氣，但既然身無分文，也只能盡可能找到替代工具。

「我會把需要的工具寫下來，再找找看有沒有可以代替的東西。如果沒有，就只能自己做了……然後，我想請路茲去找可以當造紙原料的樹。」

「森林裡多得是樹吧？」

「是啊。可是，我又不知道哪一種樹適合做紙。」

我知道構樹、結香和雁皮這類樹木都適合做和紙，但不知道在這個世界，適合做紙的是哪一種樹。

「呃……通常適合做紙的樹木，纖維都會比較長，不容易斷裂，而且帶有黏性，纖維和纖維容易黏在一起，還能取出大量的纖維……可是，我分辨不出來哪些樹的纖維屬於比較長又堅韌的。」

此外我在書上看過，構樹是一年生的樹木適合造紙。因為長到第二年以後，纖維就會變硬，長出樹節，做起來比較困難。但我只是空有這些知識，根本看不出來樹木是一年生還是兩年生的。真的很沒用。

「……妳說的這些太難了，我也分辨不出來啊。」

「總之，樹木應該也有軟硬的分別吧，我們需要比較年輕又柔軟的樹。」

「因為樹齡越大會越硬嘛。」

對我來說，所有的樹都硬得砍不動。但路茲已經習慣在森林採集了，應該分辨得出來樹木柔不柔軟，容不容易砍倒吧。

「是啊，也有些紙是用竹子和矮竹做的，所以只要是植物，應該都可以做紙，只是要看適不適合而已。不過，還是找容易做成紙的植物比較好吧？如果以後要當商品販賣，更要選擇適合做紙的樹。」

如果想做紙販售，也要考慮自己種植樹木，否則原料很快就會用光。「如果可以自己種、方便取得原料的話，那就更好了。但是路茲，你應該也不知道哪種樹木好種吧？」

「不，好種跟不好種的樹木不一樣喔。有些樹長得很快。」

「真的嗎?!」

真不甘心，因為極少外出，累積的經驗太少了。自從可以前往森林，現在也才過一個月。還沒砍過樹的我根本挑選不了樹木。

「路茲，那選樹這件事就交給你了。我想多用幾種樹試試看，看有什麼樹木適合，所以你先想想看有哪些質地比較軟的樹吧。還有，我想請你幫我找『黏著劑』。」

「那是什麼？」

「是做紙時用來當糨糊的東西，可以把纖維黏起來，但我不知道這附近有沒有。像是會流出黏稠汁液的樹木，或者果實也可以，你有想到什麼嗎？」

路茲似乎一時半刻也想不出來，思索了好一會兒。

「嗯……我會問問看常跑森林的人。」

「那我負責回想做紙的順序，把必要的工具寫下來，再好好想想要怎麼做。」

列舉出接下來要做的事情，不知不覺就到家門前了。

「到了。那以後一起加油吧！」

路茲翡翠色的雙眼閃閃發亮，充滿了幹勁。「嗯！」我也用力點頭，踏進家門。

「梅茵，妳回來啦。不要太沮喪，以後一定可以再幫到別人的。」

「咦？多莉，妳在說什麼？」

「下一次再加油就好了，知道嗎？」

一走進家門，母親和多莉就開口安慰我。

「結果成功了喔。雖然有附帶條件，但我們獲得錄用了。」

「咦?!」

向兩人說了今天的來龍去脈，她們都大吃一驚，異口同聲說著：「那得慶祝才行！」我背對兩人拿出石板。接下來得回想製造和紙的步驟，把必要的工具列出來。

「我現在要準備下一階段的東西。」

「畢竟這是成為學徒的考試嘛，要加油喔。」

向為我加油的多莉點點頭，我拿起石筆，在腦海中回想做紙的步驟。

首先，要砍下當作原料的樹木和植物。路茲有類似柴刀的工具，平常又會砍樹，所以不需要什麼工具吧。好，下一個。

如果要用構樹造紙，需要用蒸的來剝下黑色表皮，所以需要蒸籠。廚房有的話就借用吧。我馬上在廚房裡尋找，但沒有找到。不過，目前為止我們家從來沒有出現過蒸熟的料理，所以沒有蒸籠也在意料之中。在石板寫下蒸籠和鍋子。好，下一個。

然後要把蒸過的樹枝泡進冷水，再趁熱剝下表皮。不管要蒸還是要剝，都得在河川附近進行，但只要有小刀，應該不需要其他東西。好，下一個。

接著要晒乾，還要在河裡浸泡一天以上的時間再剝下白色樹皮，但這兩個步驟都不需要特別的工具，只要有小刀就能解決吧。好，下一個。

要用灰燼和水把白色樹皮煮到變軟，去除多餘的雜質，所以需要灰燼和鍋子。蒸煮時的鍋子可以重複使用，但想取得灰燼會有難度。我覺得母親不可能分給我，也不知道光靠蒸煮樹皮時產生的灰燼夠不夠用。在石板寫下灰。好，下一個。

把煮過的白色樹皮放在河川裡浸泡一天以上，洗掉灰燼，再放在太陽底下晒乾，讓它變白。之後再挑掉受損的纖維和清理樹節。這些步驟都是手工，所以不需要特殊的工具。好，下一個。

搥打纖維直到變得像棉花一樣軟。敲打纖維時需要四方形的木棒，這可以用木頭或木柴做出來吧。在石板寫下角材。好，下一個。

把搥打過的纖維加水和黏著劑攪拌均勻。所以攪拌的時候需要桶子和水盆，還要用抄紙器抄紙。是那種外形長得像木框，用來篩紙的抄紙器。看來這個抄紙器會是最難準備的工具。在石板寫下水盆和抄紙器。好，下一個。

拿下抄紙器上的竹簾，把附在竹簾上的紙膜移到置紙板上。置紙板是放置紙膜的平臺，然後把一整天做的紙膜疊在置紙板上，放置一天一夜等它自然瀝乾。在石板寫下置紙板。好，下一個。

然後用重石慢慢加壓，繼續把水分壓出來。好像只要壓上二十四小時，黏著劑的黏性就會完全消失。什麼重石都可以嗎？記得家裡是有榨油用的壓榨器，但路茲會用嗎？總之，我先寫下重石。

壓完以後，再從置紙板上一張張地小心撕下紙膜，貼在板子上。在石板寫下平坦的板子。放在太陽下晒乾，從板子上撕下來以後，就大功告成了。

「嗯……這樣一想，需要不少東西呢……」

需要的工具有蒸籠、鍋子、角材、灰、水盆、抄紙器、置紙板、重石和平坦的板子，還有原料和黏著劑。雖然看過照片和圖畫，過程也大致上記得，但畢竟沒有自己親手做過，所以細節不是很清楚。例如樹木纖維、黏著劑和水的比例。

不過，忘了是什麼時候，有過農村體驗、不像偶像的偶像曾在電視節目上製作過紙張。偶像都做得出來了，沒有我做不出來的道理。

……快點想起以前看過的電視節目！我的記憶力，加油！不過，那個偶像的工具是借來的吧？並沒有自己做工具吧？還有指導老師吧？可惡——！

我只是空有知識，但實際上做過的紙，就只有家政課上利用牛奶利樂包做成明信片大小的再生紙。雖然很想說服自己總比完全沒做過的好，但實在沒有什麼幫助。

總之，先挑戰明信片的大小吧。工具做小一點，難度也會比較低，而且既然要測試哪一種樹適合做紙，用小道具試做也會比用大道具做來得實際。

「路茲，那第一步先做蒸籠吧。」

想要做出中華料理在用的那種圓形蒸籠恐怕有難度，但如果要用木頭做出四角形的蒸籠，應該比較簡單吧。我在石板上畫出蒸籠的形狀，拿給路茲看。

「做法是很簡單，應該做得出來，但妳有釘子嗎？」

「咦?!不能在木頭上面削出缺口，再組裝起來……嗎？」

「妳在說什麼啊？」

本來想要做工具，這下可傷腦筋了。沒有用來做工具的工具。雖然木頭砍就有了，卻沒有釘子。這個世界的釘子，也不是小孩子想要就買得起的價格。

而且，就算有砍木頭的工具，也沒有可以進行加工的道具。如果可以借用父親的工具箱，我又稍微會點江戶指物[1]的技術，就可以削出榫孔和榫頭來接合了，但即使知道這世上有這項技術，自己也無法重現。況且如果只靠說明，路茲就做得出來，那就不算是一門工藝技術了。

日常生活會用到釘子，所以製作金屬器具的打鐵工坊應該有賣，但奈何阮囊空無一物，計畫才剛開始就四面楚歌。

「梅茵，那要怎麼辦？」

「嗚，我會找歐托先生商量看看。說不定可以幫他的忙，拿到釘子當報酬……」

首先，只能去找願意花錢請我做事的人了。

隔天來到大門，我就問歐托先生：

「歐托先生，我想問你，釘子通常要多少錢？如果你有認識價格比較便宜的店家，想請你幫我介紹。」

「……為什麼要釘子？梅茵，妳釘不了釘子吧？」

沒錯，我的力氣根本舉不起鐵槌。石筆和墨水也就罷了，我怎麼會想要釘子呢——歐托納悶地歪過頭，於是我嘆氣回答。

「現在為了做紙，必須先做必要的工具，但我們沒有用來做工具的工具。」

「啊哈哈哈哈……！」

歐托立刻非常不給面子地拍桌大笑。都已經向班諾發下豪語：「春天之前會做出來。」要是做不出工具，可會笑掉人家的大牙。明明我正面臨生死存亡的關頭耶！

我氣呼呼地瞪著歐托，他就擦去笑到滲出眼角的淚水，對我咧嘴一笑。表面上很

1. 指物是指單靠木材自身拼接而成，不使用釘子的木工藝品。江戶指物的特色為造型簡單，不予過多的裝飾，強調木頭本身的紋理。

陽光，卻是有些心機的商人笑臉。我不由得心生警戒，察覺到這一點的歐托更是得意地笑了。

「只要妳告訴我怎麼做出那種能讓頭髮有光澤的東西，我就把一些釘子給妳。」

這樣的交易根本划不來。要是洗髮精的做法透過歐托傳入班諾耳中，我就失去了一張有用的王牌可以和班諾談判。損失未免太大了。

「……只是給我釘子，不能就把做法告訴你。看班諾先生之前的反應，這項商品好像可以帶來龐大的利益喔。」

「哦？妳觀察得很仔細嘛。」

歐托有些佩服地嘟囔說。我含糊地應著「還好啦」，拚了命地動腦筋。要是沒有了歐托這條人脈，我就沒有其他人脈可以求救了。

……歐托先生為什麼想要簡易版洗髮精？

歐托和班諾不一樣，他並不是商人。所以，應該不是想要拿來賣，但有可能是想向班諾賣個人情。

……雖然和一般人比起來，歐托先生打扮得算是乾淨整潔，但感覺他對外表並沒有講究到想用用看洗髮精的地步，通常是女性才會想用……老婆？是老婆嗎?!

如果是歐托心愛的老婆聽說了這件事，想要洗髮精，這樣就說得通了。

「……歐托先生，要告訴你做法是不可能的，但可以現場以物易物。」

歐托輕輕挑眉。從他表現出興趣的樣子，對於做法本身好像並不執著。從中發現了一絲制勝的機會，我繼續開口提議。

「我想想喔……我還會告訴珂琳娜夫人使用方式，再幫她把頭髮洗得光滑又柔順。畢竟只是把實物給你們，不知道怎麼用的話也很傷腦筋吧？」

「好啊，交易成立。」

歐托完全是不假思索就點頭。才在想在歐托面前祭出珂琳娜的名字應該最有效，但萬萬沒想到會這麼順利。

「那下次放假的時候來我家吧，到時候再以物易物。」

「了解。」

於是就這樣說好了，下次放假的時候，要帶著簡易版洗髮精前往歐托家，當一天臨時的美容師（雖然只有洗頭）。眼看有辦法可以拿到釘子，我鬆了一口氣，但照現在手邊的數量，我自己要用的簡易版洗髮精就不夠用了。

而且簡易版洗髮精是消耗品，今後歐托又很有可能繼續拿東西和我做交換，所以最好先大量製造吧。

「路茲，我有門路可以拿到釘子了！」

「真的嗎？梅茵，妳太厲害了。」

「嗯，但也要給對方『簡易版洗髮精』做為交換才行……我們家現在剩沒多少了。你今天可以幫我做洗髮精嗎？」

「嗯，好啊。」

趁著有人幫忙，我多做了點簡易版洗髮精，想當作今後籌措資金用的籌碼。

「再過一陣子就可以採到密利露了，但現在的季節是梨烏的果實最適合。」

在森林裡採了梨烏果實，再回到我家搗碎，請路茲榨油。路茲也還用不了壓榨器，所以是用榔頭敲打。我接連把香草丟進榨好的油裡頭。

「唔……做法滿簡單的嘛！」

「對啊，重點在於要用哪種油和哪些香草。所以我們可以用做好的洗髮精和別人交換，籌到自己想要的材料和資金，但絕對不能把做法告訴別人喔。」

「為什麼？」

「因為很簡單啊。只要告訴對方做法，他就可以自己做了吧？以後就不會再拿東西和我們交換了。」

「原來是這樣啊，我明白了。」

我把做好的簡易版洗髮精倒進一個小容器裡，拿給路茲。路茲不解地偏頭。

「我又不需要。要籌到材料和資金的人是妳，梅茵自己拿著吧。」

「這些是你幫忙的份，也順便讓卡蘿拉伯母高興一下吧。她不是一直追問你嗎？」

面試前幫路茲把頭髮清洗乾淨以後，他說過：「我媽媽一直問我頭髮怎麼會變成這樣。」在那之後我都還沒有遇過卡蘿拉，所以她肯定一直纏著路茲追問吧。

「真的耶，得救了！梅茵，謝謝妳。」

路茲喜孜孜地接下。我模仿歐托的笑容，對路茲親切微笑。

「就算卡蘿拉伯母兇巴巴地問你，也絕對不能告訴她做法喔。順便練習一下怎麼給人成品，但又不告訴對方做法吧。等你成了商人，很多事情都得保密才行。」

「……也挑個簡單一點的人讓我開始練習嘛。」

路茲頓時像洩了氣的皮球，我不禁噗嗤失笑。

……不過，想不到為了一根釘子就要這麼煞費苦心。看來想要做出和紙，路途還遠得很。

歐托家的邀請函

幾天後，我透過歐托收到了珂琳娜正式寄來的邀請函。

「我明明是還沒受洗的小孩子，特地寄邀請函給我不會很奇怪嗎？一般都是寄給父母吧？應該要向父母確認我能不能去才對啊。」

我說完，歐托就輕挑起眉，搖了搖頭。

「你們一家可以看懂文章的人，就只有妳而已吧？而且，這封邀請函是不能拒絕的。要是拒絕，妳的母親和姊姊有可能會丟了工作。」

「咦?!為、為什麼?!」

歐托說，因為珂琳娜娘家是富裕的商會，本人的工作能力又出色，在裁縫協會擁有崇高的地位。在歐托詳盡的說明下，我理解到了若以公司來舉例，現在還是裁縫學徒的多莉就好比是普通社員或工讀生，從事染色工作的母親則是組長，珂琳娜就是董事。

……階級社會真可怕。上位的人一旦發出邀請函，根本不能拒絕嘛。嗯，我記住了。

順便說，如果不是珂琳娜，而是歐托發出的邀請函，就可以基於士兵的上下關係，利用父親的權限拒絕。好複雜啊。

「而且，我也覺得這是個讓妳學習回覆邀請函的好機會。」

「原來如此，那就麻煩你了。」

和歐托一起看著寫在薄板上的邀請函，我練習起回覆的格式。

「珂琳娜夫人的邀請函?!咦？梅茵嗎？為什麼?!」

「聽說是聽歐托先生提起『簡易版洗髮精』，說也想要用用看。」

「天哪！不得了了！」

看到我帶回家的正式邀請函，母親簡直失去了理智。見到母親這麼慌張的樣子，我忍不住問：「是不是拒絕比較好？」她馬上瞪大眼睛怒吼：

「怎麼可以，當然不能拒絕！妳要小心千萬不能失禮！」

「是的！我會小心。」

果真如歐托所言，比起邀請函，這更像是一種召見命令。

母親手忙腳亂地開始為我縫製新圍裙。聽說穿平日的衣服造訪珂琳娜家，對對方太失禮了。而且怕我去有錢人家會失禮，母親一邊縫著，一邊把能想到的注意事項都說了一遍。我只是要教珂琳娜怎麼使用簡易版洗髮精，怎麼好像引發了驚人的騷動？

「好好喔，只有梅茵可以去……明明都是我做的耶。」

「媽媽，多莉可以一起去嗎？」

「不行！人家又沒有邀請她。」

雖然想出簡易版洗髮精的人是我，但至今都是多莉動手在做，我認為多莉也有資格一起去。但如果擅自帶著未受邀請的人上門，在這裡也是失禮的舉動。多莉再怎麼羨慕，屆時也只能留在家裡看家了。

和上次會面一樣，我和歐托約好第三鐘在中央廣場會合。我在平常穿的衣服上，又套了母親為我做的新圍裙，和父親一同前往中央廣場。裝在小水壺裡的簡易版洗髮精和梳子，就放在平常慣用的托特包裡。

我們走到中央廣場的噴泉附近時，歐托已經在等我們了。

「班長，你放心，我會負起責任保護梅茵的安全。梅茵，那我們走吧。」

「嗯。爸爸，那我走囉。」

向擔心得始終沒有從我身上移開目光的父親揮手道別後，歐托開始往城牆邁進。歐托家在城牆附近。越是靠近貴族所在的城牆，房租越貴，所以歐托家位在所謂的高級住宅區。

「歐托先生，你明明是士兵，卻住在城牆附近嗎？」

「原本靠我的薪水根本住不起，是珂琳娜的娘家在樓上為我們準備了房子。因為哥哥捨不得讓可愛的妹妹搬出去，就叫我們住在那裡。」

對喔，記得之前說過，歐托有點像是入贅。如果沒有老婆娘家的援助，靠低階士兵的薪水，確實住不起這種地方吧。歐托也說過花了全部家當去買市民權，搞不好剛結婚時是身無分文的狀態，女方那邊的人也很傷腦筋吧。

越往城市北邊移動，路上行人越是有別於我生活周遭的人。人們身上的衣服漸漸地看不到補丁，服裝也變成用了很多飄逸布料的款式。

一樓並排的商家也不一樣。店面本身的規模變大，員工和出入的客人都變多了。來往於大馬路上的多是馬車，逐漸看不見拉著板車的驢子。

同樣是我走得到的範圍，一座城市裡居然有著這麼顯著的階級差異，讓我大受衝擊。我曾在書裡看過存有階級差異的社會，也當作是種知識記在腦海裡，但實際上親眼目睹，和只是在腦海中想像完全不一樣。我眨著眼睛觀察四周。

「就是這裡的三樓。」

「三樓?!」

歐托家在七層樓高的建築物裡位於三樓。一樓是店面，上面的二樓通常是老闆一家人的住處。三到六樓會租出去，七樓則是學徒和員工的宿舍。越靠近大馬路和水井的樓層，房租越貴。我們家則是靠近大門的五樓，所以關於收入有多少，大家心裡有數就好。

歐托說過對方在娘家樓上準備了房子，就表示他的妻子是這間氣派店舖的女兒。

……居然會答應你們結婚，真是太神奇了。旅行商人和商會的千金，身分應該是天壤之別，不知道這世界的人是怎麼認為的。

「珂琳娜，我回來了。我帶梅茵來了喔。」

「梅茵，歡迎妳來。謝謝妳過來。我叫珂琳娜，是歐托的妻子。」

「珂琳娜夫人，很高興認識妳。我是梅茵，平常一直受到歐托先生的照顧。」

我第一次見到珂琳娜，是位可愛到驚為天人的美麗女性。

宛如匯集了月光的淺奶油色頭髮蓬鬆地盤起來，襯托出了纖細的脖子。瞳孔也是近似銀色的灰色，全身上下呈現柔和的淺色調，看起來非常夢幻。但是，卻有著巨乳，該凸的凸，該凹的腰部也細得像是一折就會斷。

……歐托先生這個外貌協會！

被帶到會客室，我看著牆上用各種碎布拼湊縫成的壁毯和陳列於四周的珂琳娜的作品，不禁發出讚嘆。在這裡生活以後，我還是頭一次看見有裝飾品的住家。

從用了大量衣服和碎布做成的裝飾，看得出這裡是和客人討論公事的房間。五顏六色的布很有品味地裝飾了整個房間，營造出輕鬆舒適的氛圍。

不過，做為富裕商人的住家，還是遠比我想像的還要樸素。桌子和椅子都沒有雕花，也沒有打磨得非常光亮，僅保留了木頭本身的紋理，樣式非常簡單。記得北歐家具的樣式都很簡單，就是為了要不感到厭倦地長期使用，所以一到冬天就會掩埋在白雪底下的這個地區，在製作家具時可能也是基於相同的想法。

「梅茵，謝謝妳特地過來。歐托告訴我，妳會幫我把頭髮洗得乾淨又柔順，所以我一直很期待呢。」

珂琳娜泡著花草茶，對我說話的溫柔嗓音流露出了大家閨秀的風範。溫柔婉約的氣質療癒人心，激起人心中的保護欲。

「我也聽說過珂琳娜夫人的傳聞，很期待可以見到妳呢。不僅漂亮又可愛，裝飾房間的品味和擺出來的服裝，也都比我聽說的還要出色。」

「……真的是家教很好的小女孩呢。而且，頭髮也和我聽說的一樣漂亮。我的頭髮也能變得像妳一樣嗎？」

珂琳娜一臉沉醉地摸著我的頭髮。為了提升商品的價值，我昨晚就用簡易版洗髮精洗頭，母親和多莉見了還合力為我梳頭髮，所以今天我的頭髮比平常更加閃閃動人。

「那就馬上來替妳洗頭髮吧？」

我從托特包裡拿出小水壺，珂琳娜的小臉隨即一亮。毫不造作地表現出自己的情感這點很可愛，可以理解歐托為什麼這麼寵愛她。

「洗頭髮要做點準備。歐托先生，可以麻煩你在水桶裡倒水，再拿擦頭髮的布過來嗎？」

體力活是男人的工作，所以我請歐托幫忙做好洗頭髮的準備。期間，也請珂琳娜換上不怕弄溼的衣服。我則在忙進忙出的歐托旁邊，準備要用來擦頭髮的布、擺好小水壺、拿出梳子。

「哦……就是這個嗎？這要怎麼洗？」

歐托興味盎然地搖了搖水壺，又從壺口往裡面看，聞了聞味道。我不禁有種強烈的預感，歐托要是待在這裡，等我們開始洗頭髮，他一定也會在旁邊嘮哩嘮叨或插手干涉，還會和珂琳娜進入兩人的世界，感覺就非常麻煩。

「歐托先生，等準備好了，請你去其他房間等著吧。你應該不會這麼不解風情，要參觀女性梳洗打扮的過程吧？」

「是啊，歐托，你去其他房間等吧。」

我和珂琳娜聯手把完全打算賴著不走的歐托趕出臥室。雖然可以聽見他在門外走來走去的腳步聲，但我予以無視，拿起小水壺。

然後，一邊在珂琳娜面前把洗髮精倒進桶子裡，一邊仔細說明。

「這個叫作『簡易版洗髮精』，水倒滿半桶以後，請放大約這樣的量進去，然後把頭髮浸到水桶裡清洗。能請妳解開頭髮嗎？」

解開頭髮後，珂琳娜小心翼翼地把頭髮浸入水桶裡。好像不久前才洗過頭，珂琳娜的頭髮比我預想的還乾淨。

為了讓頭皮也洗乾淨，我不斷掬起洗髮水淋向頭髮，為她洗頭。

「尤其這邊一定要仔細洗乾淨喔。」

「……原來請人幫自己洗頭髮這麼舒服，我現在才知道呢。」

「只要拜託歐托先生，我想他會很樂意幫忙喔。」

但感覺根本不用開口，他自己就會動手幫忙了——我嘀咕說，珂琳娜就輕聲笑出來。

「哎呀，妳不是說被看到梳洗打扮的過程，很不解風情嗎？」

「……我只是擔心兩位在我眼前進入兩人世界。」

「哎呀！呵呵，連這麼小的孩子都說這種話，歐托平常到底都講了些什麼呀？」

因為珂琳娜的頭比起平常互相洗頭的多莉要大，所以洗起來十分吃力。但是，珂琳娜越滿意，歐托給的釘子數量肯定也會不同，所以我火力全開，細心地清洗每個角落。

「……欸，梅茵，我可以問妳一件事情嗎？」

珂琳娜的聲音變得有些緊張，難不成是要問我簡易版洗髮精的做法？我忍不住也提高警覺。

「歐托平常在大門是什麼樣子呢？」

真是始料未及的問題。我「咦？」地歪過腦袋，珂琳娜就沉下表情低聲說了：

「因為我的關係，他放棄了繼續當商人，所以我一直很在意……」

「啊，妳一點也不需要在意喔。因為歐托先生在大門那裡，根本是個商人。」

嘴上說很忙，卻一個人把結算時期的工作都攬下來，還和帶著備品來交貨的商人討價還價，更把守門的工作活用到最大極限來蒐集情報。歐托的行動本質仍是商人。

「咦？……他在大門那裡還是商人嗎？明明工作是士兵？」

「是的。尤其是和來交貨的商人討價還價，和下訂單殺價的時候，歐托先生整個人都神采飛揚，臉上根本就是商人的奸笑。」

「呵呵，所以在梅茵眼裡，歐托就是一個商人吧？是嘛，這樣啊……我終於可以放下心中這塊大石頭了。」

再三用布擦拭珂琳娜的頭髮後，奶油色的頭髮益發柔亮，再用梳子細心梳理，更是綻放出了珍珠般的光彩。為路茲清洗他的金髮時我就很有感觸了，他們的頭髮真的漂亮得讓人羨慕。

「梳子請最好用木製的。用得越久，木頭越會吸收洗髮油，更容易梳出光澤。」

「我知道了……真的變得好漂亮喔。」

珂琳娜摸著自己柔順的頭髮，感動地喃喃說道。

「珂琳娜夫人原本的髮色就很漂亮了，平常又好像都有在保養，所以只洗一次，就像變了個人似的散發出光澤呢。每五到七天用這個洗一次頭髮就可以了。」

我指著還有洗髮精的小水壺，說明要幾天洗一次後，珂琳娜側過臉龐。

「這個可以給我嗎？這樣子太不好意思了，那我得想想回禮……」

「放心吧。歐托先生會給我釘子，當作等價交換。」

「……釘子？咦？這樣好嗎？不會不划算嗎？」

就算有些不划算，反正不是告訴對方做法，我也能拿到想要的釘子。而且今後只要珂琳娜又想要簡易版洗髮精，我也打算再請歐托拿其他東西做交換，所以完全沒有問題。

「啊，梅茵，我的衣服有些弄溼了，所以想先換一下衣服。可以請妳和歐托一起在外面等我嗎？」

因為珂琳娜要換衣服，我便打開房門走出去。只見歐托就像一頭飢餓的熊在等著獵物出現，一直在門外來回踱步。

「珂琳娜?!」

「我衣服溼了，所以要換衣服。歐托，再麻煩你招待一下梅茵了。」

珂琳娜從門後稍微探出臉來，笑容可掬地說道。柔順的溼髮還未完全擦乾，如絲緞般貼在溼透的衣服上，羞赧說話的樣子讓人覺得相當性感。

「不好意思讓妳看到這副樣子，我馬上換衣服。」

等我走出臥室，珂琳娜就急忙關上門。我偷偷瞥了一眼歐托的表情，發現他緊盯著關上的房門，魂都飛過去了，看也不看我一眼。看到歐托這樣，我在心中擺出勝利手勢。這次是我的全面獲勝！

「唔呵呵～歐托先生，珂琳娜夫人是不是變得很漂亮啊？重新愛上她了吧？奶油色的頭髮像寶石一樣閃閃發亮……」

「珂琳娜！」

「等一下，珂琳娜夫人在換衣服耶！」

歐托倒吸一口氣後，突然間動起來，一個箭步就要破門而入，我慌忙阻止他。但憑我的力氣，當然是阻擋不了。

「歐托，你想讓梅茵看到我在換衣服的樣子嗎？」

門內靜靜地傳來這句話，歐托像沒電一樣立定不動。

沉默了片刻後，歐托忽然一骨碌轉身，露出燦爛到讓人心裡直發毛的笑容，一把抓住我的肩膀。

「梅茵，妳有沒有突然想到什麼急事？」

……因為想和重新愛上的妻子卿卿我我，要我趕快閃人對吧？我懂。

「看你打算給多少釘子，可能就會想起來了。」

我瞄了眼放在廚房桌上的釘子袋，笑咪咪地回答。

歐托來回看著釘子袋和我，認真地煩惱起來。幾乎可以看見他正把商人的精打細算，和對妻子的愛放在天秤上衡量，左右搖擺不定。

「如果把所有釘子都給我，我應該也能想好說詞向爸爸交代。」

話才說完，曾對父親說過「會負起責任照顧我」的歐托，就把所有釘子都塞給我露出燦笑。事情的發展如我所願，我也就識相告辭。

……反正拿到了比預期要多的釘子，那就這樣吧。接下來就請兩位隨意。

抱著裝有大量釘子的袋子，我獨自一人搖搖晃晃地走路回家。釘子好重。一根釘子的時候還很輕，但數量一多就好重。才走沒幾步路，手臂就開始發抖。

……不行了，需要休息。手臂好痛。

再這樣下去，根本回不了家。我決定先坐在中央廣場的噴泉旁邊稍事休息。當我又甩又揉著手臂的時候，要回家的路茲不知道從哪裡走出來，快步經過我眼前。

「咦？路茲？你怎麼在這裡？」

「梅茵?!妳又在這種地方做什麼？咦？妳一個人嗎?!」

我的行動範圍基本上只有大門和森林。因為只走最短距離，所以不會經過中央廣場。就連去森林也需要監視者的我居然自己一個人行動，路茲吃驚得瞪大眼睛。

「我才剛離開歐托先生家，現在正要回去。我拿到了這麼多釘子喔。但是好重，路又有點遠，現在在休息。」

「我幫妳拿，給我吧。為什麼不請對方送妳一程啊？」

路茲嘟嘟囔囔地抱怨，幫我拿著釘子的袋子。明明那些釘子對我的手臂造成了負擔，對路茲來說卻是小事一樁。

我和路茲一起走路回家，互相報告今天的行動。

路茲說他去問了常跑森林和專門處理木頭的人，有什麼樹木適合做紙，和哪些東西可以做成黏著劑。一般製作和紙都是用黃蜀葵，但在這裡說到黏稠的液體，最先想到的就是耶蒂露的果實和斯拉姆蟲的體液。

……嗚、嗚嗚，比起昆蟲的體液，我比較想用植物的果實。但一年四季都能取得的，只有昆蟲了吧？

「現在有釘子了，就可以做蒸籠了吧？」

「嗯？那大小呢？妳不是說過要配合鍋子的大小嗎？阿姨已經答應妳可以用鍋子了嗎？」

關於用來蒸木頭的蒸籠，本來心想不需要太大，但後來又覺得最好可以配合鍋子的大小。然而，每個家庭都只有用來煮飯的鍋子。就算想借，母親八成也不會答應。

「……我還沒問。但之前就已經惹媽媽生氣過，要我別把食物以外的東西放進去。」

只是想把魚乾放進鍋子裡，母親就生氣了。要是知道我又想拿來蒸木頭、煮纖維做紙，更不可能把鍋子借給我。

「那根本沒指望嘛。怎麼辦？鍋子我可做不出來喔。」

鍋子很貴，非常貴。就算壞了，也會修補好繼續用。不是我們想要就能輕易取得的東西，加上又是金屬製品，很難自己做出來。

「……先做抄紙器吧。抄紙器的大小我已經決定好了，所以可以動手做了。」

「唉，也只好能做什麼就先做吧。」

班諾的召見

一邊在森林採集，我和路茲一邊開始做抄紙器。抄紙器其實是木框，用木頭和釘子就可以做出來。最困難的部分，頂多是要把木頭筆直地砍作一樣的長度，做法本身並不難。而且這次也不是要做大張的和紙，只做明信片的大小，所以不在中間加上橫木以保持木框的平衡也沒關係。我打算參考家政課上用過的那種小木框。

我先在石板上畫出木框的完成圖，讓路茲看過後，再寫下必要的零件。路茲一邊看著完成圖一邊砍木頭。

「唔……因為要麻煩你做成這樣，所以一定要削得很直，併在一起時才不會有縫隙。但也可以最後要合併的時候再削平……你做得出來嗎？」

「比我想的還複雜嘛，要削得很平……」

砍好木頭後，做成兩個長方形木框，內側的面積差不多為明信片大小。等上蓋和底座兩個木框做好，再加上固定用的銜接板，讓上蓋在篩紙的時候不會移動。然後，上蓋的部分再加上可以握住的把手。

「路茲，做好了！很成功呢！」

「這樣子叫成功嗎？」

「嗯！因為要用上下兩個木框把竹簾夾起來，再像這樣拿著把手，搖晃抄紙器讓纖維平均分布，所以形狀上沒有問題。」

「形狀上？」路茲納悶地挑出我說的這句話，我就把疊起來的木框往旁舉高，指著中間有些凹凸不平的縫隙。

「要是可以把中間這邊慢慢削平或磨平，讓上下木框疊起來的時候服貼沒有縫隙，這樣子就算完成了。」

「沒有縫隙?!這如果不拜託我爸爸或哥哥他們，根本借不到工具……」

「……你覺得借得到嗎？」

「不知道……」

路茲雖然放棄了當旅行商人，但拒絕了父母希望他去從事的建築和木工方面的工作，自己找到了商人學徒工作，現在每天都受到家人砲火般的指責。他說照這情況，很難開口借到工具或請家人幫忙。

路茲的父親認為，商人滿腦子都只有錢，冷血又忘恩負義，所以無法容忍自己的兒子也想變成那種人。母親卡蘿拉則是這麼勸路茲：「你都放棄當旅行商人，留在城裡找工作了，就不能再放棄一次嗎？」

不論家人怎麼大力反對，好不容易自己開拓出了一條路，我不想放棄——既然路茲都這麼說了，我也沒有什麼能夠為他做的。頂多見到路茲家人的時候，會不著痕跡地稱讚路茲有多麼努力，不然就是用食譜抓住他們的胃。

……我真的幫不了什麼忙呢。

抄紙器大致已經成形了，最糟的情況是如果試用後行不通，就再努力削平。問題在於竹簾。像把毛筆一根根捲起來的竹簾，只能由我自己動手來做。我需要大小相同的竹籤和線，而且是堅韌的線。但我們既沒有可以隨意使用的線，要用竹子做成竹籤也不簡單。雖然只需做出明信片的大小，但已經可以預想到這會是一項非常艱難的任務。

「反正今天已經做好了抄紙器，明天就削竹子，從竹籤開始做起吧。不過，圓圓的竹籤好做嗎？如果可以統一成一定的大小和粗細，四角形的竹籤也可以。你覺得呢？」

「我只能說，要做出來試用看看才知道了……」

還不太會用小刀的我無法貢獻多少力量，但因為需要大量的竹籤，也只能一點一滴慢慢累積了。幸好今天預計要完成的抄紙器成功做出來了。

「梅茵，還有路茲，可以過來一下嗎？」

回程經過大門時，歐托叫住了我和路茲。因為平常我會在大門幫忙，所以如果只叫住我還不稀奇，但目前為止從來沒有叫住過路茲。

「還有我嗎？」

「對，這封邀請函要給你們兩個人。」

歐托遞來了和之前珂琳娜給的邀請函一樣的木板。學習有了成果，我馬上確認收件人和寄件人。是班諾寄給我和路茲的邀請函。

還以為在做出紙張之前不會再見面，現在卻突然向還不是學徒的我們寄來邀請函，這是怎麼回事？

「明天嗎？這個邀請還真突然，有什麼事情嗎？難不成不等我們做出成品，就要直接宣判我們不及格嗎？」

像是有平常更有交情的人開口拜託，所以收了其他學徒，就要把我們刷掉；或是班諾從我不小心洩露出去的線索中推敲出了洗髮精的做法，所以要把我們一腳踢開……種種不好的想像在我腦海裡瘋狂打轉。

「不是、不是！絕沒有這回事！」

歐托慌忙否定，我目光不善地瞪著他。這個人應該知道些什麼才對。

「歐托先生，你到底知道什麼內幕？」

「啊～因為班諾看到珂琳娜的頭髮以後，就打破沙鍋問到底，所以我一不小心就把自己知道的事情都告訴了他，所以跟這件事有關吧。」

「歐托先生，那不就是你害的嗎！為什麼一不小心就說溜嘴?!」

「身為丈夫，當然要向別人炫耀變美麗的妻子啊！」

……還特地跑去炫耀，是想報復我拿走了所有的釘子嗎？

但向歐托抱怨也沒用，收到邀請函已是既定事實。而且既然想在班諾那邊當學徒，這也是絕對不能拒絕的召見命令。

「名義上是要邀請你們吃午餐，所以說不定可以吃到豪華大餐喔，路茲。」

「什麼！我去！一定要去！」

路茲立刻堅定了非去不可的決心。只要祭出豪華大餐引誘一下平常老是餓肚子的貧民，馬上就會上鉤。其實我也有點好奇有錢人家的飯菜長什麼樣子。

邀請函上寫著請在第四鐘響後前往奇爾博塔商會，但我不知道這在哪裡。

「……奇爾博塔商會在哪裡？我們不知道喔。」

「奇爾博塔商會是班諾開的店，就在我家一樓。」

歐托家就在妻子珂琳娜娘家的樓上，是年長多歲的哥哥擔心可愛的妹妹所準備的房子。也就是說，珂琳娜是班諾的妹妹，歐托與班諾的關係是……

「……兩位是姻親上的兄弟嗎？」

歐托往上勾起了嘴角。如果兩人是姻親上的兄弟，那我之前對歐托說過的話，很有可能都傳進了班諾耳裡。我決定以後要牢牢閉上嘴巴。

隔天，我和路茲盡可能穿上最乾淨的衣服，前往班諾的商會。經過中央廣場，四周給人的感覺越來越氣派。路茲好像也從來沒有從中央廣場走到城牆附近，不停地東張西望。

「好驚人喔……」

「嗯，明明是同一座城市，感覺卻完全不一樣。去歐托先生家的時候我也嚇了一跳。」

「既然感覺差這麼多，午餐一定也和我們家完全不一樣，非常豪華吧！太期待了！」

看著露出天真無邪的笑容，滿臉期待的路茲，我輕嘆口氣，事先給他忠告。

「路茲，我勸你要注意吃飯的禮儀喔，對方一定會檢查我們是怎麼吃飯。」

「啊?!吃飯的禮儀？那是什麼？我根本不知道有什麼禮儀！」

我也不知道。正確地說，是我不知道我所知道的禮儀在這裡是否通用。對策只有一個。

「總之要注意吃飯時的姿勢，不要狼吞虎嚥，然後模仿班諾先生吃飯的樣子，應該就不會有什麼問題了。」

「……可惡，害我開始緊張了。」

在不知道接下來將要面對什麼的不安下，我們不由得牽著彼此的手走路。

抵達奇爾博塔商會的時候，第四鐘尚未敲響。因為邀請函上寫著要在第四鐘響之後，所以我們只能在店鋪附近打發時間。

「現在要怎麼辦？」

「我想從這邊觀察一下店鋪的情況。因為我們完全不知道班諾先生的店在賣什麼，又有多少員工，學徒都在做哪些工作吧？」

「……也是喔。」

對我來說，蒐集職場資訊是種常識，但這裡沒有網路，也沒有工作資訊雜誌。只能從別人口中打聽消息，或用自己的雙眼進行確認，否則無法取得情報。

這裡的人本來都是從父母親工作的樣子，了解每個行業的工作情況，再聽介紹人的說明，知道自己將去工作的地方是什麼樣子。但是，歐托當初還隱瞞了他和班諾是姻親上的兄弟這件事，不知道是否會提供資訊給我們。之前想了解旅行商人詳情的時候，他也只介紹班諾是「旅行商人時認識的朋友」，一開始恐怕根本不打算錄用我們，對於工作內容也沒有任何說明。現在既然有機會可以親眼確認，當然要好好觀察。

「店內陳設的商品不多呢。」

「比起市場，走進店裡的客人也很少，這樣子真的會賺錢嗎？」

「我覺得有吧。因為店面整理得非常乾淨，員工的打扮和舉止都比路上的行人要講究。看得出來受過嚴格的教育，看起來很體面，所以做生意的對象都是有錢人和貴族大人吧？」

就連站在店門口像是守衛的人，身上的衣服也比我們高貴。這正是專和注重排場的客人做生意的證據。因為和我們生活的世界相差太多，看來我和路茲若要在這裡工作，還有許多必須要跨越的高牆。

噹啷噹啷……

告知正午的第四鐘響了。同時，店家開始準備休息。要是大門完全關起來，找不到半個人的話，那可就糟了。我急忙出示邀請函，叫住正要走進店裡的一名守衛。

「不好意思！我們收到了班諾先生的邀請函，請問現在要怎麼辦才好呢？」

「不用這麼緊張。這件事我們已經聽說了，能請你們在關門前稍候一下嗎？」

他說午休時間會關門休息，留下一名員工顧店，其餘員工都會出去吃午餐。其實不用在關門的時候衝出來，到時再詢問顧店的員工就好了。

店舖動作迅速地關門，要吃午餐的員工一窩蜂地作鳥獸散。接著我們在中午負責顧店的男員工帶領下，走進店舖深處。

「老爺，客人到了。」

「嗯，讓他們進來吧。」

走進房間，一看就知道是用來談公事的辦公室。房內有接待用的桌椅，內側的櫃子上擺滿了各種沒有見過的物品。班諾坐著的辦公桌後方，還有一個堆滿了木板和羊皮紙的櫃子。

……那個難道是書架?!

雖然沒有書，所以應該說是資料櫃，但櫃子上放滿了寫有文字的紀錄媒介。

看到眼前的班諾站起來，我才勉強穩住搖搖晃晃地想往那邊走去的雙腳，停在原地站好。

「抱歉突然叫你們過來，我有件事一定要和你們談談。」

「請問是什麼事情呢？」

「先吃飯吧，有事之後再談。」

雖然視線離不開第一次看見的像是書架的櫃子，但我還是在班諾的指示下就座。路茲也神情有些緊張地坐在我旁邊。

「午餐馬上就送上來。」

班諾拿起桌上的鈴鐺搖響三次，後面的門便打開，一名端著餐盤的女性走進來。門後好像就是樓梯，與二樓連接。

「梅茵、路茲，歡迎兩位。請慢慢享用。」

瞬間我以為女性是不是班諾的太太，但因為班諾沒有多加介紹，所以可能是員工或女傭吧。我只回答了聲「謝謝」，看著女性擺在桌上的餐具。

我們面前只有盤子、叉子和湯匙，每套餐具的數量和我們家都一樣，但只有班諾前面放著刀子。看來這裡的規定，是餐點都由身為一家之主的班諾分配，等到沙拉和肉被盛進盤子裡，湯才端上桌。

「好了，請用吧。」

其實路茲已經很努力了。但是開動之後，他就把我的忠告都拋到九霄雲外去，吃得狼吞虎嚥。在成為商人學徒開始工作以前，最好也要讓路茲學會基本禮儀。

我拿起叉子，一邊觀察班諾一邊吃飯，似乎沒有什麼特別不一樣的禮儀。雖然我這樣想，班諾卻目不轉睛地一直看著我。我做錯了什麼嗎？還是有細節不太一樣，讓他很在意？結果這頓飯害我吃得膽顫心驚。我自認為自己的吃相算斯文，真不知道到底是哪個地方讓他覺得奇怪。

總之經過這次用餐，我親身學習到的禮儀，就是要剩下少量的菜餚，表示自己吃飽了。本來以為吃不完會很失禮，所以我拚命地把飯菜吞下肚，結果女性為我加菜的時候，我差點要摀住嘴巴。

原先還對富裕人家的菜色有些期待，結果只是量比較多，調理方式其實相差無幾，所以味道讓人有點失望。說實話，反而是最近開始會煮高湯的我們家還比較好吃。但認為「量就是一切！」的路茲，顯然吃得心滿意足。

「看來你們也吃飽了，那就開始吧。」

班諾先生喝著香味雖然不一樣，但看起來很像是咖啡的深色飲品，我們喝著香草茶，開始進入正題。

「首先，想請你們回答我，為什麼是跑去拜託歐托？」

班諾的表情與語氣流露出了煩躁與憤怒，路茲嚇得縮起來，我則偏頭不解。

「不好意思，我不懂班諾先生的意思。我們平常老是拜託歐托先生事情，不知道你是指什麼時候，又是哪一件事？」

「歐托告訴我，你們去找他交換釘子，還是拿能夠讓頭髮有光澤的洗髮液做交換吧？」

「是的……這有什麼問題嗎？因為在我身邊，能夠讓我換到釘子的人，看起來就只有歐托先生了。」

和歐托交換釘子，班諾為什麼要生氣？是用簡易版洗髮精來做交換這件事做得不對嗎？我們兩個人完全無法理解，只是滿臉問號，班諾於是用力嘆氣。
「用商人的常識來看，妳應該先來找我商量。」
「找班諾先生嗎？」
看著回答「沒錯」，重重點頭的班諾，我這才知道原來以這個世界商人的常識來說，這件事應該要先找班諾商量才對，但還是一頭霧水。
「可是，我們都還不是學徒，做紙也是一種考試，所以我才覺得不應該找班諾先生商量啊。」
「不對。一旦做出了紙，你們就是這裡的學徒，紙也會成為商品在這裡出售。所以，妳第一個商量的對象應該是我，不是歐托。」
雖然還不是學徒，但因為是在有附帶條件的情況下答應錄用，所以還是要把班諾視為上司吧。我還以為做紙只是一種考試，但現在看來，也要當作是工作的一環。如此說來，這次這件事就變成了即將成為學徒的孩子沒有找上司，反而是找不相干的外人商量工作上的事情，害得上司臉上無光。
「對不起，這下子我知道了。我們這樣做，等於傷害到了雇主班諾先生的面子，不，應該說是威信才對。以後我們會小心的。」
在我表示理解和反省後，班諾連連點頭，然後挺直腰桿坐好。
「那麼，接下來我想和你們談生意。和能夠讓頭髮發出光澤的洗髮液做法做為交換，我將提供做紙所需的材料給你們，如何？」

「可是，做紙是成為學徒的考試吧？可以請你幫忙提供材料嗎？」

我認為考試就是要從頭到尾自己準備。要是班諾願意提供材料，做紙當然會變得輕鬆許多，但真的可以接受嗎？

「如果因為沒有工具就做不出來，那就測試不了你們的實力，況且一項新事業，本來就要有投資才能開始。只不過原則上，我不能無償贊助毫無關係的你們。通常借錢需要抵押，但你們並沒有可以用來抵押的東西吧？」

這是當然，身為貧窮人家小孩的我和路茲，都沒有可以用來抵押的值錢物品。

「可是，做法不是之後可以還回來的東西，應該不能拿來抵押吧？」

「所以這一次，我不是要借錢給妳，而是要和妳做交易。由我買下洗髮液的做法，再提供給你們造紙所需的所有材料……這筆交易還算公平吧？」

「確實滿公平的。」

雖然請對方製作工具，和列出清單請對方採購原料的時候，可能會讓班諾推敲出做紙的方法，但對於現在連只鍋子都生不出來的我來說，迫切地需要他的援助。

「路茲，你覺得呢？」

我問向坐在旁邊，始終悶不作聲的路茲。做紙是兩人要合力完成的作業，所以不該我自己一個人決定。但路茲微微低著臉龐，左右搖頭。

「……出主意是梅茵的工作吧？所以，照妳想的去做就好了。」

路茲都這麼說了，我想盡量談到好條件再達成協議。工具自是不用說，如果班諾也願意準備原料，我就能把心力都放在做紙上。

「你所謂必要的材料，只有工具而已嗎？還是原料也可以包含在內？」

「要包含原料也可以。你們打算用各種原料進行嘗試吧？路茲跑遍木材行，請教木頭質地的消息都傳進我耳裡了。」

原來如此，商人間的資訊分享真可怕。看到有個陌生的孩子突然到處亂跑，詢問木頭的質地，消息很快就傳開了吧。

「那麼，請問班諾先生的援助會持續到什麼時候？」

「到洗禮儀式為止。因為在那之前，原則上不能收你們當學徒，所以你們帶過來的東西，就由我出錢買下來。扣掉材料費和替你們販售的佣金，剩下的就是給你們的報酬。等你們受洗完，就會在店裡出售紙張，到時薪水之外，我會再加一成的淨利給你們。」

所以在洗禮儀式之前都不必擔心。做好的紙就帶來店裡，請班諾買下。就算稍微被抽點佣金，也能確保自己的獲利，這點也沒有問題。

但是，受洗完後讓我有點不安。班諾願意薪水外再加一成淨利固然很好，但萬一被解僱的時候呢？要是不再支付薪水給我們，也有可能不再支付那一成的利潤。

剛才就已經感受到，這裡的常識與我們生活區域的常識存有莫大的鴻溝。等紙張的製作步上軌道，確定可以獲利以後，屆時我們就沒有任何保障。

「比起薪水之外再給我們淨利，我更想主張擁有製紙的權利。至於賣紙的權利，請歸給路茲擁有。」

「……這是什麼意思？」

「我不希望要是做出了紙，拿到實物以後，就被一腳踢開。這是為了保障你不會為了眼前的利益就開除我們。」

哦……班諾撫著下巴，目露精光。

「嗯，懂得保護自己是不錯。但小孩子想出來的主意還真是漏洞百出。」

「嗚……我會好好改進。」

因為不懂這裡的常識，我再怎麼絞盡腦汁，也只能想出和三歲小孩差不多的對策。

「而且，妳只提到紙張的權利，那讓頭髮發出光澤的洗髮液呢？」

「是的，『簡易版洗髮精』我並不主張擁有權，因為要賣給班諾先生了。」

都要賣出去了，我無意再主張擁有權。對我來說，能讓紙張在市面上流通是最棒的結果，也只是想為即使遭到家人反對，仍努力要當商人學徒的路茲爭取到保障。

「嗯，好吧。紙張方面的權利都屬於你們，但是，只能由我們商會進行買賣。你們也沒有權利決定價格和利潤的分配，薪水也不再另外有加成。這樣子可以嗎？」

「沒問題，因為只是要個保障。」

現在最重要的，就是確保有地方可以工作，還能領到薪水。至於利潤，以後再慢慢賺就好了。像是班諾留意到的髮簪，還有食譜和美容方面的產品，這些東西都只要有原料就能獲利，隨便想一下就能想到好幾個了。

「那麼，事情就談完了。下午我要去幾位貴族大人的宅邸拜訪，傍晚就會回來，在那之前你們就留在這裡寫訂單，把做紙要用的東西全部寫下來。」

做事這麼明快果決，真讓我太高興了，但我在大門還沒有寫過訂單。

「……可是，我還不會寫訂單。」

「我會請人教妳。如果能在傍晚前學會，我就告訴妳一件事當作獎勵。」

「什麼事？」

「如果妳真的想保障自己的權利，還有和貴族大人進行交易的時候，有種簽約方式只在金額非常龐大的交易時才會用到。只在市場買過東西的你們，應該沒有看過。不光是口頭保證，我會確保你們的權利。」

其實我也希望不只是口頭保證，可以寫成合約，但沒想到班諾會主動提議。

「……但是對班諾先生來說，只做口頭保證不是比較有利嗎？」

班諾搖搖頭後，露出意味深長的笑容。

「之所以要正式簽約，是為了保護我對『簡易版洗髮精』的擁有權。只做口頭約定，萬一到時候開始賺錢，妳卻跳出來說擁有者是妳，我可就傷腦筋了。透過簽約，讓妳完全放棄這項商品的權利的同時，我也會承認你們紙張的擁有權。」

「謝謝你。」

言下之意，就是他也一樣還沒完全相信才見過兩次面的我吧。既然願意簽約，彼此都能放心。

午休結束以後，店員們魚貫回到店裡，班諾叫住其中一人，指定他擔任我們的老師。是位看起來精明能幹，氣質很像管家，讓人想喊一聲「賽巴斯欽！」[2]的男性。

「馬克，這兩個孩子是梅茵和路茲，教他們怎麼寫訂單吧。在我回來前就麻煩你了。」

「知道了，老爺。」

班諾一邊準備出門，一邊也忙碌地向其他員工下達指示。離開房間之前，回過頭來對馬克說了：

「啊，對了。馬克，在我回來之前，也先準備好契約魔法要用的東西。」

……契約魔法？我好像聽到了班諾這麼說。咦？這裡是魔法世界嗎？

契約魔法

請女員工收拾了我們眼前的桌子後，馬克端著放有各種東西的圓盤走來。其實說是托盤更符合馬克形似賽巴斯欽的外型，但盤子是用木頭削成了平坦的圓形，所以只能用圓盤來形容。

馬克把帶來的東西一一擺在桌上。有疊作一疊的板子、墨水壺、像用細竹或蘆葦做成的植物筆、石板、石筆和布。全都放得整整齊齊、一絲不苟，馬克才抬起頭。

「那麼，我教你們怎麼寫訂單吧。」

馬克交互看向我和路茲，向路茲問道：

「路茲，你會寫字嗎？」

「……我只會寫自己的名字。」

以前做黏土板的時候，我教過他寫自己的名字，看來路茲也牢牢記住了。但是，這時候不會只用到自己的名字，所以他面帶難色地低下頭。

馬克聽了「嗯」地點點頭，拿起石板放在路茲面前。

2. 日本動漫畫中，管家角色經常取名為賽巴斯欽，所以賽巴斯欽就等於管家的印象深植人心。

「你會寫自己的名字嗎？但我聽說你並不是商人的孩子……真教我吃驚。那麼簽約的時候不會有問題。但一旦成為學徒，所有人都要學會寫字。那梅茵寫訂單的時候，你就練習寫字母吧。」

馬克似乎沒有想到非商人家庭出身的路茲會寫自己的名字。原先的預計，是想讓他在簽約前學會寫名字吧。馬克在石板寫下五個字母，讓路茲開始練習。他是負責教育學徒的指導員嗎？不論教導方式還是對進度的掌握，都顯得非常熟練。

「梅茵，那妳會寫訂單嗎？」

「可能會有不知道的單字，但只要教我單字，就寫得出來。」

「那麼，我就教妳寫訂單吧。」

馬克在我面前放下兩片板子，一片潔白如新，另一片已經寫了字，是範本吧。雖然有幾個不懂的單字，但可以看懂七成。

「這個字是訂單的意思。」

馬克指著木板上最上面的單字說，然後為我說明訂單的格式。包括訂購人、訂購商品和數量等等，學會以後其實不難。

「梅茵，妳知道要訂哪些工具和材料嗎？」

「沒問題，我知道。」

用力點頭後，我開始寫訂單，但要在粗糙不平的板子上寫字比想像中要難。用不習慣的植物筆更是不好寫字，讓我感到不耐煩。跟植物筆比起來，我做的煙灰鉛筆還好寫多了。雖然煙灰鉛筆只要稍微摩擦到，字就會變成一團黑色，看不懂在寫什麼。
「嗚嗚，跟石筆不一樣，好難寫字喔。」
「就第一次用這種筆寫字的人來說，妳算寫得很好了。」
受到稱讚，我翹起尾巴繼續努力。我埋頭拚命寫字時，馬克就看著訂單微微蹙眉。
「梅茵，妳上面寫了鍋子，要多大的鍋子？」
「呃……我想要我們家第二大的鍋子那種大小……」
馬克更是皺眉，臉上寫著「妳這樣說明我聽不懂」。
……嗯，也是啦。拿我家的鍋子來當基準，有誰會知道嘛。可是，我不知道測量鍋子大小的單位是什麼。我想應該不是公分，但要怎麼說明才好？
「路茲，你裝水後還搬得動的鍋子，大概是多大？」
「啊？嗯～大概這麼大吧。」
路茲用自己的手臂比出一個圓。把說明都丟給這世界的孩子來解釋真是做對了！……咳咳，不不，是詢問以後會最常用到這個鍋子的路茲顯然是對的，馬克立刻拿出長得像捲尺的測量工具，迅速地測量路茲比出的圓形。
「高度呢？」
「路茲，大概有多高？」
「大概這樣吧。」
馬克又俐落地舉起捲尺測量。身邊既未出現過捲尺，目前為止也都是只靠眼睛評估就行得通，所以不需要知道正確的長度。但是，現在不是我們自己要做而已，還要向其他店家下訂單，就不能再說得不清不楚。

我捧著腦袋小聲地沉吟一會兒後，向馬克舉起手。

「……馬克先生，在寫訂單之前，想請你教我長度的單位。還有，有些東西要今天回家後先量過長度，才能寫訂單，所以可以向你借用那個測量長度的工具嗎？」

「捲尺嗎？當然。那也當作必要的工具，寫份訂單吧。」

抄紙器已經做好了，得要量過長寬才能做竹簾。

在試做紙張的階段，我只打算做明信片的大小，而且還要嘗試多種木頭和混合的比例。等摸索出了最佳做法，就會做更大的紙張。屆時當然也需要更大的工具，所以捲尺不可或缺。

向馬克借了捲尺，請他教我怎麼測量，寫下訂單。蒸籠、鍋子、角材、灰、水盆、抄紙器、置紙板、重石、平坦的板子，還有原料和黏著劑。

因為很想趕快開始做紙，本想把所有工具都寫下來，卻發現沒有鍋子，就不知道蒸籠要做多大，也就不知道要用來做蒸籠的木頭要多大。我向馬克說明角材大概要這麼大，用途是什麼，決定了大小和重量。灰燼也要先試做過一次紙張之後，才能知道需要多少的量，暫時先訂了一小袋。

不管要訂什麼，都不知道該怎麼說明才好，我痛苦地抱頭。

「嗚嗚，關於竹簾，我想拿著已經做好的抄紙器，直接和工匠討論。」

「我想也是。關於妳說的竹簾，最好就這麼辦吧。因為看了妳畫在石板上的圖，我還是不知道是什麼。」

除了馬克也舉手投降的竹簾以外，其他東西都成功地寫好了訂單。

就在我和訂單努力奮戰的時候，路茲也很認真地在練習寫字。他應該並不習慣長時間坐著寫字，卻展現出了令人刮目相看的持久專注力，和大門的見習士兵完全不一樣。果然一碰到自己認為有必要的事物，人們表現出的專注力也會不一樣。但是，不知道是不是太專心了，路茲顯得面無表情。

「那麼還有一點時間，也教你計算吧。這裡都是用計算機進行計算。」

中間休息了一會兒後，馬克也教路茲怎麼使用計算機。不知道這世界的計算機怎麼用的我也在旁邊一起聽。我心想著外形和算盤真像，撥弄著計算機時，馬克滿臉狐疑地偏過頭。

「老爺告訴過我，梅茵已經會計算了吧？」

「可是，其實我不會用計算機。」

「那妳平常是怎麼計算的？」

「用石板。」

我在石板上筆算，解出了馬克出的算數題目。馬克不敢相信明明沒有計算機，卻還能算出龐大的數目，結果莫名其妙地，變成了我教馬克怎麼筆算。

「但既然會用計算機，沒必要學會『筆算』吧？」

「手邊沒有計算機的時候就需要用到了。而且，雖然我懂得用計算機，卻不明白為什麼會算出那個數字。這真是太有趣了。」

看到只是聽了小學生程度的數學課就心滿意足的馬克，我內心升起不可思議的感覺。對我來說理所當然的事情，在這裡卻不是。我重新體認到日本義務教育的偉大。

……但這種事情，是不是最好不要隨便教給別人？

雖然我個人認為，知識就該大家一起分享，卻不知道我的知識和這裡的常識有無牴觸。搞不好我這麼做，會造成不必要的麻煩。

「看時間老爺也快回來了，我先去做魔法契約的準備。」

「魔法契約是什麼？」

第一次聽到這麼有奇幻感的單字，我興奮得心臟不停撲通撲通跳。本來在我眼裡，這裡就只是個好像只會在書裡出現、既髒亂又不便的古老世界，結果居然是有魔法的奇幻世界嗎！

……搞不好我也可以施展魔法？

我興沖沖地等著馬克回答，他輕聲笑了起來。

「魔力正如大家所知道的，是只有貴族才擁有的力量。」

「……只有貴族？」

「對，沒錯。因為平常看不到，所以我們對這種力量了解得也不多。」

本來因為這世界有魔法而感到興奮雀躍的心情，在瞬間降到冰點。

……什麼？只有貴族才有的力量？居然不只書，連魔力也由你們專有，可恨的貴族！

「契約魔法原本的作用，是為了針對蠻橫的貴族產生約束力，所以需要具有魔力的特殊墨水和紙張。用契約魔法簽約後，就能藉由魔力規範雙方，形成沒有簽約者的同意，就不能解約的強大契約。」

「哇，好方便喔。」

用魔力產生約束力，就不能擅自毀約，面對地位比自己要高的人非常有用。

「雖然方便，但因為紙張和墨水都是魔導具，非常昂貴且稀有，若不是認為這份合約可以帶來龐大的利益，否則不會使用。」

看樣子，班諾認為簡易版洗髮精可以帶來龐大的利益。日常生活會用到的消耗品確實不可小覷，每次用完了就一定會買新的，而且一旦體驗過了柔亮又有光澤的秀髮，很少有女性還能回到不用洗髮精的時期。更遑論家境富裕，注重外表的女性了。

我搞不好太隨便就答應賣掉了——這個想法掠過腦海，但太過貪心也不是好事。現在我們需要的，是安心、安定和資金，就先別太貪心吧。

「抱歉，讓你們久等了。訂單已經寫好了嗎？」

班諾快步衝進房間。似乎是讓我們久等，內心很過意不去。

「今天能寫的都寫好了。」

我指著堆成小山的板子，聽見班諾咕噥道：「還真不少。」

……有些東西還要先測量，所以之後會再增加喔，就再麻煩你啦。

「路茲的情況如何？」

班諾問，馬克把掌心貼在胸口上回答：

「因為他已經會寫自己的名字了，所以這段時間都教他新的東西。他學東西的速度很快。」

明明馬克這麼稱讚，路茲的表情卻顯得若有所思，只是輕輕點頭。

半天的時間都在學習，一定累壞了吧。接觸不熟悉的事物，真的會很累。

「我想馬克也向你們說明過了，這兩樣就是簽魔法契約時會用到的簽約用紙和特殊墨水。只有專與貴族往來、獲得認可的商人才能擁有。」

班諾拿出了造型奇特的墨水壺。裡面的液體乍看之下是普通的墨水，但其實應該不是。我興致勃勃地凝神觀察，班諾在我面前攤開簽約用紙。

「……真的要用這麼昂貴又稀少的東西嗎？」

「是因為我認為這份合約有這樣的價值才會用，所以妳不用介意。」

……就算要我別介意，我還是很在意。

班諾把筆放進墨水壺裡沾取墨水，流暢地寫下合約內容。墨水不是黑色，而是藍色的。寫習慣這邊的字以後，一眼就能看出班諾的字跡非常漂亮，我不禁看得入迷。

『關於簡易版洗髮精的所有權利，梅茵在此悉數讓予班諾。反之，直到洗禮儀式為止，班諾必須全額支付梅茵與路茲造紙時的所需費用。製紙時決定由誰製作的權利歸梅茵所有，紙張的出售權歸路茲所有。但，兩人並不擁有過問定價和利潤的權利。』

契約書上寫著這樣的內容，我從頭到尾仔細看過。然後，表面上在檢查有沒有不合理的地方，實則正用力聞著墨水的味道。

……啊啊，好想快點做紙，然後把書做出來喔。

「梅茵……有什麼問題嗎？」

班諾訝異地問，我才恍然回神。班諾納悶地看著我，路茲則是無言地看著我。好像被路茲發現我其實是聞墨水的香味聞得太陶醉了。

「呼哇?!沒問題！上面寫的就跟我們說好的一樣，所以這份合約沒問題。」

「……我也沒有問題。」

路茲說完，班諾就點點頭，把筆浸入墨水壺。在契約書的最下方簽名後，就把筆旋轉一百八十度，將筆遞過來。我和路茲很快地交換視線後，我先接下了筆。

先用指尖輕輕撫摸比我熟悉的紙要柔軟一些的羊皮紙，感受那份觸感，同時我握緊筆，輕輕放入墨水壺沾取墨水。感覺筆尖有些陷入紙面，然後在班諾下面簽下自己的名字。和在板子上寫訂單不一樣，寫起來非常滑順。

……噢噢，果然在紙上寫字的感覺比板子好。

「好了，換路茲。」

路茲抿著嘴巴，緊張地接過筆，沾了墨水後簽下名字。從字跡就看得出來他還不習慣寫字，但正確地寫出了自己的名字。

「都簽完名了吧……」

班諾說著突然拿出小刀，往自己的手指頭輕輕一劃。

「呀啊?!班諾先生?!」

我和路茲大吃一驚，但班諾只是用另一根手指頭把浮出的血珠抹開，然後按在自己的簽名上，蓋下血印。吸收了紅色鮮血的瞬間，藍色墨水變成了黑色。

「那麼接下來……」

……我才不想要這麼可怕的魔法！

班諾的視線往我望來，我瘋狂搖頭。看到我對班諾手上的小刀和指尖滲出的紅色血珠感到害怕，路茲就嘆著氣拿出小刀。

「把手伸出來，梅茵。」

「嗚呀！」

我忍不住把手縮到背後。雖然我不敢自己劃傷自己的手指，但更不敢請人幫忙。我最怕痛了！

「說要簽約的人是誰？反正妳一定不敢自己動手吧？所以我幫妳，把手伸出來。」

「我、我知道了……」

我做好覺悟，緊緊閉上眼睛，提心吊膽地把手往前伸。路茲迅速地往我左手的小拇指輕劃一刀。伴隨著炙熱的刺痛感，血珠冒了出來。

「把血抹在大拇指上，然後蓋章。」

「嗚嗚……嘿！」

我幾乎快哭出來，把血珠抹在大拇指上，然後用力壓在自己的簽名上，墨水就和班諾那時候一樣變了顏色。在馬克為我的小拇指止血，捲上布條的時候，路茲果斷地往自己的指頭一劃，同樣蓋上血印。

……為什麼你們可以這麼毫不猶豫?!都不害怕嗎?!

就在路茲拿開指頭的同時，墨水的部分開始發光，彷彿燒起來一樣，發光的部分破了洞，而且逐漸往外蔓延，最後整張契約用紙就這麼憑空消失。雖然就發生在自己的眼前，感覺卻好像在看特效電影。

……嗚哇，是魔法耶。想不到這裡真的是奇幻世界！

非比尋常的簽約方式讓我目瞪口呆，怔怔地看著契約書消失不見，但忽然意識到一件事。契約書如果要備份怎麼辦？已經燒掉消失了耶。

「這下子簽約就完成了。依據違反契約的程度，有可能會危及生命安全，所以可不要違約喔。」

「危及生命安全?!」

這麼恐怖的下場讓我嚇得跳起來，班諾只是滿臉笑容，愉快地低頭看著猛打哆嗦的我。

「不要違約就好了。但是這樣一來，就得到妳想要的保障了吧？」

「……謝謝你。勞你費心了。」

結果，這裡的契約書根本沒有備份。

簽完魔法契約，走出班諾的商會，時間已經不早了，帶點橘紅的金色太陽正緩緩沉入地平線。傍晚的街道呈現出了有別於白天的另一種景象，和來時一樣，我和路茲一起邁步移動。

「結果拖到了這麼晚，我們快點回去吧。」

路上的行人神色匆匆，似乎也都準備要回家，腳步顯得很快。順著人潮，我和路茲並肩走在黃昏的街道上。

「今天很累吧？」

「……嗯。」

雖然還有幾筆訂單要補寫，但只要我今天一整天努力寫好的訂單送出去，收到材料以後，就可以專心做紙了。而且又簽了魔法契約，保障了我和路茲的權利，所以只要成功做好了紙，就不會被商會掃地出門。雖然很累，卻是成果非常豐碩的一天。

「接下來只要把紙做出來，就不用擔心了呢，路茲。」

「……嗯。」

走在我旁邊的路茲語氣非常沉重，聲音幾乎要被周圍的嘈雜人聲蓋過。平常路茲都會和我聊天，讓走路很慢的我分散注意力，所以我很在意他今天的反應為什麼這麼慢。

……是因為比去森林還累嗎？還是開始討厭學習寫字和計算了？

我看向身旁的路茲。夕陽照射下，一頭金髮變成了耀眼的紅色，但比我高了一點的路茲因為背光，看不清楚他的表情。

「路茲，你怎麼了？」

就算我這麼問，路茲也不答腔。他稍微張開嘴巴像是想說什麼，但又馬上閉上，緊緊地抿成一條直線。然後像是在想什麼事情，繼續不發一語地走路。

現在的速度，是平常總當我的領跑員的路茲原本的速度吧，這時我得小跑步才能追上他。路茲反常的舉動讓我有種不祥的預感，內心十分忐忑。

「路茲，等一下。」

路茲在中央廣場停下腳步，忽然向我轉過來。他抿著嘴唇，眼神嚴肅地盯著我，半邊臉龐被夕陽照得發亮。

然後像是下定決心，張開嘴巴發出了有點沙啞的聲音。

「我說妳……真的是梅茵吧？」

我在喉嚨深處倒吸了一口氣。心臟像被用力捏住，一瞬間全身的血液都停止了流動。耳鳴更蓋過了四周的嘈雜，只有血液流動的撲通撲通聲在耳朵內部格外響亮。

「如果妳真的是梅茵……為什麼講得出那些話？」

「哪些話？」

「就是今天妳和老爺說的那些話，我連一半也聽不懂。居然可以對等地和大人講些我聽不懂的事情，這樣子的梅茵……好奇怪。」

耳鳴還在嗡嗡作響。我咕嚕地嚥下口水，聽著路茲說話。

「妳真的是梅茵嗎？」

路茲向我這麼確認。我努力動起發乾的喉嚨，裝作聽不懂他在說什麼，歪過頭說：

「所以路茲的意思是……在你眼裡，我看起來不像是梅茵嗎？」

「……抱歉，我說這些話很奇怪吧？只是看到梅茵可以對等地和大人談判，有點嚇到而已啦。」

路茲勉強擠出乾笑，重新邁開腳步。要是站著不動會很可疑，所以我看著路茲越變越小的背影，也挪動雙腳追上去。

……失敗了呢……

截至目前為止，我接觸過的人很少。沒有力氣也沒有體力的我，幾乎什麼忙都幫不了。雖然之前會在大門幫忙歐托的工作，但至多也只是一個算數比起其他小孩要厲害一點的孩子，平常在那裡也不會接觸到其他小孩。

至今和路茲一起做的，也都是挖挖黏土和削削木頭這種小事。姑且不論目的，但都是小孩子做得到，也不會引來懷疑的事情。

但是，今天為了不被班諾牽著鼻子走，為了保障自己和路茲的工作，我使出了渾身解數應付班諾。結果，太卯足全力了。看在路茲眼裡，今天的我一定不是平常那個體弱多病、需要人保護的妹妹梅茵吧。

從今以後在造紙的過程中，要和大人談判交涉的情況勢必會增加。不論是籌措工具，還是請人製作工具，都需要給予建議和下達指示。明顯不像小孩子的言行舉止會越來越常出現，但為了做出紙來，我會不擇手段。

我將變得越來越不像路茲所認識的梅茵吧。肯定在不久的將來，和我一起行動的路茲就會從懷疑轉為確信，發現我不是梅茵。

……萬一被路茲發現了，他會怎麼想呢？知道我不是梅茵以後，又會採取什麼行動呢？

夕陽下，回家的一路上都看不見路茲的臉龐，但我再也沒有勇氣和他並肩。

路茲最重要的任務

回家以後，路茲說過的話還是在我腦海裡一直打轉。雖然路茲很難啟齒的樣子，但最後還是坦白說出來了，就表示我的舉止真的很可疑吧。

……倘若被發現我不是梅茵，到時候會怎麼樣呢？

快把梅茵還來！都是因為妳梅茵才會死掉！——可以想見路茲在混亂、憤怒和恐懼的驅使下，會對我這麼破口大罵吧。要是路茲還向家人揭發這件事，我也將失去容身之地。如果只是被趕出家門這倒還好，萬一這個世界的宗教會獵殺女巫，大家說不定會以為我被惡魔附身了，在嚴刑拷打後把我處死。曾在書上看過的各種獵巫拷問畫面閃過腦海，我渾身不寒而慄。

……我最怕痛，也最討厭可怕的事情了！如果要被拷問，我寧願死了算了。

雖然不想被趕出家門，也不想被拷問，但只要在那之前被自己身上的熱意吞噬，就能在發燒的痛苦中死去。如果想尋死，我自己就有方法可以不被任何人阻撓，眨眼間就一命歸天。

……萬一發展到最糟糕的情況，那在拷問前先死掉就好了。

雖然太急著下結論，但比起受到拷問，發燒被熱吞噬要乾脆多了。這麼一想，就覺得呼吸也輕鬆多了。而且仔細想想，我之前之所以沒被熱意吞噬，繼續留在這個世界，也是為了向路茲道歉。心裡想著必須履行和路茲的約定，才驅退了強大的熱意。現在已經向路茲道過歉了，也實現了安排他與歐托見面的約定，基本上可以說沒有任何遺憾。

認識班諾以後，眼看可以做紙，所以我當然想做紙，也想做書，但對這個世界本身並沒有什麼留戀。

路茲如果發現我不是梅茵，覺得我很噁心想避開我的話，這倒是很簡單，但避開我就沒辦法做紙了。我想只要好好說明，在成功把紙做出來、確定可以成為商人的徒弟之前，路茲應該都會願意乖乖配合我。

在做好紙之前，應該都能過一天算一天，如果想死也隨時都能自我了結。做好了覺悟以後，心情也豁達許多。雖然得出了不算結論的結論，但已經在心裡有了折衷方案。

無論我要採取什麼行動，全看路茲的反應。為了隨時可以迎接死亡，不留下後悔，只能無所不用其極地把紙做出來了。

雖然自以為灑脫地做好了覺悟，但想到要跟路茲見面還是很掙扎。隔天早上，我有些心驚肉跳地與路茲見面。

「我今天要去森林，得撿柴火回家才行。」

路茲說完，我的雙眼就綻放光輝。我必須去一趟班諾的商會，提交剩下的訂單，再把簡易版洗髮精的做法告訴班諾。趁著路茲不在，盡量先把可疑的事情全做完，這正是爭取到時間讓他慢點發現的好機會！

「我知道了，那我會去找班諾先生。因為要寫訂單訂購竹簾，也要和他商量東西要寄到哪裡。」

「……妳一個人去嗎？」

「嗯，對啊！」

既然路茲沒辦法同行，我就只能自己去。而且今天主要的工作是與大人交涉，身邊沒有熟識的人對我來說也比較方便。

「……妳能自己一個人去嗎？」

「沒問題啦。」

我用力握拳，路茲就露出了欲言又止的表情。但最後他還是什麼也沒說，只說「那我走了」就出發去森林了。

班諾的店鋪我已經去過一次，再加上歐托家那次就是兩次。獨自前往根本小事一樁。我也帶著裝有石板、石筆和訂單工具的常用托特包，朝著班諾的商會前進。

……好，那盡可能在今天之內就把事情做完吧！

「早安。啊，馬克先生，請問班諾先生在嗎？我帶訂單過來了。」

走進班諾店裡，大概是業者出入頻繁，客人絡繹不絕地進進出出，我跑向已經見過面的馬克。

「老爺現在十分忙碌，所以由我負責處理。」

馬克說完伸出手來，我把拿出托特包的訂單工具都交給他。包括寫好的訂單、墨水和捲尺。

「就像我昨天說的，這份訂單我想直接和製作的店家討論。可以請你幫我約個時間和對方討論嗎？」

「木材行通常是上午比較有空，不如現在就過去吧？」

「可是店裡看起來很忙，現在可以離開嗎？」

環顧正接待著相繼進入店裡的客人的店員，馬克露出了顯然和歐托是同類，感覺有些狡詐的笑容斷然說道：

「我教導他們的時候，可沒有要他們因為我離開一會兒就訴苦。」

……可是，有些店員臉上的表情好像快哭出來了耶？

「而且也如老爺吩咐過的，妳的委託非常特殊。我認為不假手他人，由我出面處理是最恰當的。請妳不用介意。」

「呃……那就麻煩你了。」

我和馬克一起步出班諾的商會，開始移動。目的地木材行位於市場所在的西門。聽說是因為離河川很近，大型貨物都從西門搬進城裡，所以木材行把店開在靠近西門的位置比較方便。

「我有件事情想要拜託班諾先生，但他好像很忙，可以請馬克先生代為轉達嗎？」

朝著中央廣場小碎步走在大道上，我開始提出不能在店裡商量的事情。

「訂好東西後，我想要借用一間可以放置工具的倉庫，不然工作室也可以。」

接二連三訂購了想要的工具固然很好，但沒有地方可以放。馬克也沒料到我們沒有工作室，眨著深綠色的眼睛。

「不然妳之前是打算怎麼做？」

「我打算先分別把工具放在我家和路茲家，再帶著工具和材料到森林裡的河邊或水井旁邊，然後動手做紙……」

最一開始，我都在思考能不能用家裡或森林裡的東西當作替代品。本來鍋子和灰燼也打算向媽媽她們哀求到借給我們，木材也只要到森林裡砍下樹枝就有了。

如今下了訂單，雖然省了尋找替代品的心力，但東西也瞬間暴增，有些東西又不是馬上就會用到，所以需要可以暫時放置的場所。可是，我家和路茲家都沒有多餘的房間，不可能讓我們把與生活無關的東西長時間放在家裡。

「但就算分開來放，空間還是有限，而且也不方便做事。如果可以借到有屋頂的工作室，我們當然是感激不盡，但不行也沒關係，只是想商量看看。這部分也能列為初期投資嗎？」

我說完，馬克就按著太陽穴，低聲嘀咕「真不敢相信」。

「看來你們原先的打算比我想像的還要亂來。」

「因為至今都沒有大人願意協助我們嘛。」

沒有大人的協助，小孩子的能力真的非常有限。所以用簡易版洗髮精的做法換到了班諾這名合作夥伴後，我要盡最大限度地利用他。一旦錯過這次機會，大概再也不會有機會做紙了，所以我也顧不了那麼多。

「嗯，關於倉庫，我也會幫妳談談看。」

「謝謝你。有馬克先生願意站在我這一邊，感覺一定可以借到倉庫。」

觀察兩人上次的互動，馬克應該是班諾的左右手或者心腹，總之是非常信任彼此的關係。倘若馬克願意出面，肯定可以借到倉庫。

「妳對倉庫有什麼要求嗎？」

「嗯……因為我們經常要去森林工作，所以希望可以離南門近一點。再來就是有屋頂，可以放置我訂的那些工具，這樣子就夠了。」

「我明白了……啊，快要可以看到了。就是那間木材行。」

馬克說著指向前方，但我的身高看不到。在原地跳起來看也看不到。於是我握住馬克的手，加快腳步。

「那麼快點過去吧！」

我意氣風發地朝著木材行前進，就在稍微變作小跑步的瞬間，膝蓋忽然一軟，一時間喘不過氣，意識就這麼轉入黑暗。

當我醒來，發現自己處在全然陌生的地方。床上鋪著厚厚的布，所以沒有草蓆席那種刺刺的觸感，躺起來十分舒服。房間雖然簡樸，但連天花板也打掃得乾乾淨淨，只不過我對這裡一點印象也沒有。

「……這裡是哪裡？」

我坐起來環顧四周，就看見了在房裡做著裁縫工作的珂琳娜。聽見我的聲音，她停下手上的工作衝過來。

「梅茵，妳醒了嗎？班諾哥哥說妳突然就昏倒了，緊急把妳送過來，我嚇了好大一跳呢。但因為歐托之前說過妳每次去大門，直到中午都沒辦法動，我才心想妳應該是因為太累了才發燒，就讓妳躺著休息了。」

「給、給妳添麻煩了！真是非常對不起！」

我嚇得吸了一口長長的氣，在床上跪坐謝罪。居然在前往木材行的途中暈倒，還由班諾把自己送來珂琳娜家，一定為他們造成了困擾。要是被母親和多莉知道，絕對不只罵我幾句而已。

……啊啊啊啊，也要向馬克先生下跪道歉才行。和平常一樣聊著天的我突然暈倒，他肯定嚇得心臟都要停止跳動了。

到了這時候，我非常清楚自己為何會暈倒。首先，因為一直反覆思考路茲說過的話，導致睡眠不足。再來，為了想趁路茲不在的時候談好事情，有些太賣力了。接著又眼看可以順利做紙，讓我非常興奮，整個人燃起熊熊鬥志，就完全沒有餘力去注意自己的身體狀況。最後，身邊又沒有半個了解我身體情況，可以阻止我亂來的人在。

空有鬥志，身體卻完全跟不上。我身體的水平可比破銅爛鐵。

「我叫人去聯絡班諾哥哥，說妳已經醒了。雖然也想聯絡妳的家人，但好像沒辦法馬上找到人……」

今天我家應該沒有人在，所以當然聯絡不到人。而且，家人都以為我是和路茲一起行動。恐怕怎麼也想不到我會自己一個人跑去班諾的商會，結果還昏倒吧。光是想像父親擔心得發狂的模樣，我就嚇得開始發抖，更不敢想像母親要是知道了我給珂琳娜添了麻煩，她的怒火會有多麼恐怖。

「那個……珂琳娜夫人，這、這件事能不能向我家人保密呢？」

「梅茵？」

「因為家人都以為我是和路茲一起行動，要是他們生路茲的氣……」

本來想用路茲當擋箭牌，試著避開家人的怒火，珂琳娜卻露出了女神般嫣然的美麗微笑說了：

「不行喔，要乖乖回去被罵。」

「不……」

想也知道我一定會被罵到狗血淋頭，不禁萬念俱灰。這時大概是聯絡上了班諾，他發出了咚咚咚的巨大腳步聲踏進房間。赤褐色的銳利雙眼惡狠狠地瞪過來，用低沉的嗓音開口說了：

「小丫頭，妳害我壽命縮短了好幾年。」

「是！」

班諾兇狠的表情也讓我壽命縮短了好幾年。我反射性地挺直背部，在床上端正坐好，再讓額頭緊緊地貼著棉被。

「真是非常對不起！」

「……這是什麼動作？」

「是我心目中最能夠表現出誠意的道歉方式，『下跪』。」

班諾一屁股坐在床上，用力抓了抓奶茶色的頭髮，「唉」地用力嘆氣。

「雖然歐托告訴過我妳的身體很虛弱，但沒想到居然到了這種地步。」

「我也沒想到。」

想趁著路茲不在的時候多做點事，是我太貪心了。這點小事當然沒問題！但我下意識用來判定的基準，還是麗乃那時候。想用虛弱的梅茵身體來做事，當然會暈倒。

「這是光靠幹勁也解決不了的問題。」

班諾咕噥說著「唉，算了」，轉頭看我。

「以後妳都要和那個小鬼一起過來，不准單獨行動。」

「……是。」

擔任領跑員的路茲一不在就不支倒地，其實也出乎我的預料。因為現在已經可以順利走到森林，只是在城裡移動應該沒問題吧——結果是我太高估自己了。

「妳今天就先回家吧，我會讓擔心得去了半條命的馬克陪妳回去。」

「咦咦?!那樣子太不好意思了！向馬克先生『下跪』道歉以後，我會自己一個人回去！」

我聽了睜大眼睛，揮手婉拒。不能再給馬克添更多麻煩了。然而，只見班諾的臉頰抽動了下，瞪著我的眼神更是兇惡。

「我剛才都說了不准妳單獨行動，妳沒聽到嗎？」

「……我聽到了，也明白了。我會在生氣的馬克先生陪伴下回去。呃，可是，難得都見到了班諾先生，那順便告訴你『簡易版洗髮精』的做法……」

為了實現今天來此的目的，我才張開嘴巴這麼說，班諾就露出了堪比惡魔的猙獰表情，大掌一把揪住我的腦袋。

「我・說・了！」

「是、是?!」

「妳今天・馬上給我回家！」

「呀啊——」

被人抓著腦袋大聲喝斥，我的身體劇烈一震，眼淚反射性地溢出眼眶。我抬頭看著班諾，腦海一角卻浮出了非常無關緊要的感想。

……原來如此，這種感覺就是所謂的如遭雷殛呢。

「以後禁止妳一個人不帶那小子就踏進店裡！腦袋還有記性的話就給我記好了！」

「記住了！小的記住了！好痛——！」

後來，花了一點時間討論要自己走路回去，還是由馬克抱我回去。但馬克用溫柔的嗓音威脅說：「如果不想害我的心臟停止跳動，就請乖乖聽話。」最後再補一刀：「剛才妳的道歉只是嘴上說說而已嗎？」我根本沒有勝算。

我放棄了無謂的抵抗，被馬克一路抱著回到家。於是看到我被馬克抱回來，又聽完馬克報備的我今日的行動，不出所料家人全都氣得頭頂直冒煙。隨後在長長的訓話期間，我真的開始發燒，躺在床上昏迷了兩天。

等我燒退了，搞不好得要到處向人登門磕頭謝罪。我這麼對多莉說了以後，結果她就說：「梅茵，雖然道歉很重要，但我覺得妳還是安分一點吧。」

「所以，因為給大家添了麻煩、又惹大家生氣，今天請你和我一起過去。」

退燒的隔天，我向路茲說明了事情始末，請求他和我一起前往奇爾博塔商會。路茲用傻眼到不知道該說什麼的表情看著我，吐出了又重又長的氣。

「所以我不是問妳，妳能自己一個人去嗎？結果根本不行嘛。」

「你、你那句話是這個意思嗎？我還以為你的意思是我都記得路了，應該沒問題……路茲？」

「哈哈哈哈哈……妳到底是怎麼想的才能想成那個意思啊？梅茵會讓人擔心的事情當然就只有體力啊！」

看著彎下腰開始哈哈大笑的路茲，我沒好氣地嘟起嘴，路茲就帶著雨過天青般的爽朗笑容抬頭看我。

「這麼容易就暈倒，梅茵真的沒有我跟著就不行耶。」

「嗯。班諾先生還說，如果沒有路茲，就禁止我踏進店裡。」

「哈哈哈……還禁止妳踏進店裡……」

被迫意識到自己有多沒用，心情正沮喪，反觀路茲心情卻很好。他這樣子當然是比心情不好要好多了，但內心有些不能釋懷。

……我還因為路茲說的話煩惱到睡眠不足，很怕跟他見面，為什麼他卻表現得和平常沒有兩樣?!

「梅茵，別臭著一張臉了，走吧。」

和滿面春風又擺出了哥哥姿態的路茲一起肩並著肩，朝著商會開始移動。

「路茲，你那一天去森林採集什麼了？」

「木柴跟竹子。妳不是說過要先削好竹子，讓木匠看看我們需要什麼東西嗎？」

「對喔，我都忘了。」

因為光靠口頭說明和石板上的圖，店家可能還是無法理解，所以我打算準備成品提供給對方參考，結果徹底忘了。

「喂，別這麼迷糊啦。」

「反正路茲很可靠，可以幫我記住，所以沒問題啦。」

在這個沒有筆記本的地方，不可能所有事情都記得住。麗乃時代的我可是筆記控。不管什麼事情都要寫在記事本上，以免自己忘記。只要記下來，就算忘了也沒關係，所以非常依賴記事本的我，記性可能不算很好。

但只要兩個人一起記，忘記的事情就會變少了——我對路茲這麼說完，他卻像要哭出來似地皺起了臉。

「……我啊，其實是看到梅茵會寫字，又會計算，還能跟大人講些我聽不懂的事情，心裡很不甘心。」

「咦？」

「我覺得根本沒有人需要我。在那間店裡，我一點用處也沒有。」

店裡沒有人會要求一個還未受洗的孩子，馬上就能幫上忙吧。路茲會寫自己的名字，學習又很認真，已經為自己加了很多分。但原來他都沒有注意到這些事，反而和我比較，暗自意志消沉。

沒有必要和我比較啊——正想這麼安慰他，路茲卻又輕笑著抬起頭來。

「可是，其實梅茵動不動就暈倒，雖然很聰明，但也有點少根筋，既沒有力氣，身高又矮，仔細想想辦不到的事情還比較多。沒有我，甚至還被禁止進入店裡……」

「路茲，你太過分了！我偶爾也有派上用場的時候啊！」

我向他過分的發言表示抗議，路茲就抱著肚子開始大笑。笑了老半天後，他抬起手放在我的頭上，來回摸了摸。

「因為梅茵之前變得很不像梅茵，所以我才說那些話欺負妳。對不起喔。」

「……什麼嘛。那些話……只是在欺負我嗎？」

我渾身虛脫無力。明明我非常嚴肅地看待路茲說的那些話，但對他而言，那只是在欺負我而已。還殘留著些許緊張的身體頓時沒了力氣。

「……我還以為路茲討厭我了，太好了……」

「我沒有討厭妳啦。好了，快點走吧。」

握住路茲伸來的手，我們牽著手一起前進。對我而言的日常生活，好像又回來了。

「早安。」

走進商會，一看見我們兩人，馬克就帶領我們走進店內班諾的辦公室。班諾按著太陽穴，眼神依然銳利地瞪著我。

「小鬼，現在你最重要的工作，就是保護那個愛亂來的丫頭。就當成這是只有你才辦得到的最重要任務，明白了嗎？看到她走在半路上沒有任何預兆就暈倒，有再多顆心臟都不夠用。」

班諾老大不高興地下達命令後，路茲眨著眼睛指著自己。

「……只有我能保護梅茵嗎？」

「除了你以外，還有誰能照顧這個愛亂來的丫頭？目前為止有嗎？」

「沒有。」

「你覺得這間店裡會有嗎？」
「沒有。」
聽了班諾的問題，路茲立即搖頭。一張小臉發著光，淡綠色的眼眸還透露著些許自豪，應該不是我的錯覺。
……嗚嗚，好想往路茲得意洋洋的臉頰用力捏下去。
「那麼小鬼，我問你，今天這丫頭可以走到南門嗎？」
「只要注意走路的速度就沒問題，而且南門離梅茵家比這裡還近，所以就算身體不舒服，也能馬上回家。」
雖然已經是常態了，但反而是家人和路茲更了解我的身體狀況，實在很沒面子。明明平常都在慢慢鍛鍊自己，卻怎麼也練不出體力。
……小孩子的成長速度應該很快才對啊。
我低頭看著自己再怎麼鍛鍊，成長效率依然不佳的身體，班諾就搖了一下桌上的鈴鐺。房門「嘰」地打開，馬克走了進來。
「老爺，您叫我嗎？」
「他們說只要注意走路的速度就沒問題，那為他們帶路吧。」
「是。」
「咦？要去哪裡？木材行在西門吧？」
應該沒有事情要去南門。我眨了眨眼睛，班諾就微微聳肩。

「馬克已經把事情告訴我了。所以，我把南門附近的一間倉庫借給你們。」

「真的嗎？太謝謝你了！」

我跳起來道謝，班諾卻輕嘆一口氣。

「我不是為了妳，是為了這小子。一邊要照顧妳，一邊還要搬那些工具，實在太辛苦他了。」

「咦咦?!我自己也會幫忙搬喔，現在我也練出一點力氣了。」

我拍了拍自己的手臂這般主張，三人卻異口同聲反駁：

「妳別輕舉妄動，乖乖待著別亂動。」

「要用力氣的工作我來就好了，妳別做那些會害自己暈倒的事情啦。」

「妳不用幫忙沒關係，請照顧好自己的身體。」

但是，恕我拒絕，怎麼可以靜靜待著不動呢。我已經和多莉說好了，從能做的事情開始做，慢慢增加自己做得到的事情。自己的事情我會自己負責，就算現在還沒辦法，我也會努力到總有一天可以自己來。

我表面聽話地點點頭，在自己心裡下定決心。路茲忽然捏起我的臉頰，低頭審視我的表情。

「梅茵，妳的表情……是假裝有在聽，但其實根本不打算照做吧？」

……被發現了?!

我的表情一僵，捂著臉頰抬頭看向路茲。看見我這樣，班諾與馬克互相對視，彼此點了點頭。
這天之後，路茲身為「梅茵負責人」，在班諾店裡成了重要的存在。

材料與工具的訂購

　走出班諾的辦公室，馬克帶著我和路茲前往靠近南門的倉庫。南門一帶是工匠區域，所以倉庫多聚集在這一帶。也因為工匠們經常用水，水井的數量比住宅區要多。
　馬克領著我們走進去的，也是一間就在水井旁邊的倉庫。空間不大，大約三坪左右。感覺之前是工匠用來放置材料的倉庫，內部還留有幾個把木板固定在牆上所做的架子。倉庫好像大略整理過，雖然還有些灰塵，但看來是不用大掃除了。我環視了一圈，發現角落已經擺著鍋子和幾個袋子。
「妳訂的東西會先寄到店裡，再由店裡的員工送過來。昨天已經把鍋子和灰搬過來了，就是那些。今天會把體積較大的水盆和重石搬過來，在那之前，請留在這裡等候吧。」
　看見馬克指著的黑色鍋子，我打從心底感謝班諾的協助。只靠我和路茲兩個人，絕對拿不到這種鍋子。
「哇，鍋子耶！路茲，這個鍋子你搬得動嗎？」
「嗯，這個大小沒問題，還能綁在木架上帶走。」
「那快點量寬度吧，要決定蒸籠的大小才行。」

托特包裡放有從班諾店裡借來的訂單工具。我迅速拿出捲尺，要路茲把鍋子拿起來。

「……測量就測量，但妳冷靜一點。要是太興奮，又會發燒喔。」

「嗚……」

聽了我們一連串對話的馬克揚起苦笑。

「如果滿意這間倉庫的話，那我就先回店裡去了。明天早上預計前往木材行，所以要量的東西和要訂的商品，請務必在那之前做好準備……嗯，我應該會在第三鐘響的時候離開店舖，過不久就會抵達中央廣場。」

「好的，我知道了。真的很感謝你各方面的幫忙。」

接著馬克拿出可以戴在脖子上，附有鍊子的鑰匙。

「這是這間倉庫的鑰匙，就交給你們保管了。平常一定要記得鎖門。還有，只有路茲也沒關係，鎖好以後一定要回店裡歸還鑰匙。知道了嗎？」

路茲接過沉甸甸的鑰匙後，馬克就轉身離開了。

「路茲，那我們要先做什麼？」

眼下無人使用的倉庫裡沒有椅子也沒有能坐著的箱子，所以無法坐下來休息。

「先把東西都搬過來吧，像是已經做好的抄紙器、竹子和釘子……」

「也是呢。今天之內要量好蒸籠的大小，寫下需要木頭的長度，還要檢查之前的訂單，看有沒有要用的木材忘了寫……剩下的，就是把參考用的竹籤做出來吧。」

「如果要砍竹子和削竹子，也需要工具。」

把今天的該做事項寫在石板上，放在倉庫牆上。這樣子就不會忘記了。

然後和路茲一起回家，把東西搬到倉庫。沒有方向感的我，完全不知道自己現在身在何方，但路茲顯然瞭若指掌，在狹窄的巷弄裡敏捷地不停穿梭。倉庫似乎位在南門和我家之間，就在我滿臉問號，心想著「這裡是哪裡？」的時候，就到家了。距離很近，對沒有體力的我來說真是太好了。

「那妳把東西放進籃子裡，然後帶下來吧。」

「知道了。」

放在我家的東西只有釘子。因為路茲的家人都從事建築和木工方面的工作，要是把釘子帶回家，他說有可能會不小心被拿走或偷走。反之，容易被誤認為是柴火的抄紙器和竹子若放在我家，很有可能會被拿去燒掉，所以放在了路茲家。

把裝了釘子的袋子和小刀放進籃子裡，再把無意間躍入眼簾的抹布和掃帚放進去。倉庫裡沒有能夠當作椅子的東西，但只要打掃乾淨，就可以攤開抹布坐下來。

下樓以後，路茲已經在等我了，籃子裡頭有各種木工製品向外突出。

「路茲，你帶了什麼來？」

「這是前陣子拉爾法做失敗的東西，我在想可以拿來當作椅子。」

「呵呵！我也帶了清潔工具要打掃，到時候就可以坐下來了！」

回到倉庫，把釘子放在木板架上，再把竹子擺在角落以後，我拿出捲尺。兩個人一起測量鍋子的大小，決定好蒸籠的長寬，在石板寫下需要的木頭長度。

「這樣就好了吧？」

「嗯。」

要向木材行訂購的木頭很多。有做蒸籠的木頭、敲打纖維用的角材、要做成置紙板的大塊平坦木板和木臺、比較薄要用來晾乾紙張的木板、用來做竹籤的竹子，還有用來做紙張的木頭原料。

我們一邊檢查所有訂單，一邊事先想好每種材料想要哪一種木材。想要質地硬的還是軟的？想要徹底乾燥過的？還是才生長沒幾年的木頭？

「最後就是竹籤了吧。」

「對啊，你可以嗎？要削得比竹簡那時候更小更細喔。」

「因為之前是先削成大塊的竹片，那如果削小一點呢？」

在路茲的主導下，我們開始用竹子做竹籤。雖然大力一砍，就可以豪邁地把竹子砍作直條狀，但看得出來路茲很難再把竹子削細，陷入了苦戰。

「我也來幫忙，這種細膩的手工我應該可以。」

我拿出自己的小刀，試著把砍得較細的竹子削成竹籤，但挑戰過後，有一半以上都在中途斷成了兩截。就算沒斷，削出來的竹籤也都嚴重凹凸不平，根本不能用。

「這個好難喔。」

配合抄紙器的大小切出平滑的竹籤，確認長度——這份工作還是交給專業的工匠吧。我們實在沒有時間也沒有技術。

「東西搬過來了！」

在我們忙著做竹籤的時候，班諾商會的店員搬來了大水盆和路茲拿得動的重石。我請他們和鍋子放在一起。

「梅茵，東西也送過來了，今天就先到這邊吧。」

店員回去的同時，路茲也開始收拾整理。時間才快要中午，我還有充足的體力。

「我還可以再做點事情喔。」

「明天會很忙，所以妳今天先休息吧。而且妳不是說過今天輪到妳煮飯？」

「對喔。」

臥病在床期間輪到我煮飯時，都是多莉代替我，所以今天換我煮飯。

「而且為了明天可以去木材行，我也必須先把明天家裡該做的事情做完，所以梅茵先回家吧。送妳回去以後，我會去還鑰匙。」

很清楚自己只會礙手礙腳的我點點頭，立刻收拾好行李。

隔天，第三鐘敲響後不久，我們在中央廣場與馬克會合，前往木材行。班諾的商會從開門營業的第二鐘敲響前，直到業者送完貨的第三鐘為止，聽說是最忙的時段。

今天因為有路茲同行，所以我沒有中途暈倒，順利地抵達了木材行。

圓木或疊或靠在牆上的光景，和我在日本看過的木材行相當相似。只不過因為所有用機器進行的作業全都改為人力進行，所以現場可以看到大量體格壯碩的肌肉男在走來走去。他們發出洪亮的吆喝聲，好幾個人一起搬運木材或是砍木頭，感覺活力充沛，充沛到甚至讓人覺得有點恐怖。

「啊，師傅，好久不見了。」

「哦，是你啊？班諾那小子混得好像還不錯嘛？」

「是啊，託您的福。今天是這兩個孩子想要找木頭……」

馬克向頭部光溜溜、但臉上茂密的鬍子裡摻雜著白鬚的師傅打招呼，然後向他說明是我們要找木頭。

「一個小丫頭和一個小鬼頭？你們會需要什麼木頭？」

體型孔武有力，看不出多大年紀的師傅低頭往我們睨過來，我「嗚！」地低吟，嚇得屏住呼吸。

「那個，我想要可以做蒸籠的木頭……」

「啥？妳說想要什麼木頭？」

師傅狐疑反問，我一時語塞。之前路茲和馬克都聽得懂，師傅卻不知道蒸籠是什麼嗎？還是說，必須明確說出樹木的種類？

「呃，就是我想要那種就算碰到水蒸氣……不，是碰到熱氣也不會變形，而且要乾燥過的堅硬木頭，請告訴我有哪些。」

「哦？乾燥過的堅硬木頭嗎？看來好歹知道自己需要哪種木頭嘛。」

師傅「嗯嗯」地點頭，說出了三種木頭的名字。

「那就是刺黃、多羅茄和芭得桑利這幾種吧。妳要哪一種？」

「就算問我要哪一種……路茲，你知道嗎？」

雖然對方列舉出了選項，但我根本不知道那是什麼，於是轉身抬頭看路茲。

「嗯……比較好處理的應該是刺黃吧？」

「那就選刺黃吧。大小已經測量完畢了吧？」

馬克問道。我回答「是的」，拿出托特包裡的訂單先讓馬克過目，檢查有沒有哪裡寫得不完整。

「看起來沒有問題。那麼，就請照著訂單的指示切好刺黃，送到店裡。」

師傅草草看了眼訂單，就喊著「工作！」把訂單交給附近一個年輕的肌肉男。

「啊，還有，我想要一張有點厚度的板子和放木板用的工作檯，一樣都是要碰到水也不會變形。」

「我可以賣木頭給妳，但工作檯你們得向家具舖委託，不然就自己做。一樣是刺黃沒問題吧？」

「可以。」我用力點頭，遞去厚木板的訂單，師傅看著訂單哼一口氣。我緊接著又遞出一份訂單。

「訂單還真多。」

「不只這些喔。這份訂單是要兩片不怕碰到水的薄木板……」

「要多薄？要是訂得太薄，就算木頭質地夠堅硬，過沒多久照樣會變形。」

師傅撇著嘴角說，我於是搜尋記憶，回憶起黏貼紙張用的板子，拍了一下手心。然後從托特包裡拿出石板，喀喀喀地畫圖。

「呃……大概就像這樣，請你們在後面加上補強用的外框，再把木板裁切至不會變形的薄度。然後撇開我不說，要是路茲拿不動就糟了……」

「哈！這麼一小塊木板還拿不動的傢伙，算什麼男人！」

怎麼能拿路茲跟肌肉發達的師傅相比嘛。我有點擔心起來，回頭看向路茲，結果他在我開口之前就先不高興地垮下臉。

「我是男人，當然拿得動。」

現在逞強，事後吃苦的可是路茲喔。但這時候若插嘴，可能會傷害到男人的自尊心，所以我保持沉默。

「還有，我想要棍棒或是那種用來洗衣服的四方形木棒。一樣要是路茲揮得動的大小和重量。」

「棍棒和洗衣棒是完全不同的東西吧？妳到底要用來敲什麼東西？」

說到敲打用的工具，我想到的就是這兩樣東西，但當作武器用的棍棒，和母親用來洗衣服的木棒，材質確實截然不同。

「要用來敲打木頭的纖維。把纖維燙軟以後，再敲打到變得像是棉花。」

「要做什麼用的？」

「這個不能告訴你。」

我在嘴巴前面交叉手指，比出一個叉，師傅又哼了聲。

「硬度和重量的平衡很重要，所以你們要在什麼東西上頭敲打？在石板上？還是木板上？兩種要選的木頭可不一樣。」

我聽了不禁臉色發白。我完全忘了也需要敲打用的工作檯！

「……我、我完全沒想到這件事。對、對喔，也需要敲打用的工作檯！可以麻煩你做一整套的敲打檯和敲打棒嗎？我現在就寫訂單！」

「如果妳要訂成一套，補寫在這份訂單上就好了……不過，是由妳來寫嗎？」

「對啊。」

此刻我滿腦子都是沒有料到的失誤，為了設法補救，立刻從托特包裡拿出寫訂單用的捲尺、筆和墨水，在木棒訂單的背面補寫上敲打檯的尺寸。

「師傅，這樣子可以嗎？」

「嗯。那東西都訂完了嗎？」

「不，還有……請問有纖維很長又堅韌的樹木嗎？最好是纖維具有黏性，彼此容易黏在一起，又能取出很多纖維的樹木。我聽說一年生的樹木最適合，因為生長到第二年以後，纖維就會變硬，樹木也會長出樹節，要加工就很困難。所以我想要年輕、質地又柔軟的樹。」

我列舉出了適合做紙的樹木特徵，但師傅的反應卻不太樂觀。他搓著鬍鬚，沉吟皺眉。

「那麼年輕的樹沒什麼用，所以我們沒有在進貨。」

如果沒有人特別下訂，木材行並不會受理一年生這種年輕樹木的訂單。

「我剛才列舉出來的條件，如果有讓你想到哪些樹木，還請告訴我們。因為我們也不知道哪種樹木適合，會自己採一點回來測試。如果確定好種類，就可以下訂單嗎？」

「要看數量再來決定。畢竟數量要是不多，我們可會虧錢。」

「我知道了……路茲，那樹木的名字、還有在哪邊可以採到，就請你幫忙記了。因為我完全沒有自信可以分辨得出來。」

最一開始只能靠我們自己採集了。等到做出了試作品，確定哪一種樹木適合，要量產紙張的時候再下訂單吧。

由年輕的肌肉男員工告訴路茲樹木的種類和分辨方法時，我拿出竹籤給師傅看，問：

「啊，對了。我還想要這樣子的竹籤，請問這裡有竹子嗎？」

「有是有，但不多。」

師傅說著指向堆積如山的木材後方，依稀可以看見些許熟悉的竹子。

「這裡能做竹籤嗎？」

「這麼細膩的加工是工藝師的工作，去拜託工藝師吧。」

「工藝師嗎？謝謝你。那麼，要訂的東西就是這些了。」

「知道了。等東西準備好，送去班諾的商會就行了吧？」

師傅看著訂單問。我交給他的訂單上，訂購者的名字全是班諾。當初契約的內容是用簡易版洗髮精的做法，換得班諾的初期投資，所以訂購者的名字都是班諾。班諾說過，先把貨物送到他的店裡，之後再交給我們，這樣的流程之於魔法契約是必要的。

「是的，那就麻煩你了。」

目送師傅回到工作崗位上，在等著路茲歸隊的期間，我把手伸進托特包裡，檢查有沒有遺漏的訂單。目前手邊只剩要委託家具舖製作的工作檯，和要委託工藝師製作竹籤的訂單。

嗯……放置紙板的工作檯要怎麼辦呢？先不說敲打臺，但其實放置紙板用的工作檯並不需要額外向家具舖訂做吧？

「……馬克先生，店裡有沒有多餘的木箱可以拿來當置物桌呢？特別向家具舖訂做，好像太浪費錢了。」

「我知道了，那木箱就由我們這邊準備吧。需要幾個？」

「因為我想放上木板當桌子用，所以要兩個大小一樣的木箱。另外希望可以再給我兩、三個箱子，大小不一樣也沒關係。」

比起向家具舖訂製，能夠省下不少費用，所以馬克說著「沒問題」一口答應。

「改天再找時間去找工藝師吧。今天可以就此解散嗎？」

「好的，今天真的很謝謝你。」

隔天前往森林蒐集木柴，順便尋找有無適合做紙的樹木。路茲對樹木比較了解，所以我全權交給他。看在我的眼裡，每棵樹長得都一樣。雖然從樹皮和觸感感覺得出差異，但種類太多了，我根本記不完。

後來為了把採集到的東西放進倉庫裡，去商會借倉庫鑰匙的時候，馬克告訴我已經和木匠約好時間了。

……噢噢，馬克先生，真是太能幹了。工作速度好快。

我們約好在去過木材行的五天後，前去拜訪工藝師。和往常一樣第三鐘的時候在中央廣場會合，出發去找工藝師。工藝師的工坊位在工匠大道，所以離南門很近。

和木材行的師傅不一樣，工藝師是位體型偏瘦的男性。精瘦的身材好似在說他只需要工作上會用到的肌肉，除此之外都沒有必要。長及背部的灰色頭髮隨意地綁起來，感覺就是只要不妨礙到工作就好。

「你們要委託什麼工作？」

手工藝人特有的敏銳又帶點神經質的目光由上到下不善地打量過來，我忍不住揪住馬克先生的衣服。

「我們想要竹籤。本來想委託木材行，但對方叫我們委託工藝師……」

我從托特包裡拿出竹籤。工藝師用手指摸了摸竹籤凹凸不平的表面，嘴角微微抽動。

「要刻出竹籤上的波紋嗎？」

「我們是希望可以削平……」

「削成這副德行，確實不如花錢請人做。我知道了。材料就是那些嗎？」

工藝師指著從路茲籃子裡冒出來的竹子。這些竹子昨天才送到倉庫，路茲從籃子裡拿出竹子放好。

「只有這件委託嗎？」

「啊！如果可以，我也想請你製作『竹簾』，請問做得出來嗎？」

我在石板上畫圖，拿著僅只一根的竹籤，比手畫腳地說明要怎麼做竹簾。雖然我的說明很籠統，但工藝師似乎仍然想像出了大概的輪廓。

「這樁委託還真麻煩，但要做是做得出來。」

「真的嗎？太厲害了！」

「但是，首先要有耐用的線。在下訂單之前，先把耐用的線帶過來吧。」

工藝師說著用力擺手，要把我們趕出去。但是，這可不行。因為我根本不知道工藝師要求的耐用的線，究竟是指什麼線。

「呃，不好意思！我不太知道哪一種線堅固耐用，可以請你一起去一趟嗎？」

「如果現在馬上就能去線鋪的話，我可以同行。」

想不到看起來很難相處的工藝師居然答應了，我喜出望外，立刻舉手回答：「沒問題！」但下一秒，路茲就從後面往我的腦袋拍下一掌。我按著頭轉過身，就看到路茲不耐地瞇起翡翠色的雙眼瞪著我。

「喂，梅茵，不要這麼隨便就答應。第一個先倒下的人會是妳喔。」

「看樣子梅茵今天又想被人抱著移動了呢。」

「啊?!」

顯然馬克沒有忘記我上一次非常不願意被他抱回家，露出了不容許我反抗的笑容走過來。我一步步地後退時，工藝師不耐煩地開口了：

「所以到底是去還是不去？」

「當然要去，梅茵都一口答應了嘛。對吧？」

被馬克捕獲的我被他抱起來，直接前往線鋪。因為不用再顧及我走路的速度，這時的行進速度比平常快了好幾倍。而且明明被人抱著移動，我卻一點也感覺不到搖晃，內心暗暗感到吃驚，同時在馬克肩膀上輕輕嘆氣。

……明明只是想努力工作，結果還是給大家添了麻煩呢。

線鋪坐落在工匠大道，距離並不遠。但精神上已經是成年人的我，還是覺得被馬克抱著走來走去實在很丟臉。到了線鋪他才終於把我放下來，我踏步走進店裡。

「哇啊，好多線喔！」

「因為這裡是線鋪。」

工藝師平靜答腔。但是，觸目可及都是線的景象還是非常壯觀。在這個世界，市場的店家都比較像是露天攤販，只會販賣零售商品，大道兩旁的一樓商家又為了盡量不被強盜或小偷盯上，除了樣品以外，所有商品都收在架上或者倉庫裡頭。所以很少可以像現在這樣，看到這麼多東西都擁擠地擺在一起。

「請問耐用的線有哪些呢？」

在日本，都是用堅韌的生絲製作竹簾。但連這裡有沒有絲綢和蠶都不知道的我，當然也不知道怎麼挑選強韌的線。

「梭皮尼的線最耐用，特別是在秋天的繁殖期取得的線品質尤佳。但是，價格不菲喔。」

工藝師用帶著「如何？」的眼神看過來，我轉頭看向馬克。負責出錢的人不是我，而是掌管著班諾荷包的馬克，他才是下決定的人。

「梭皮尼的線是沒問題，但不一定非得要秋季生產的線吧？」

「……嗯，這是沒錯，但你們真的要買梭皮尼嗎？」

看來梭皮尼線的價格非常昂貴。大概是想從價格最貴、品質又最好的線開始往下推薦，所以工藝師十分吃驚地來回看著我和馬克。

「就用梭皮尼吧。但是，我們絕不允許失敗和怨言，請一定要完成。」

馬克檢查完我拿出托特包的竹籤和竹簾訂單以後，向工藝師露出微笑，將訂單交給他。

「……是。」

配合抄紙器的長寬，訂了兩個明信片大小的竹簾。就這樣，所有工具全部訂完了。訂購工作順利地畫下句點後，我安心地鬆了口氣。

從隔天開始，我都負責待在倉庫，看著東西一一被搬進來。收到材料以後，再和路茲一起製作工具。有多的空檔就去森林採集、幫忙家務，以免家人抱怨，忙得暈頭轉向，但也在這段時間內慢慢備齊了做紙材料。另外還需要用耶蒂露的果實或斯拉姆蟲的體液製作黏著劑，這次決定先用耶蒂露的果實。

等到進入深秋，開始準備過冬時，耶蒂露果實的黏液常被用來塗在窗框上，就可以塞上布條，阻擋寒風從縫隙灌進來。所以再過一段時間，在市場上流通的耶蒂露數量就會減少，價格也會跟著提高。所以商量過後，如果之後不能再用耶蒂露的果實，就要改用斯拉姆蟲的黏液。

趁著我發燒昏睡的期間，馬克帶著路茲一個人去採購了耶蒂露果實。他說難得有這個機會，也想讓路茲累積一下經驗。聽到他這麼說，我不禁稍微反省，覺得自己好像太出鋒頭了。

等到所有材料都準備齊全，我的身體也恢復健康，終於可以做紙的時候，距離第一次見到班諾，還向他誇下海口說要做出紙來，已經過了一個半月的時間。

開始做紙

今天終於要正式開始做紙了。我幹勁十足，還興奮到路茲叫我冷靜一點。

這天的工作內容，要依據木材行告訴我們的，以及路茲向許多人打聽到的資訊，找到並砍下我們要的木頭。然後在河邊蒸木頭，再浸泡河水、剝下黑色樹皮，就可以暫時收工離開森林。剝下的黑色樹皮就帶回倉庫晾乾。

因為只要做明信片大小的試作品，所以不需要準備太多材料。雖然要蒸上好幾個小時的木頭需要大量木柴，但在森林裡工作，收集柴火並不難，也可以在快燒完之前再去撿。只不過，要帶著鍋子和蒸籠去森林的路茲會比較辛苦。為此，路茲一大早就去借了倉庫鑰匙，拿來了鍋子和蒸籠。從森林回來以後還要在倉庫工作，所以已經事先知會過馬克，鑰匙暫時要借用一陣子。

事前的準備工作萬無一失，但發生了預想不到的狀況。

「路茲，你真的可以嗎？」

「……嗯。」

路茲這麼回應。但他把鍋子和蒸籠都綁在木架上背著的樣子，卻讓看的人膽顫心驚，覺得他隨時會被壓扁。

真是失算。原因很簡單，當初製作鍋子和蒸籠時，都考慮到了路茲搬得動的重量。路茲也說過這樣的大小沒問題。但是，卻完全沒料到要同時搬兩樣東西去森林。

「不然蒸籠由我來拿吧？」

「梅茵不行啦。」

路茲都說不行了，那我肯定搬不動。我能做的，就只有為路茲加油，和去森林的時候不要太過逞強。

我和路茲一如既往，和一群孩子一同前往森林。

「路茲，那是什麼？」

「你們打算在森林做什麼啊？」

看見路茲背在背上的鍋子和陌生蒸籠，孩子們都一臉好奇。

「我們要用鍋子和蒸籠做東西。」

背上的行李很重吧。路茲變得沉默寡言，回答也很簡潔。雖然語氣聽來像在不高興，但好奇心旺盛的孩子們不以為意地繼續發問。

「咦？要做什麼？是不是好玩的事情？」

「……不是。我能不能當上學徒，就看能不能做出這樣東西。所以，不要來打擾我們。」

「是喔，知道了。路茲，加油喔！」

還以為提問攻勢會沒完沒了地持續下去，卻在一聽到這是路茲為了成為學徒非做不可的事情以後，立刻戛然而止。

不明白孩子們為什麼這麼乾脆就放棄追問，事後問了路茲我才知道，雖然多數的孩子都是在父母的介紹下找到工作，但受歡迎的工作也會有很多人搶破了頭。遇到這種情況，有時父母會改為介紹另一個地方，有些店家則會舉辦選拔考試。

孩子們都知道，絕對不能妨礙在參加選拔考試的人。因為換作自己參加考試的時候，對方也有可能會報復地妨礙自己，而且要是妨礙了別人這件事傳出去，自己也很難找到工作。

噢噢～看來哪個世界都一樣，大家都想擠進熱門的行業，競爭相當激烈呢。

在大門遇到歐托的時候，他還對我們說了聲「加油」。大概是看到路茲背著鍋子和蒸籠，知道我們要開始做紙了吧。

「嗯，我們會的。啊，爸爸，我們去森林了喔！」

近來看到我老是和路茲同進同出，父親又有些鬧起彆扭，但我一揮手，他就露出了介於臭臉和笑臉之間的複雜表情向我揮手。雖然不高興看到我和路茲或者歐托感情太好，但看到女兒對自己揮手又很高興，從他的表情真是一目了然。

「呼啊～累死我了！想不到這麼重！」

把鍋子和蒸籠放在河邊，路茲立刻轉動痠痛的肩膀。

「路茲，辛苦你了。要休息一下嗎？」

「不了，等開始蒸木頭，要觀察一鐘的時間吧？到時我再休息。」

路茲說著，雙手又開始在河邊堆起石頭，製作可以放置鍋子的石灶。不愧是路茲，不浪費一分一秒的時間。相較於很習慣戶外作業的路茲，不管是前世還是現在都是能不出門就不出門的我，幾乎沒有這方面的經驗。所以，還是老樣子，我派不上什麼用場。我能做的頂多就是撿撿附近的木頭碎片，再拿給路茲。

路茲用鍋子裝了河水，放在石灶上後，迅速堆起木柴生火。

「那我去砍木頭，梅茵就在這裡休息，順便顧鍋子吧。」

「但路茲更需要休息吧？」

「妳要是在做好紙之前病倒就麻煩了。妳可以在這附近撿撿樹枝，但不要跑太遠喔。如果有什麼事情就大聲叫我，知道了嗎？」

「……知道了。」

路茲說的完全正確，所以我決定乖乖地守著鍋子。話雖如此，等水滾沸好像還要很長一段時間，好閒。我撿拾四周的小樹枝，回到鍋子旁邊添火。

漸漸地附近的碎木片都撿光了，我一步步地遠離鍋子，收集木柴，忽然在地上看見了一個長得很像石榴，有一半都埋在土裡的紅色果實。

「咦？這是什麼？能吃嗎？還是可以榨油？」

森林裡的東西多數都可以在生活中派上用場。畢竟我也在這個世界生活了快一年的時間，思考方式也被這邊的人影響了，看到東西就先撿起來再說，但以前在日本絕對不會這麼做。

「問問看路茲這是什麼吧。」

我用手上的碎木片刨開紅色果實四周的泥土，把紅色果實挖出來。一拿起果實，果實突然間開始發熱。

……糟了！看來這也是不可思議的神奇果實！

顯然紅色果實也是做菜時偶爾會用到的神奇食材的朋友。老實說我根本不知道會發生什麼事，也不知道該怎麼處理。情急之下，我用盡全力盡可能把果實拋到遠處——但心有餘而力不足，果實飛不到五公尺遠就「咚」一聲落地。

碰！碰碰碰！瞬間，紅色果實伴隨著爆炸聲飛散開來，四面八方忽然接連地竄出綠芽。就在我愣住了的時候，植物已經迅速生長到了我的腳邊。

……什麼?!這個長得這麼快的植物是什麼東西?!

面對明顯非比尋常的事態，我大驚失色地逃離現場一邊大叫：

「路茲！路茲！路茲——！有奇怪的東西！」

「梅茵，怎麼了嗎?!」

本來就在附近的路茲沙沙沙地光速跑來。一往我指的方向看去，登時臉色大變，嘴巴含住手指「嗶——」地發出高亢的口哨聲。

「是陀龍布！」

「那是什麼？」

「我之後再解釋！」

路茲一邊回答一邊揮舞柴刀，開始砍伐植物。植物轉眼間就超過了我們膝蓋的高度，還直往大腿的高度繼續生長，怎麼看都是危險的不明生物。

「梅茵，妳快去河川的另一邊！知道了嗎？」

「知、知道了。」

現在這種情況下沒有時間聊天了。我照著路茲的指示往河川奔跑，剛好和我相反，聽到路茲口哨聲的孩子們紛紛聚集前來。

「發生什麼……啊，是陀龍布！」

「快點砍掉！」

依然只有我一個人搞不清楚狀況。相繼趕來的孩子們好像都知道這個快速生長樹是什麼，和路茲一樣舉起柴刀或小刀與之對抗。

結果我就癱坐在鍋子附近，看著孩子們聯合起來，砍掉生長得極快的植物。既然對手是植物，用火燒掉它們就好了啊……但我只是放放馬後砲，事實上才跑沒兩下就已經上氣不接下氣，根本沒辦法聽路茲的話到河川的另一邊去。

「沒有再長出來了吧？」

我累得像灘泥巴地坐在河邊的時候，大家已經把快速生長樹都砍掉了。

孩子們來回察看四周，檢查還有沒有漏網之魚。

「應該都砍掉了，但搞不好陀龍布還會出現在其他他方，所以大家採集的時候要小心。一有事情就吹口哨吧。」

孩子們再度散開採集，路茲走到我旁邊。

「不是叫妳去河川另一邊……太勉強了嗎？」

「……太勉強了。」

比起砍伐了快速生長樹的路茲，我更加狼狽地喘著大氣。不知情的人看了，肯定還以為我才在最前線奮勇廝殺過。

「路茲，那是什麼？」

「那是陀龍布。」

路茲說陀龍布是一種生長速度極快的樹，要是不在它剛長出來的時候砍掉，不出多久就會吸光附近土壤的養分。而且一旦長大，要砍倒也不容易，屆時就只能委託騎士團出動。

……哇，還有騎士團耶。不愧是異世界。

「不過，還真奇怪。」

路茲坐在河邊的石頭上，歪著頭平復呼吸。

「陀龍布現在就出現有點太早了。一般都是進入秋天後，要再一段時間才會出現。」

「是喔……」

「生長速度也快得很詭異。可是，長出陀龍布的地方卻沒有什麼枯萎的樣子……」

「哦……」

「什麼啊，梅茵都不覺得奇怪嗎？」

路茲對我的反應顯得很不滿，往我瞪過來。可是，說我都不覺得奇怪，我也很無奈啊。我是第一次看到這種植物，怎麼會知道哪種情況算奇怪。更何況那種快速生長樹的存在本身就夠奇怪了。

「我是第一次看到那種東西嘛。就算你說跟平常不一樣，我也看不出來啊。」

「對喔，梅茵是春天以後才開始能來森林。」

路茲這才恍然大悟地點點頭。幾乎同一時間，鍋子開始發出咕嘟咕嘟的沸騰聲。

「路茲，木頭呢？」

「應該掉在那邊……」

路茲指著長出陀龍布的地方，然後頹喪地垮下腦袋。在河水沸騰之前，路茲去採了要當作材料的木頭，卻因為陀龍布突然出現，隨手扔開了辛苦砍來的木頭。

「……欸，路茲，難得都砍下來了，要不要試著用陀龍布做紙呢？反正大家都不要，數量也很多，又是才剛生長就砍下來，纖維應該很柔軟……」

「也是，現在要再去砍樹實在太累了。」

把陀龍布放進蒸籠，再請路茲放在鍋子上。接下來好一段時間只要補充木柴，不讓火熄滅就好了。我一點一點地放進剛才蒐集來的碎木片，路茲負責觀察火勢。

「梅茵，不好意思，妳能顧一下火嗎？我去把剛才丟掉的木頭撿回來。」

「嗯，知道了。」

大概是休息了一會兒後恢復了力氣，路茲去撿回剛才因為陀龍布而扔掉的木頭。

身負顧火重任的我握著碎木片，視線片刻不離火堆。雖然現在稍微懂得控制火勢了，但只要我一不注意，還是常常發生意想不到的狀況，最後都以失敗收場。

……唉，瓦斯爐好方便喔。現在想想，電磁爐和微波爐根本是魔法嘛。

蒸著陀龍布的時候，路茲開始採集。夏季尾聲，在逐步邁入秋季的森林裡可以採到很多食物。我們兩人輪流看著鍋子，我也試著摘採自己找到的東西。

「路茲，我採到了好多喔。這些可以吃嗎？」

「我看看……哇，梅茵！全部拿出來給我看！我先檢查能不能帶回家！」

看到我採集回來的東西，路茲臉色大變地幫我檢查，結果採回來的三成都有毒。

「這個不能吃。吃了會手腳發麻，三天都不能動。這個也不行，吃了會口吐白沫死掉。這個也不可以，肚子會痛上兩天……梅茵，妳要是不記清楚哪些東西有毒，在生病死掉之前，會先中毒身亡吧。」

……嗯。不牢牢記住的話真的會死呢。而且不只我，還會連累家人。

既然要在這裡生活，就要懂得分辨有毒植物。我趕緊把這列為必須馬上熟記的功課。因為沒有圖鑑，只能看著實物硬背。

「我會努力記住的，你再教我吧。」

「嗯。」

城市的方向隱約傳來了鐘聲，於是我們拿下蒸籠。騰騰的熱氣撲在臉上，但光用看的，也看不出來蒸的時間夠不夠久。

「這樣子可以了嗎？」

「我也不知道，總之先泡一下河水來剝皮吧。」

迅速地泡過河水後，趁熱剝下樹皮。樹皮很輕鬆就剝下來了，也沒有斷作一截一截，比想像中還好處理。這下子說不定找到了好材料！

「陀龍布搞不好適合用來做紙耶。」

「但又不知道它什麼時候會長出來，也不一定能在長大之前就採到啊。」

「……嗚啊，這可不行。」

想起了今天的情形，我大嘆口氣。要是可以栽種，就會是很棒的原料了，可惜。

「欸，梅茵，今天的做紙工作可以先到這裡為止嗎？」

「嗯，反正接下來只要晾乾樹皮。」

「……哦。那我去收拾鍋子，這邊可以交給妳嗎？」

路茲把剝樹皮的工作交給我，開始在河邊清洗鍋子和蒸籠，收拾善後。坐下來剝樹皮的工作意外有趣，我剝得樂此不疲。

到了要回城裡的時間，我把黑色樹皮和採到的幾樣東西放進籃子裡。路茲鼓足力氣背好鍋子和蒸籠。加上採集到的東西，回程時的重量又比來時要重。路茲和我都步履蹣跚地回到城裡，和大家分道揚鑣後，前往倉庫。路茲打開門鎖，卸下行李放進倉庫。

「啊啊，重死了！」

「因為回來的時候又多了採集的東西。要是我能再多拿點東西就好了……」
我光是搬自己採到的東西就筋疲力盡了，完全沒有多餘的力氣幫路茲。
在倉庫裡頭坐下來後，路茲一把拉出放在鍋子裡的黑色樹皮，揮著樹皮問：
「梅茵，妳說要晾乾，要放在哪裡、怎麼晾乾啊？」
「咦？呃……怎麼辦呢……」
我的想像畫面類似於晒稻草稈那樣，但這裡沒有多餘的木棒。我來回搜尋可用的工具，最後拍了下路茲的肩膀。
「路茲，對不起你這麼累了還要麻煩你，但可以幫我等間隔地在木板架釘上釘子嗎？我要把樹皮晾在釘子上面。」
「……真拿妳沒辦法。」
路茲叩叩幾下釘好了釘子，我把黑色樹皮掛在上頭。目前因為數量不多，這個做法還行得通，但以後如果要大量生產，就需要可以晾晒樹皮的場地。
……等到要量產的時候再問班諾先生吧。現在還沒有必要吧？
「必須要把樹皮完全變乾，不然會發霉。明天再帶去森林，放在太陽底下晒乾吧。」
「那明天只要帶樹皮去森林，沒有其他特別要做的事情了吧？那就可以像平常一樣採集東西了。太好了，因為有很多東西都得趁這個時期採收。」
「嗯，我也想採到很多香菇，做成香菇乾，用來煮高湯。」
「……梅茵，妳先懂得怎麼分辨有毒的香菇吧。」

隔天帶著黑色樹皮前往森林，掛在籃子的邊框上，放在太陽底下晾晒，同時也採到了很多香菇。但有兩成都是毒菇。

……奇怪了，不應該是這樣子的啊……

我們讓樹皮晒了好幾天的太陽，直到完全變乾。因為不知道怎樣的程度是「完全變乾」，所以晒到了甚至覺得有些太乾的地步。然後帶著變得硬邦邦的樹皮，出發前往森林。接下來要把樹皮泡在河裡一整天，所以天氣非常重要。

我們在河裡找了一處隱密又不會有人靠近的區塊，用石頭組成一個圓圈，再把樹皮放進去，防止樹皮被水流沖走。

「這樣子就好了嗎？」

「……應該吧，回去前再來看一下情況吧。」

因為沒有經驗，所以我也無法肯定，但做法應該沒有錯。我心裡這樣想著，看向自己泡在河裡的雙腳。今天天氣還很溫暖，所以要走進河裡不成問題，但接下來的季節如果要走進河裡，很可能會有生命危險。

……而且當然，這裡也沒有橡膠長靴和手套。

「路茲，在天氣變冷之前，不只陀龍布的樹皮，其他樹的樹皮可能也要先處理到這個步驟。不然之後就不能進河裡了。」

「……也是，現在就已經滿冷的了。」

大概也想像到了天氣變冷後的工作情況，路茲苦著臉表示贊成。

「今天先砍好木頭，和之前做黏土板的時候一樣找個地方藏起來吧。明天如果要帶鍋子和蒸籠來，就沒辦法再帶木頭了吧？」

「對喔。」

這一天，我們就到處尋找可以當作做紙原料的木頭並砍下來，分門別類地放在一起，藏在灌木底下。採集期間，也不時跑去察看黑色樹皮的情況。樹皮在石頭形成的圓圈裡載浮載沉，沒有被水流沖走，吸收了水分後有些膨脹。

「雖然要離開森林會很擔心，但看起來應該不會有問題吧。」

「……嗯。」

我放心不下地回到家，滿腦子仍然都是放在森林裡的樹皮。

萬一上游突然發生局部性豪雨，導致河川暴漲，把樹皮沖走了那怎麼辦？要是山裡的盜賊跑出來，看到樹皮以為是寶物就帶走了怎麼辦？——我發呆的時候一直冒出這些無謂的想像。

隔天我坐立難安地趕往森林，結果沒有下局部性豪雨，樹皮也沒有被盜賊看上，還好端端地留在原地。

「太好了，沒有不見。」

「……那接下來要怎麼做？」

路茲撈起吸足了水分變得軟趴趴的樹皮，歪過頭問。

「用小刀刮掉外面這層樹皮，只留下裡面白色的纖維。不過，先開始蒸昨天砍好的木頭吧。趁蒸的時候再刮樹皮就好了。」

上次做的石灶還在，稍加修補以後，放上鍋子和蒸籠。

蒸木頭的工作完成後，我和路茲移動到河灘上可以看見鍋子的一塊平坦大石頭上，開始用小刀刮除外層的黑色樹皮。

「之後晒乾的樹皮可以保存好一段時間，所以快趁天氣暖和的時候先做好白色樹皮吧。」

「好！」

喀喀喀喀……嘰嘰嘰嘰……

把樹皮放在石頭上，刮掉表面的黑色外皮，讓底下的白色樹皮顯露出來。感覺就像在為雞裡脊肉去筋。但是，因為外皮沒有那麼強韌，所以常常刮到一半就斷掉。也許還有其他更有效率的方法或工具，但現在我唯一能想到的，就是用小刀去皮了。

喀喀喀喀……嘰嘰嘰嘰……

「梅茵……雖然這樣刮，是刮得掉啦……」

「嗯，但還是需要一張工作檯呢。」

小刀刮到石頭的聲音在整個身體裡迴盪，讓人不停地竄起雞皮疙瘩。為了刮除表皮，此刻的我迫切地想要砧板。

雖然在腦海中回想後，寫下了必要的工具，但實際上動手做了之後，才發現還是少了很多東西。也有很多事情我自以為知道，其實根本不清楚。只能在試做的同時，慢慢補充缺乏的工具了。

我噙著眼淚刮下樹皮，停不下來的雞皮疙瘩讓我體認到，經驗有多麼重要。

後悔莫及的失誤

除了要晾晒用陀龍布以外的木頭取下的黑色樹皮，今天還帶了鍋子和灰，要把做紙用的白色樹皮煮上一鐘的時間。大概是因為只要帶鍋子和今天要用的灰，重量不重，路茲的腳步十分輕快。

來到河邊以後，我把黑色樹皮掛在籃子的外框上晒乾。期間，路茲開始準備鍋子。他把裝了水的鍋子放在石頭堆成的石灶上，再去撿木柴。

「梅茵，聽好了，妳絕對不能離開鍋子半步喔。」

「我知道啦。」

鍋子和灰在這裡都是無法隨手取得的貴重物品，非常值錢。而且要是費心做出來的白色樹皮被偷走也會捶胸頓足，所以就算我完全派不上用場，至少也要幫忙顧東西。

最近我對採集有些沉迷，忍不住就會到處亂跑，所以路茲已經叮嚀了我好幾次。

「梅茵，妳嘴上說知道了，但一看到感興趣的東西又會馬上撲上去吧。」

「在你回來之前，我真的會乖乖待在這裡，你快點去啦！」

我剛進入森林的時候，曾經因為太重，想把籃子放在原地就往裡面走，結果被多莉和路茲臭罵了一頓。和日本不一樣，在這裡絕對不能扔下自己的東西，再跑到雙眼看不見的地方去。所以前往森林的孩子們都是背著自己背得動的籃子和木架出門，也只採集自己搬得動的數量。

路茲手腳迅速地收集好了木頭，點了火後又去撿木柴。為了讓黑色樹皮晒到陽光，我不時配合影子的長短移動籃子的位置，一邊顧著鍋子。

「水燒開了嗎？」

「嗯，應該快了。」

把灰燼和白色樹皮丟進開始咕嘟冒泡的熱水裡，才發現我需要攪拌棒。但是，當然沒有準備那種東西帶過來。

……嗚啊啊，又少了東西了！

我為自己的想像力之貧乏感到挫敗，一邊環顧四周，尋找可以替代的東西。

「路茲，可以幫我做兩支長度相同的木棒嗎？要用來攪拌鍋子。用樹枝的話，樹皮可能會剝落掉進去，所以最好是用竹子做。這附近有竹子吧？」

「用竹子做棒子嗎？我知道了。」

路茲砍了一段竹子，削好後當場做出了長竹筷。我拿著竹筷攪拌鍋子。

是因為之前很努力在做竹籤吧，路茲削竹子的功力進步了呢——我正這麼暗自佩服時，就聽見路茲小聲嘀咕：

「……梅茵，妳拿著那種竹棒，居然可以攪拌得那麼順手。」

「咦咦?!啊、嗯，對啊，我的手很巧吧？」

我「嘿嘿」地笑著想要打哈哈，後背卻不停冒出冷汗。沒有日本菜的這個世界當然也沒有筷子，更不可能有人會拿筷子。為了攪拌鍋子，我理所當然地要路茲做了筷子，還拿得得心應手，不是兩隻一起握著而已，根本不是小女孩會有的舉動。

……嗚哇~路茲露出了好難形容的表情。錯覺、錯覺，是錯覺……吧？

我這樣說服自己，攪拌鍋子。被路茲一質疑，突然改成握住筷子反而更可疑，只能硬著頭皮繼續維持原樣，但心臟還是不受控制地瘋狂亂跳。

……啊啊，我這個白痴！這根本是自己主動叫人家懷疑我嘛！

我盡可能裝作一臉若無其事，繼續煮著白色樹皮。過沒多久，隱約聽見鐘聲，算算時間也差不多了。把煮過的白色樹皮泡進河裡，洗去灰燼，同時還要晒太陽。好像是晒到太陽光後，樹皮就會變白。雖然不知道相同的做法是否也能套用在這個世界的植物上，但目前也只能靠著記憶走一步算一步了。

「然後要像這樣再放上一整天的時間。」

「嗯，知道了。」

為了做出潔白美麗的紙張，必須把白色樹皮再泡在河裡整整一天。路茲洗好了鍋子以後，和我輪流去採集。

我採到有毒植物的比例也稍微下降了。就照這個速度慢慢記住吧！

這一天，回收白色樹皮就是做紙方面的主要工作。其他時間都要在森林裡採集，等到要回家的時候，再從河裡拿出樹皮。為了帶回白色樹皮，得從家裡帶來桶子取代鍋子前往森林，但也只有這項準備工作而已。

「明天開始就要轉移陣地到倉庫工作了。」

「是嗎？那今天要採多一點東西才行。」

於是我在路茲的檢查下採了可食用的香菇，又請路茲幫忙摘了幾顆密利露果實，還摘了很多要做成果醬的喀蘭果實。

在摘喀蘭果實的時候，我還試吃了好幾次。雖然和日本的水果比起來很酸，但因為身邊都沒有甜食，所以我還是覺得非常好吃。

接著隔天，我們沒有前往森林，而是在倉庫前的水井旁開始做紙。因為只打算試做幾張，所以我希望可以一鼓作氣完成去除雜質到抄紙這幾個步驟。

去除雜質要挑掉白色纖維裡受損的纖細和樹節，這個步驟決定了紙張的美觀。因為可以坐著做，所以由我負責。我仔細地挑掉受損纖維的時候，路茲負責剝掉耶蒂露的果皮，壓扁後浸水，製作黏著劑。

「梅茵，妳說的黏著劑是這樣嗎？」

「嗯……應該吧。只要感覺有變黏就好了，其實我也不太確定。我會想想看攪拌纖維時該有的黏度。」

去除完了雜質，要把纖維搗爛。用類似橡木的堅固方形木棒，把白色纖維敲打到變作棉狀。向木材行買了方形木棒後，我們把手會握到的地方削圓，再用從家裡帶來的抹布捲起來，做成握把保護手掌，由路茲負責敲打。

這是路茲的工作，沒有力氣的我只會幫倒忙。這次纖維的量不多，所以沒有花到多少時間，但要大量製作的時候恐怕會很辛苦。

接著把搗爛的纖維放進水盆裡，然後加進黏著劑，慢慢倒水調整黏度。原本該用外形像是梳子，名稱叫作馬鍬的道具攪拌均勻，但這次量不多，所以我請路茲再削了兩雙長筷，像做布丁一樣用六根細竹棒來回攪拌。

……記得用牛奶利樂包做再生紙的時候，加了糨糊以後大概就像這樣吧。

我並不是造紙師傅，當然沒辦法憑感覺調整黏度，只能夠努力挖出記憶，勉強完成了抄紙用的紙漿。

接下來，總算要進入用抄紙器抄紙的步驟了。

「呼～終於來到我熟悉的階段了。」

麗乃那時候在家政課上做的再生紙步驟很簡單，先熬煮利樂包、撕掉光滑的聚乙烯薄膜，再放進攪拌機裡攪碎，然後加進漿衣精，抄紙結束後烘乾紙張。我親身經歷過的造紙體驗，就是從抄紙這個步驟開始與和紙共通。

……終於輪到我出場表現了！用我的經驗大展身手吧！

「妳真的知道怎麼做嗎？」

我意氣昂揚地拿起抄紙器，路茲就微微歪過頭，臉上帶著非常懷疑的表情。

……呃，我確實有很多步驟都講得不清不楚，實際上試做以後也發現少了很多東西，但那都是因為我沒有經驗嘛。

看到路茲這麼不相信我，我有些不高興，用力挺起小孩子的小肚腩。

「放一百二十個心吧！我以前有做過！」

「……什麼時候？在哪裡？」

路茲皺眉厲聲反問，我嚇得瞬間心臟都停了。

「唔?!……這、這這這、這是女孩子的秘密！不可以追問啦！」

……嗚哇啊啊啊啊啊啊！我這白痴大白痴！在說什麼啊?!路茲露出了非常懷疑的眼神在看我了！啊啊啊啊啊！根本是自己挖坑往下跳！

我用討好的笑容掩飾內心的吶喊，把抄紙器浸入紙漿裡頭。手指微微在發抖，但我假裝沒有看見。我從抄紙器前端撈取紙漿，一邊擺動抄紙器一邊抄紙。

「妳的動作為什麼是這樣？」

「跟你說喔，是因為要藉由這樣擺動，讓整張紙達到一樣的厚度。之後只要依據紙張的厚度和種類，反覆做這個動作就好了。」

「哼……是因為以前做過，所以妳才知道嗎？」

路茲帶著試探的眼神往我掃射過來，不放過我表情的變化。我不知道這種時候該怎麼回答才能蒙混過關，所以只能默不作聲地繼續工作，或者強行改變話題。

「對、對了，路茲，等一下我想試試看改變擺動的次數，看紙的厚度會有什麼不一樣，你覺得呢？」

看我突然改變話題，心裡似乎產生了什麼想法，路茲來來回回地看著我雙手和臉龐的視線變得更是銳利，但我只能繼續抄紙。

……啊啊啊啊啊，我好像自己又把坑挖得更深了……

抄完紙後，從抄紙器上拿下竹簾，把篩好的紙移到置紙板上。

「移到置紙板上的時候，要留意跟上一張紙之間不能有空氣跑進去。要像這樣從邊緣小心地疊在一起。」

「我試試看。」

路茲拿起另一張竹簾放進抄紙器，開始抄紙。因為只有明信片的大小，只要擺動幾次，就能讓纖維平均分布。

我和路茲幾乎是一言不發，輪流抄紙。準備白色樹皮的時候，還以為只能做出幾張紙，但肉眼的評估完全不準，最終抄出了十張紙。

「這次的數量不多，但一般會把一整天做好的紙疊在置紙板上，放上整整一天讓它自然瀝乾。」

「那之後呢？」

「之後再用重石慢慢加壓，繼續把水分擠出來。只要把重石放在上面，壓上一整天就好了。聽說這樣子做，黏著劑的黏性就會完全消失。」

「哦……妳知道得真清楚耶。妳說妳做過是嗎？」

……嗚哇，路茲的眼神好可怕。我真的完全露出馬腳了，這就是所謂的自掘墳墓吧。我真的是大笨蛋。

但是，路茲只是瞇起眼睛瞪著我，或是陷入沉思，沒有向我提出任何關鍵性的問題。我也不想再繼續露出馬腳，安靜地動手做紙，沒有和路茲聊天。

就算想蒙混過關，我大概也已經失敗了；但如果要把心一橫據實以告，風險又太高。我猜一旦成功做好了紙，路茲一定會開始追問，但我也不知道路茲的懷疑到了哪種地步，也不知道他會問我什麼。

幸好之前就已經想好對策，所以並不怎麼擔心。我怕痛，也害怕可怕的事情。要是眼看情況會往不好的方向發展，只要解放體內的熱意，讓它馬上把我吞噬，消失在這世上就好了。近來我總覺得體內熱意的力量越來越強大了，所以一旦釋放它，直到它把我吞噬為止，大概花不了多少時間。

但是，有件事情讓我很苦惱。和那時候不一樣，現在我有了非常想做的事情。接下來只要晒乾紙張就好了，沒有什麼因素會導致做紙失敗，而好不容易做好了紙，我想在消失之前做一本書。

……在做好書之前，有辦法爭取到時間嗎？

我想要更多的時間。所以在做好書之前，必須想辦法拖延時間。一邊想著這些事情，我一邊動作僵硬地繼續工作。

隔天，我和路茲一路上沒有什麼交談，進入森林後，就忙著採集和把黑色樹皮浸在河裡。回程時順路前往倉庫，拿了重石壓在紙張上，但要做的事情並不多，所以我不由得一直注意路茲的舉動。從視線也感覺得出路茲頻頻在偷瞄我。

「喂……」

「什麼？怎麼了嗎？」

聽到路茲叫我，我全身猛地一跳。雖然在心裡要自己冷靜一點、裝作若無其事，但根本無法如願辦到。我戰戰兢兢地等著路茲開口，但路茲只是粗魯地抓了抓金髮，嘴巴張到一半又閉上了。

「……沒事。」

「是、是嗎？」

這是我自己造成的後果。雖然知道這也是無可奈何，但老實說現在這種情況再持續下去的話，對身心都太煎熬了。

再隔天，這次我們沒忘了帶板子去森林，刮除樹皮的黑色表皮。

和陀龍布的樹皮不一樣，這一次的樹皮非常難刮，纖細也經常在中途斷掉。並不是我的手太不靈巧，路茲也有同樣的感覺。之前處理陀龍布的纖維時，感覺一切都很順利，但不知道這次的這些原料能否做出紙來。

「……這次用不同的原料，就變得好難刮呢。」

「嗯，對啊。」

斷斷續續的纖維就和我們現在的關係一樣，我禁不住嘆氣。

「之後把白色樹皮晾乾以後，就能保存一段時間了。」

「嗯。喂……算了，現在不是時候。等做好了紙再說吧。」

路茲說完這句話後就不再作聲，我也輕輕點頭，做好了心理準備。

路茲已經發現我不是梅茵，要追究這件事。因為自從我上次露出馬腳以後，路茲再也沒有叫過我「梅茵」。

等到做好了紙，不知道他會怎麼逼問我，又會怎麼對我破口大罵。偏偏我的想像力又太過豐富，想像中路茲罵人的臺詞變得越來越難聽。我為自己的想像深深受傷，垂頭喪氣。

……路茲，太過分了！怎麼可以說得這麼冷血！就算是想像的我也會哭喔！我真的會哭喔！

隔天是在倉庫工作。

首先，把前一天做好的白色樹皮掛在我和路茲的籃子上，放到外頭晾晒。然後，從置紙板上一張張地小心撕下壓過的紙張，貼在木板上頭。

「其實應該要用刷子仔細地撥掉空氣，但刷子也忘記訂了，真是失算。不過，現在只有明信片的大小，只要小心一點應該就沒問題。」

「……妳忘記訂的東西也太多了吧？」

路茲目光犀利地瞪著我，但最近想像中的路茲一直對我口吐惡言，所以這點程度根本不足為懼。我輕輕聳肩，沒有放在心上。

「下次做紙之前，路茲別忘記準備就好了……不說這個了，現在只要把這些紙放在太陽底下晒乾就完成了。據說晒過陽光，紙就會變白喔！」

路茲把木板搬到倉庫外頭，靠在照得到陽光的牆壁上。接著他又在井邊清洗置紙板，放在貼了紙張的木板旁邊一起晒乾。在太陽高掛的蔚藍天空下，一字排開的白紙形成了美麗的對比，一想到這些白紙就要變成書了，我就心滿意足地逸出嘆息。

「哇……是紙耶，真的變成紙了……我們做到了呢。」

「喂……」

「傍晚之前就會乾了。乾了以後，要小心地撕下來以免破掉，到時候就完成了。」

眼看造紙即將大功告成，我拚命地想要拖延與路茲正式攤牌的時間。但大概是察覺到了我的想法，路茲臉上透露出了不耐。

「現在這樣子已經算是做好了吧？」

「……嗯，對啊……」

「我說過等紙做好，有話要跟妳說吧？」

接受審判的日子終究到來了。路茲翡翠色的雙眼像在生氣，綻放出了強烈的光芒。

我咬著嘴唇，繃緊全身，好讓自己不管聽到什麼都還能站在原地，然後面向路茲。

路茲的梅茵

「你要在這裡說嗎？還是進去倉庫？」

「在這裡就好了。」

因為要談很難解釋的事情，我覺得避人耳目比較好，但路茲搖搖頭。

「那麼，你想說什麼？」

路茲翡翠色的雙眼燃燒著怒火，表現出來的態度卻很冷靜。

他沒有突然間就情緒激動，用低沉得像在掩飾著內心波濤洶湧的聲音，開口問了第一個問題。

「……妳到底是誰？」

一開始就是這麼難回答的問題，真是傷腦筋。現在我仍然認為自己是本須麗乃，但看在別人眼裡，我就只是梅茵。而且和這副身體朝夕相處了一年的時光，又一直在這個世界生活的我，也已經不再是本須麗乃。

除了看書以外，麗乃幾乎沒有主動做過任何事情。大學也是住在家裡，所以從來沒有離開過家人身邊。雖然母親開口要求就會幫忙，但基本上所有家事都是交給專業主婦的母親全權負責，也不會積極地去做那些只要自己有心就做得到的事情。

根本不需要像現在這樣每天到森林裡採集、為了讓菜色更加豐富而用心鑽研調味料，或者為了看書而做紙。只要隨心所欲，手邊有什麼書就看什麼書，麗乃就心滿意足了，和現在的我完全不一樣。

我正苦惱著不知道該怎麼回答時，路茲可能誤以為我不想回答，瞪著我的雙眼又更兇惡了，繼續又說：

「妳居然知道這種做紙的方法，還說自己以前做過吧？」

「……雖然以前做過的那一次，和現在的做法差很多就是了。」

「這樣子，不是梅茵。」

既然已經搪塞失敗，對方也從懷疑轉為確信，那再說謊也沒有用。我誠實點頭。

「梅茵不可能知道這些事，因為她根本沒有離開過家裡幾次。」

透過梅茵的記憶，我也知道從前的梅茵極少踏出家門。但也因為這樣，害我完全沒有這個世界的資訊，之前不知道吃了多少苦頭！梅茵的記憶就只有住家這塊範圍，所以我無從窺探這個世界的常識，為了在自己的常識和這裡的常識之間找到平衡點，真的是費盡千辛萬苦。直到現在，還是經常覺得自己搞砸了。

「是啊。原本的梅茵，真的是個什麼也不知道的孩子。」

「那妳到底是誰啊?!真的梅茵去哪裡了?!把真正的梅茵還回來！」

路茲勃然大怒地大吼。但是，不知道是不是因為路茲對我說的話遠遠不及我想像裡的冷酷，還是因為已經有了心理準備，做好紙後就要面對這一刻，所以我發現自己非常冷靜。跟自掘墳墓後的方寸大亂完全不同。

「要把真正的梅茵還回來是可以……但最好別在這裡，先回家比較好喔。」

八成沒想到我會這麼老實答應，路茲吃驚得瞪大眼睛後，露出納悶的表情。

「為什麼？」

「因為要搬屍體回去很辛苦吧？一旦我消失了，恐怕只會變成一具屍體。你也不想被人誤會是你殺了我吧？」

只有我和路茲在使用這間倉庫，家人和班諾店裡的人也都知道我今天是和路茲一起出門。要是我在倉庫裡頭失去意識，直接斷了氣，大家很可能會把錯都怪在路茲身上。就算沒有人怪他，路茲自己也會產生罪惡感吧。我是為了路茲著想，才提議「最好先回家」，但路茲好像只覺得青天霹靂。

「妳、妳妳、妳、妳妳妳在說什麼啊?!」

路茲聽了我說的話大為震驚，僵硬著臉慌了起來。看來他沒有料想過就算我消失了，梅茵也不會回來。

「妳的意思是，梅茵已經不在了嗎?!不會再回來了嗎?!」

「嗯，大概吧……」

我只能這麼回答。我也只能搜尋梅茵的記憶，從來沒有和她講過話，她也沒有控訴過，要我把身體還回去。

「這件事妳說清楚！」

路茲毫不退縮地瞪著我，彷彿他是嫉惡如仇的正義使者。想到這裡，我輕聲笑了起來。看在路茲眼裡，的確是這樣沒錯吧。我就是大壞蛋，搶走了他妹妹一般青梅竹馬的虛弱身體。而想拯救梅茵的路茲，則是正義的化身。

「妳之前向歐托先生和班諾老爺問過關於熱的事情吧？妳就是那股熱意，吃掉了梅茵嗎?!」

聽了路茲覺得我是身體裡的熱意、吃掉了梅茵這個假設，我倒是有些佩服。單就梅茵被熱吞噬這一部分，他恐怕沒有說錯。

「一半對了，一半錯了。我也認為真正的梅茵是被熱吃掉了。因為她最後的記憶，都是一直在喊著好熱、救我、好痛苦、我受夠了。但是，我並不是那股熱意，而且那股熱意也好像快要把我吃掉了。」

「什麼意思！這一切都要怪妳吧?!都是因為妳，梅茵才消失了吧?!快點說是啊！」

路茲一把抓住我的肩膀，開始大力搖晃。自己的想法被推翻了，所以情緒很激動吧，但聽到他一再重複說「都是妳害的」、「因為妳梅茵才消失了」，我的理智突然斷線。

「我也不是自己喜歡才跑來這個世界當梅茵的啊！明明都已經死了，結果一醒來就發現自己變成了小女孩！要是可以選擇，我一定會選可以看很多書的世界，就算只能在這個世界，我也會選可以看書的貴族階級，才不會選擇這種虛弱又病懨懨的身體，我也想要健康一點啊！誰想選這種得了怪病、熱意有可能突然把自己吃掉的身體啊！」

我才不是自願變成梅茵！——終於一吐為快的瞬間，路茲像是被人打了一拳，茫然地鬆開了抓住我肩膀的雙手。

「妳……不想變成梅茵嗎？」

「換作是路茲，會想變成她嗎？一開始只是走出家門就氣喘吁吁，隔天還會昏迷不醒喔？雖然最近終於可以去森林了，但成長速度還是很慢，現在也一樣只要稍微不注意就會發燒，辦得到的事情又少得可憐……」

路茲思考了一會兒後，緩慢地搖搖頭。咄咄逼人的氣焰消失無蹤，眼神開始無措地左右游移。

「……妳也會和梅茵一樣被熱吃掉嗎？」

「嗯，應該會吧。只要不去用力壓抑，那股熱意好像馬上就會擴散開來，把我吞噬掉。是被熱吞噬掉嗎？還是自我會融化消失？……反正很難說明。」

光聽我的說明也很難想像吧，路茲皺著眉陷入沉思。

「所以，如果你討厭占據了梅茵身體的我，希望我消失的話，那就告訴我吧。我可以馬上就消失不見。」

明明剛才還叫我把真正的梅茵還回來，路茲卻一臉愕然地盯著我瞧。看到路茲像在說「妳在說什麼啊？」的表情，我反而感到困惑。

「……我消失比較好吧？」

我忍不住向路茲確認，他就用力挑起眉，惱羞成怒似地咆哮：

「別問我啦！為什麼這種問題要問我?!我叫妳消失就消失也太奇怪了吧！」

「可能很奇怪吧，但如果不是路茲……我更早之前就消失了吧。」

路茲一臉莫名其妙，我邊回想事情的開端，邊告訴他差點就要消失的那次經歷。

「路茲還記得嗎？木簡被媽媽燒掉的那一次，我病倒了吧？」

「啊……妳這麼一說，的確有過這回事。」

路茲口中的這回事，在我心目中卻是非常重要的分水嶺。

「那個時候，我覺得就算被熱吞沒了也沒關係，真的打算乾脆消失。對於這個沒有書的世界，我一點留戀也沒有，而且再怎麼努力也做不了書，就覺得不如放棄吧。」

我聽見路茲嚥下口水的聲音。

他用視線催促我說下去，我微微閉上雙眼，回想當時的情景。在快被熱意吞沒的時候，可以在朦朧的視野間看見家人，然後路茲的臉龐突然出現。

「就在我快被熱意吞沒的時候，路茲的臉突然出現在家人之間，我才好奇地心想你怎麼會出現在這裡？為了看清楚路茲，在身體上使力之後，熱意就消失不見，我才清醒了過來。真的是因為看到路茲，我才嚇了一跳呢。」

「什麼啊……妳只是因為看到家人以外的人，才嚇了一跳而已吧？不是因為看到我才恢復意識吧？」

路茲皺眉嘆一口氣，我輕輕搖頭。

「雖然一開始能夠恢復意識，是因為看到路茲嚇了一跳，但那時候，你不是說要帶不會被燒掉的竹子回來給我嗎？所以我才心想要再努力一下，對抗熱意。」

「可是，竹子也被阿姨燒掉了吧？」

我點點頭。直到現在，我仍然清楚記得當時那種蓋過了憤怒與不甘的無力感。甚至只是回想起來，還會覺得體內的熱意好像又獲得了力量。

「所以我真的受夠了這一切，不想再管了。結果，一股力量就襲向全身，我也沒有力氣再抵抗，覺得就這樣死了也好……但是，我想起了和路茲的約定。」

「約定？」

我不記得有什麼約定啊，路茲咕噥。大概是真的不記得了，他仰頭開始回想。

果然呢，我輕笑起來。其實我也知道，路茲說那些話，意思只是要我快點好起來。但是，卻是把我留在這個世界的非常重要的一番話。

「就是把你介紹給歐托先生的約定啊。路茲還說你已經付了竹子當謝禮，要我快點恢復健康吧？」

聽到我這麼說，路茲像是想起了不想回想的事情，也像是被人挖出了黑歷史，發出難為情的呻吟聲抱住腦袋。

「那、那是！我又不是要妳報答我才那麼說的……嗚啊，可惡！」

「不然那是什麼意思呢？」

「不准問！不准想！快點忘記！」

路茲出人意表的反應讓我很想追問欺負他，但現在的我才是接受審判的人。於是我照著路茲的要求忍了下來，假裝沒有看見。

「呃……總之我想起了我們之間的約定，路茲又幫我做了那麼多事情，我卻什麼都還沒有報答你，才覺得不能就這樣消失，所以努力地壓下了那股能量。而現在，已經見到了歐托先生和班諾先生，也履行了約定，又做好了紙，雖然也想再把書做出來，但如果路茲希望我消失，我可以答應你喔。」

路茲注視著我的表情難看到了極點。像是不放過任何微小的謊言，雙眼從頭到腳把我打量過一遍，然後垂下腦袋。

「從什麼時候開始……」

「嗯？你說什麼？」

他低著頭嘟囔說，我聽不清楚，歪過頭反問。

路茲猛地抬頭，定定地直視我。

「妳是從什麼時候開始變成梅茵的？」

「……你覺得是從什麼時候？從什麼時候開始，我不再是你認識的梅茵呢？」

我用反問回答他的問題，但路茲沒有生氣，表情認真地瞪著空氣思考。接著再看向我，小聲地嘀咕說了些什麼，又低頭踢了踢腳底的泥土。

路茲想了很久，最後終於想到什麼地霍然抬頭，指向我的髮簪。

「是從妳戴了這個東西的時候開始嗎？」

想不到他可以猜得這麼準確。但的確，這裡會插髮簪的人只有我。如果我的頭髮不是不管怎麼綁緊都會鬆開的筆直柔順長髮，也會和一般人一樣只用繩子綁起來吧。

「……答對了。」

「幾乎快一年前了吧！」

路茲瞪大眼睛怒吼，只差口水沒噴出來了。這麼說來，我是在秋天尾聲的時候重生為梅茵。現在是秋季中旬，四季已經要換過一輪。

「是啊。雖然大多時間我都發燒躺在床上，但也快要一年了呢。」

雖然在這裡生活的記憶，有一半以上都是發燒躺在床上，但和之前幾乎成天都昏睡不醒的梅茵比起來，現在已經算是很活蹦亂跳了。

「……梅茵的家人都沒有發現嗎？」

「不知道。我想他們應該都覺得我很奇怪，但從來沒有想過我不是梅茵吧。」

尤其是多莉和母親，她們一直以來都照顧著閉門不出的梅茵，不可能完全沒有察覺到異樣。但是，既然她們什麼也不問，我也不會主動提起。因為這就是我們現在的相處模式，我也覺得沒有什麼不好。

「而且看到我變健康，爸爸也說過這樣他就很高興了。」

「……這樣啊。」

路茲吐了一口大氣，然後就轉過身背對我，像在宣告對話已經結束。還伸出指尖摸了摸貼在木板上的紙張，確認晒乾了多少。

都已經做好了要消失的覺悟，結果沒有結論就結束掉對話的話，我不知道接下來該採取什麼態度。

「欸，路茲……」

「……這種事情不應該問我，要由梅茵的家人來決定。」

路茲在我問完之前就打斷我。他說，我該不該消失要由家人來決定。可是這樣一來，對我來說一切還是沒有改變。

「所以，暫時維持現狀？」

「嗯。」

路茲看也不看我，我無從得知他真正的想法。路茲真的可以接受不是梅茵的我繼續在這裡生活嗎？

「路茲，這樣好嗎？」

「我已經說了，這不是我可以決定的事情……」

我抓住堅決不肯回頭的路茲的手臂。我想問的，是路茲對於不是梅茵的我有什麼看法。明明那麼生氣找我攤牌，結果卻要維持原樣，路茲真的可以接受嗎？

「路茲不介意我繼續留在這裡嗎？我不是真正的梅茵喔？」

路茲的手臂動了一下。本以為是我捉著的路茲的手臂在微微發抖，但原來在發抖的其實是我的手。

「……沒關係。」

「為什麼？」

我繼續追問，路茲總算回過頭來看我。他帶著又無奈又傷腦筋的表情，伸出指尖彈向我的額頭。

「就算妳消失，梅茵也不會回來了吧？而且，如果從一年前開始就都是妳，那我認識的梅茵，根本都是妳啊。」

路茲一邊說著，一邊猛抓自己的金髮。然後，雙眼筆直地望向我的眼睛。看著我的淡綠色眼眸非常平靜，剛開始的怒火和兇惡已經徹底消失，是我平常熟悉的路茲的眼神。

因為以前的我更加虛弱，從來沒有想過要鍛鍊身體。見到路茲和拉爾法的次數，其實也十根手指頭就數得出來。

「……所以，我的梅茵是妳就好了。」

聽到路茲這麼說，我內心深處有什麼東西「喀恰」地銜接在一起，原本懸浮騰空的事物也「咚」地踏實著地。

那是肉眼無法察覺的細小變化，但對我來說，卻至關重要。

紙張完成

「啊啊啊啊，全部都散開了……」
「我這邊也是。」
用陀龍布試做的紙張非常成功，但用其他材料試做出來的紙卻都失敗了。
不知道是不是因為纖維本身沒有黏性，還是纖維比預期中要短，這次纖維並沒有順利地重組成一片紙張，晒到一半就散開了。
「放多一點黏著劑會不會好一點？你覺得呢？」
「只能想到什麼都試試看了。」
為了讓纖維更容易聚集，我們多加了點黏著劑，然後抄出比之前厚的紙張，希望因此比較不容易破掉。
「這樣子怎麼樣？」
「得等乾了才知道，希望能成功。」
然而，多加了黏著劑，又抄得比較厚的紙張卻在晒乾後變得硬邦邦，一從板子撕下來，中途就斷掉了。看著碎成一塊塊掉在地上的碎片，我們兩個都愣在原地。
「又失敗了？」

「嗯，這次是碎掉，不是散開呢。但也一樣不是紙。」

真不知道究竟是纖維、黏著劑和水的比例沒有調整好，還是原料本身就無法順利組成紙張。雖然我在書上看過，多數植物都可以做出像紙的成品，但我的常識在這裡不一定可以套用。每一次失敗都讓我想要吶喊：為什麼會這樣！

「要是可以大量生產陀龍布就好了……」

「不行啦！」

「如果有陀龍布的種子，就不能想辦法種出來嗎？」

只要能有那時候撿到的紅色果實，想砍伐陀龍布應該不難，只見路茲瘋狂搖頭。

「不准去找那種東西！妳想毀了整座森林嗎?!」

「只要有種子，可以像之前那樣一等它長出來，大家再一起砍掉不就好了嗎？」

雖然麻煩在於不知道陀龍布什麼時候會長出來，但找到了種子以後，只要找幾個人在旁邊待命，再讓種子發芽，應該就應付得來吧。但路茲按著太陽穴，堅決地說「絕對不行」。

「我們根本不知道陀龍布什麼時候會發芽啊！太危險了！」

「這樣啊……」

我那時候只是剛好撿到了即將發芽的陀龍布種子，並不是撿到的每一顆種子都會馬上長出來。見路茲這麼生氣，我只好放棄不可思議的快速成長樹。

「……妳快點記住這邊的常識啦。」

「我已經很努力在記了。」

比起出生後極少走出家門的梅茵，本須麗乃的記憶更長且豐富，所以忍不住每件事情都會用麗乃的記憶當作判斷基準。

不過，向路茲坦承了梅茵體內還有另一份記憶以後，最近只要我的想法稍微和這裡的人不一樣，路茲就會幫我糾正。

「總之，陀龍布太危險了。生長時它會徹底吸走附近土壤的營養，長過的地方好一段時間都長不出其他東西來，所以要大量種植根本不可能。」

「咦咦?!有這麼危險嗎?!可是之前並沒有像你說的這樣啊？」

「所以我才說很奇怪啊。妳都沒在聽我說話嗎？」

「我怎麼知道陀龍布平常是什麼樣子、有哪裡奇怪嘛。」

陀龍布所做的紙品質最好，但因為只有秋天才會發芽，再加上太過危險，不可能大量栽種。與其奢望可望不可即的東西，還是想想要怎麼利用現有的東西做出紙來比較有意義，所以只能反覆進行實驗了。

為了可以用生活周遭就能採到的樹木進行量產，我們不斷調整比例、把纖維搗得更爛，也換掉耶蒂露的果實，改用斯拉姆蟲做黏著劑，一點一點改良。

「試了這麼多，佛苓樹是最適合的吧？」

「嗯。只要在佛苓樹的纖維裡多加一點斯拉姆蟲做的黏著劑，做出來的紙應該可以當成商品販售。」

木材行告訴了我們三種質地比較柔軟的樹木，全都試過一遍後，發現佛苓這種樹木可以做出最薄的紙。比起另外兩種，佛苓的纖維比較硬一點，敲打起來很費力，但敲越久纖維越有黏性。發覺這點以後，我們就把纖維徹底敲軟，成功製造出了品質較好的紙張。

後來再慢慢改良紙漿的比例，現在也找出了最適合的比例。把摸索出來的最佳比例寫在石板上，我「啪啪」地拍了拍指尖的灰塵。

「這樣子就大功告成了吧？」

「嗯！照著這個比例去做，應該就可以大量生產了。」

總算摸索出了最佳比例，路茲的表情也很明亮，不停用手指撫摸做好的紙。

「不過，要等到了春天才能大量生產。現在砍樹太辛苦了，樹皮又會在冬季期間變硬，河水又很冰。」

等到春天來臨，再去採集柔軟的樹木和樹枝，比較能做出高品質的紙張。而且現在這個季節，如果要走進河裡浸泡樹皮，根本是自討苦吃。為了路茲，還是等天氣暖和以後再動工吧。

「那把提前做好的紙拿去給班諾先生吧。冬天我要去大門幫歐托先生的忙。」

「嗯。再過幾天也要正式開始準備過冬了，快點辦完這件事吧。」

「嗯。我明天會去大門，請歐托先生教我怎麼寫感謝信。好不容易把紙做出來了嘛，我想寫封感謝函。」

路茲對我的提議點頭表示贊同，把今天的失敗作品收成一疊。
「梅茵，感謝信就交給妳了。那麼，這些失敗作品妳要帶回去吧？」
「嗯，成功的作品會拿去給班諾先生，但這些破了洞和撕下來時有點破掉的紙張，我要帶回去做成書。」
我已經事先徵詢過馬克的同意，這些大量做失敗的紙張可以自己帶回家。這下子終於可以製作第一本書了！

翌日，我闊別已久地前往大門。冬季的結算時期即將來臨，需要計算的資料似乎已經堆成小山，歐托臉龐發亮地歡迎我。
「梅茵！我等妳好久了。」
歐托拍了拍身旁堆積如山的木板，面掛燦爛的笑容向我招手。看來他正在統計木板上的品項和數量，再抄寫記錄下來。
我一邊幫忙，一邊開口問了歐托怎麼寫感謝函。
「歐托先生，我想請你教我怎麼寫感謝函。」
「感謝函？像是貴族大人間往來的那種感謝函嗎？」
不，不一定要是貴族之間往來的那種格式——正要開口這麼說，我又閉上嘴巴。搞不好寫感謝函是貴族之間才有的習慣。
「既然有介紹函，我還以為也會有感謝對方幫自己介紹的感謝函……難道沒有嗎？」

「我知道貴族之間會有，但商人通常不會特地另寫感謝函。畢竟不是簽約，還寫感謝函太浪費紙了。」

也對，紙的價格高昂，不能想用就用。

「那想表達謝意的時候，該怎麼做才好呢？」

「如果是商人，一般都是從自己買賣的商品裡頭，贈送給對方他想要的東西。先不討論是由隨從還是由本人接下禮物，總之我們都是送東西，不會寫感謝函。」

我還以為會像介紹函那樣，感謝函也有既定的格式，本想用有既定格式的紙張寫感謝函，想不到一般都是送東西，不寫感謝函。

「真是太意外了。歐托先生，那如果我想送東西給班諾先生，你覺得要送什麼東西比較好？我和路茲根本想不出來送什麼東西給班諾先生，他才會高興。」

在我手邊現有的東西裡，實在看不出來有哪樣東西班諾會想要。感覺班諾什麼都不缺啊。歐托輕輕聳肩，幫我出了主意。

「送你們兩個人做的紙不就好了嗎？你們手上的商品就只有紙而已吧？而且只要紙張具有價值，就代表初期的投資有了回報，對班諾來說就是最棒的禮物了吧。再來……就是還有沒有新的商品可以提供給他吧。」

「我知道了。歐托先生，謝謝你。」

所以要提升紙的商品價值，和提供新商品嗎……這些事我應該能搞定。

隔天，我馬上向路茲提議製作表達謝意的紙張。

「聽說商人答謝都不是寫感謝函，而是從自己手上的商品裡頭，選出對方可能會喜歡的東西送給他。所以我打算用陀龍布做點特別的紙。陀龍布的白色樹皮還有剩吧？」

「嗯。既然要送老爺，當然要用最好的紙……梅茵，妳手上的東西是什麼？」

我低頭看著自己帶來的紅色葉子。

「這是長在水井附近的植物，我昨天摘了一些，試著做成押花。」

「勒科蘿絲草能拿來做什麼？」

「當然是在做紙的時候用啊。」

勒科蘿絲是一種長得很像紅色幸運草的植物。模仿加了楓葉的和紙，我想到可以在紙漿裡頭添加勒科蘿絲。先沿著紙的邊緣放上勒科蘿絲草做成卡片，再從莖剪下勒科蘿絲的葉子，攤開成心形分散在紙面上，做成彩色印花紙。

做好了卡片以後，寫上由我和路茲共同署名的留言：「班諾先生：多虧了你，才能完成這些紙。謝謝你。」

「這張紙好漂亮喔。」

「因為裡面加了勒科蘿絲，好像有人在上面畫畫一樣，感覺很高級吧？」

「嗯，那這張紙要做什麼？」

「要用來『摺紙』。」

「『摺紙』？」

做成了彩色印花紙的紙，先用小刀裁切成正方形，再摺成祝賀用的喜鶴。依據我從前的記憶，去國外的時候，送手裡劍摺紙最能讓外國人高興。但是，這裡的人看了手裡劍也不會知道那是什麼，想做彩球，紙又不夠。而用一張紙就能簡單做出來，造型又美觀的就是喜鶴。尾巴能像孔雀一樣展開，比一般的紙鶴豪華。

「怎麼樣？這樣子很漂亮吧？」

「……好、好厲害，紙怎麼可以變成這樣？我完全看不懂妳做了什麼。」

路茲戰戰兢兢地用手指戳了戳喜鶴。看到他這樣，我恍然驚覺。

……這個喜鶴的成本要多少錢啊？

「路茲，仔細想想，用紙做裝飾品是不是太奢侈了？」

「啊～嗯，是啊，但既然是要送給老爺，應該沒關係吧。」

本來覺得做摺紙輕鬆又簡單，卻又非常罕見，應該是個好禮物。然而，考慮到紙張在這個世界的價格，我這樣做搞不好太浪費了。

……到時先跟班諾先生說一聲，攤開之後雖然會有不少摺痕，但還是可以用吧。

「歐托先生還說了可以提供新商品……」

「這件事要由梅茵來想吧？」

路茲語氣輕鬆地把這件事都丟給了我。當然我並不是完全沒有頭緒，但因為不知道能不能成為商品，所以想問問路茲的意見。

「……第一次見面的時候，班諾先生對髮簪很有興趣的樣子，所以我覺得髮簪應該不錯。可是，這就只是木棒而已吧？」

我指著自己頭上的髮簪，路茲用力點頭。

「對啊，只是木棒而已。」

「你覺得能成為新產品嗎？」

「……要是自己就做得出來，沒有人會特地掏錢買吧？」

我也覺得雖然少見，但應該賣不了錢吧。路茲的想法也一樣。

「如果想要賣錢，應該用之前那個吧？就是多莉在洗禮儀式上戴的髮簪。」

「路茲，你真是天才！那時候大家的確都很想要那個髮簪呢！感覺也很適合當作今年冬天的工作。」

這下子要送給班諾的禮物都準備好了。接下來只要詢問對方，看哪天方便和我們見一面了。

「路茲，你還鑰匙的時候，可以順便問一下馬克先生，班諾先生什麼時候有空嗎？」

「嗯，沒問題。」

在馬克指定的日子，我和路茲兩個人帶著做好的紙張前往商會。

成品共有陀龍布和佛苓兩種，厚度又有三種，所以總共準備了六種紙張。還有要送給班諾的，加了勒科蘿絲做出花紋的卡片和喜鶴。最後，托特包裡還放了要和班諾商量的多莉的髮簪。

「班諾先生，早安。紙的試作品已經完成了，所以我們帶過來了。多虧了班諾先生的初期投資，成品相當不錯。」

「歐托告訴過我了，已經完成了嗎？」

「是的，就是這些。」

我從托特包裡拿出紙來，排開放在班諾的桌上。班諾見到紙張後有些瞪大眼睛，然後拿起第一張紙。

「那我檢查看看吧。」

班諾拿起紙張對著燈光察看，確認觸感，接著拿出墨水。先從上方切下一小片紙後，便在上頭寫字。

「……真的能寫字。雖然比羊皮紙好寫很多，但墨水會有些暈開。不過，這也不是什麼大缺點。嗯……」

「請問這樣算合格了嗎？路茲可以成為學徒嗎？」

班諾撫著下巴咧嘴笑了，又拿起下一張紙。

「嗯，因為這是我們說好的。這些紙你們可以做多少出來？」

「呃……因為之前只是試作，如果真的要做紙，就必須訂大一點的工具。現在的紙我覺得太小了，請問這裡最常用到的紙張大小是多大呢？」

我在大門看到的介紹函大小不一，無法知道紙張大小的標準。真正做和紙的大型抄紙架又太大，抄紙的時候也會非常吃力。畢竟一定要由我和路茲親手做出漂亮的紙，所以我想知道最常用到的紙有多大，再著手大量生產。

「通常用來寫介紹函和契約書的紙都是這麼大，並沒有明確規定。」

班諾從架上拿下來的羊皮紙，都是A４到B４之間的大小。這樣的大小正好適合用抄紙器抄紙。

「那麼，我想依照那樣的大小，做一個新的抄紙器。不過，要等到了春天才能正式動工。因為接下來都採不到材料了。」

「春天來臨之前，暫時先準備工具就好了。再請馬克幫忙處理吧。目前的試作品完全可以賣錢。」

班諾承認我們做的紙了！努力有了結果，我和路茲開心地互相對望，咧開笑容。

「品質是這一張比較好呢。」

班諾摸著其中一張紙說，正好就是用陀龍布做成的紙。品質一眼就能看出不同。不論是紙張的潔白程度還是光滑度，都比其他紙張好上許多。

「那張紙的原料是陀龍布。」

「陀龍布?!」

班諾吃驚得猛然抬頭，交互看著我和路茲。果然陀龍布是出了名的危險植物。為免自己不小心說錯話，我後退一步，把說明工作交給路茲。多半察覺到了我的意圖，路茲往前站了一步說：

「我們在森林採集的時候，梅茵發現了剛長出來的陀龍布，所以才剛好採到了。但因為很難取得，又不知道會有什麼狀況，很少有機會可以製作吧。」

「嗯，說得也是……不過，陀龍布嗎……」

想也知道班諾正讓大腦全速運轉，思考有沒有辦法能夠量產陀龍布。臉上帶著商人精打細算的表情，但陀龍布畢竟很少見，不容易取得吧。

「我們嘗試用了好幾種原料，發現品質最好的是陀龍布，但因為無法取得原料，就無法製造成商品。這邊是用佛苓做成的紙。如果要當作商品來賣，佛苓更適合量產。」

「原來如此。佛苓確實比較適合量產。」

班諾連連點頭，對於做紙似乎已經有了結論，於是我接著拿出禮物。

「還有這個……是要給班諾先生的感謝函。我問過歐托先生，他說如果能讓做好的紙更有商品價值，最能讓你高興，所以我們做了特殊的紙來。」

「感謝函？我寄過感謝函給上級貴族，自己倒是沒收過。感覺我的地位突然變高了呢。」

班諾開心得嘴角上揚，打開卡片，然後望著卡片，微微瞪大眼睛動也不動。

「那個，我在做紙的途中加了勒科蘿絲……你覺得怎麼樣呢？」

「啊？勒科蘿絲是這時期隨處可見的雜草吧？……想不到加進紙裡面會這麼漂亮。這種紙應該會很受那些貴族的夫人和小姐歡迎。」

馬上就想到購買族群的班諾，從商人的角度來看非常可靠。既然他用商人的眼光看過後，覺得可以賣給貴族，那就表示我們很成功地增加了商品的價值。

「呃，另外這個是感謝先行投資的謝禮，也可以說是禮物……是用紙做的裝飾品。這個叫作『喜鶴』。」

「噢！這是紙嗎？」

我把收起的喜鶴在桌上拉開來，班諾就雙眼發亮地拿在手上。他從各個角度欣賞喜鶴，但其實喜鶴也就只有裝飾這個用途。

「做了喜鶴以後，我才發現做成摺紙太浪費了，因為只能用來裝飾而已。不過，因為只是用來摺紙，攤開以後雖然會有摺痕，但還是可以在紙上寫字。」

「不，只當擺飾也無妨。商會要販售紙張的時候，這能成為很好的宣傳。」

等以後要賣紙，再擺在架子上吧——班諾咕噥說著，把喜鶴移到自己的櫃子上。看來喜鶴暫時都會放在那裡了。坦白說，我沒想到摺紙能讓班諾這麼高興，所以真的很慶幸摺了紙鶴送給他。

「但說實話，我作夢也想不到真的能用樹木做紙，品質也比我想像中的還要好。你們做的紙，完全可以成為商品，做得很好。我很期待到了春天，就可以大量生產了。」

聽了班諾的高度評價，我和路茲握住彼此的手，開心得手舞足蹈。回想起之前那麼辛苦地改善品質，還忍不住熱淚盈眶。

「梅茵，太好了！」

「都是因為路茲很努力。」

見我們這麼開心，班諾露出苦笑，把桌上的紙張疊在一起收好。
「這些紙就由我買下來。回去前會把酬勞付給你們，幫我叫馬克過來吧。」
「真的嗎?!」
對喔，班諾的確說過，洗禮儀式之前，扣掉原料費和代為販售的佣金，剩下的就是我們的報酬。
……哇噢！第一次收到現金耶！
正盤算著可以把剩下的樹皮都做成紙，再賣給班諾，我忽然想起了一件事。就是為了和班諾商量能不能成為商品，我帶來了多莉的髮簪。
「……對了，還有一件事情想和班諾先生商量。請問這個，可以成為商品嗎？」
我把多莉之前用來當作髮飾的短簪，放在班諾的桌上。短簪上連著藍色和黃色小花縫成的花束。不知道怎麼了，班諾看見短簪後臉頰陣陣抽搐。
「丫頭，這是什麼？」
「這是髮飾。先用繩子把頭髮綁起來以後，再當作裝飾使用……就像這樣。」
我示範地把多莉的髮飾插在自己的髮簪旁邊。
「這個是我為了姊姊的洗禮儀式做的髮飾，所以不能賣。但冬季期間我想當成手工活，製作這樣子的髮飾。你覺得這能成為商品嗎？」
我問完，目光如炬地瞪著髮飾的班諾就發出了低吼般低沉的聲音。
「……可以。」

「那麼，我會開始動手製作。然後……因為要交給班諾先生代為販售，所以關於髮飾，能不能也請你先行投資呢？」

班諾「唉」地重重嘆氣，往我看過來。他好像突然變得很憔悴，是我的錯覺嗎？

「妳到底需要什麼？」

「線。不需要是高級的線，盡可能給我很多種不同顏色的線就好了。」

所有髮飾都做一樣的顏色，未免太無聊了，而且女孩子一定會想挑選適合自己的顏色。最好有很多種顏色和設計。

「只要線嗎？其他呢？」

「雖然能再提供一點木頭就更好了，但因為我們自己為了柴火，也會去蒐集木頭，所以並不需要其他東西。」

「丫頭，這髮飾只有妳一個人做嗎？」

班諾目露精光地睨來。之前我們說過，「由我來想，路茲負責做」。所以，可能最好也讓路茲一起幫忙。

「……我打算木頭的部分交給路茲，髮飾的部分由我來做。當然，我們會一起做嘛。對不對，路茲？」

「對，木頭的部分由我來做。」

我用力握了一下路茲的手說，他就慌忙點頭。班諾像是有話想說，目光來來回回地打量我們，我只能擠出可愛的笑容努力掩飾。

「嗯，好吧。那麼，你們接下來還有時間和體力可以走一段路嗎？」

「沒問題。」

「是嗎？那我帶你們走一趟商業公會吧。」

「商業公會?!」

……嗚哇，又冒出了未知的新名詞。究竟是什麼樣的地方呢？

商業公會

此刻，班諾正抱著我前往商業公會。一開始我還自己走得好好的，但受不了我走路的速度之慢，班諾忍不住咆哮：「太慢了！浪費時間！」於是一把將我抱上手臂。一路上他還絮絮叨叨地訓斥時間有多麼重要，所以我也無法反抗。

「對了，班諾先生，商業公會是什麼？」

說不定和我知道的公會有出入，先問清楚才是上策。

「怎麼，妳不知道嗎？」

「我從來沒有去過。路茲，你知道嗎？」

「就是做生意的人去的地方吧？」

我還以為這可能是城裡的孩子都知道的常識，所以把問題丟給路茲，結果他的回答是連我也知道的事情。班諾輕嘆口氣，為我們說明。

「……唉，說得也沒錯。公會主要的工作，就是有人要在城裡開店的時候發予許可證，還有懲罰做生意不老實的店家。如果沒有商業公會的許可，就不能在城裡開店，也不能在市場擺設攤位。而且，只要是做生意的人，都必須先在公會進行登記，不登記就做生意的話，會受到嚴重的處罰。」

所以是類似於處理公平交易業務的公家機關吧。沒有許可就不能開店，成為學徒也必須先在這裡登記，應該可以這麼比喻。

「感覺公會的權力很大呢。」

「是啊。不但權力大，還嗜財如命。收了學徒就要付登記費，想做一門新生意也得付擴大經營費，無論做什麼都要先收你一筆錢。」

不管做什麼都要付錢，好像在哪個世界都一樣。這社會對窮人真是太不友善了。

「總之，等你們受洗完要成為商人學徒的時候，都必須來這裡登記。因為要在商會工作，就等於是做生意的人。目前你們在受洗之前，都算是暫時登記，但如果不先登記，不管是紙還是髮飾……都不能買賣販售。」

「所以班諾先生今天是為了買紙，才帶我們來這裡登記嗎？」

「沒錯。」

原來班諾會這麼急著來公會登記，是為了買下試做的紙張。我兀自恍然大悟地「喔」了兩聲，班諾卻突然用力皺起眉。

「要是可以順利登記就好了，但偏偏要和那個臭老頭打交道。他肯定又會趁這機會故意找碴。」

班諾這些話讓人感到不安。我還以為班諾是商業公會裡地位很高的人，原來我誤會了嗎？還是這像是派系之間的鬥爭？

「現在最大力擴張事業版圖的，就是我的商會。公會長一定巴不得從我這裡揩到越多油水越好。你們可別多嘴啊。」

「是。」

我和路茲異口同聲回答。精明商人間將要展開的爾虞我詐，我才沒有打算插手。

「對了，梅茵，關於妳帶來的髮飾……」

「這個嗎？」

我稍微打開托特包，露出裡頭的髮飾。班諾輕輕點頭，銳利的赤褐色雙眼看著我。

「這個髮簪妳幾天能做出來？」

「如果材料全部準備齊全，路茲再幫忙製作木頭的部分，然後又要趁我身體狀況不錯的時候……單就花這個部分，只要努力一點，應該一天就可以吧……」

雖然也要視小花的量而定，但照我的龜速，必須要工作一整天。如果是擅長裁縫的母親，應該兩鐘的時間就能做出來了。

「路茲你呢？」

「只是削出一根木棒再磨平而已，我想一鐘的時間就做得出來了。」

「嗯，很好。」

班諾神色愉快地說，雙眼卻散發出了讓人不寒而慄的鋒利光芒。

「什麼很好？」

「你們就拭目以待吧。」

班諾臉上掛著鎖定好目標的肉食性動物笑容，瞪著眼前商業公會所在的大樓。

商業公會是棟面向中央廣場，矗立於轉角的龐大建築物。光這樣就可以知道這個組織的財力有多麼雄厚，聽說還從上到下沒有半層樓出租給他人，全是公會的所有物。

大門前站著持有武器的守衛，狐疑地打量了我們幾眼後才開口問：

「有什麼事嗎？」

「我帶他們來公會暫時登記。」

守衛為我們開門以後，一走進去就看見樓梯，我不禁滿頭問號。樓梯相當寬，卻沒有看見所謂的一樓。

「班諾先生，這裡的一樓為什麼是這樣？」

「嗯，一樓是旅行商人停放馬車和板車的地方，因為成排停在大馬路上會妨礙到行人通行。只要繞到後面，就能看到一排排的馬車。」

走上二樓，就是遼闊的大廳。來往於其中的人多到數不清。看著眼前熱鬧的景象，我甚至感到有些佩服，原來這座城裡有這麼多人啊。

「我們不在二樓辦事，要從後面的樓梯去三樓。」

班諾仍然把我抱在手臂上，走向後方的樓梯，所以十分安全。但是，跟在班諾後頭的路茲卻東倒西歪地擠在人群裡頭。

「路茲，你沒事吧？」

「我沒事……這樣好像祭典喔。」

「因為這陣子剛好大家都要來申請在市場擺設攤位，抵達城裡的旅行商人也要申請許可在這裡做生意。市集快到了就會這樣。等市集結束，好一段時間都會沒有人。」

「哇……」

後方的樓梯口設置著牢固的金屬欄杆，一樣有守衛站在欄杆前。

「請出示登記證。」

「我們總共三人上樓。」

「是。」

班諾遞出像是金屬卡片的東西後，守衛就拿著某樣東西舉在卡片上。下一秒，欄杆亮起一道白光，然後就融化般憑空消失。

「咦咦?!發生什麼事了?!」

「這是魔導具。路茲，別放開我的手，會被彈開喔。」

「是、是。」

班諾單手抱著我，另一隻手牽著路茲，走上樓梯。

「魔法不是只有貴族大人能用嗎？」

「通常這種組織的高層都和貴族有交情。只要覺得有利可圖，很多貴族都會毫不猶豫地贈送魔導具。」

「我第一次看到。」

之前簽魔法契約的時候也是，看來我身處的世界比我想像的還要奇幻。

走到三樓，班諾就放開路茲的手，再把我放下來。上了三樓，兩側就是往前延伸了好一段距離的白色牆壁，盡頭有看起來像是櫃檯的地方。二樓負責處理市集攤販方面的業務，三樓則負責接待擁有店面的商家，所以比起二樓的人聲鼎沸，三樓安靜多了，人影也很稀疏。

而且二樓是木頭地板，角落都還積有灰塵，看起來髒兮兮的，三樓卻鋪著地毯，打掃得一塵不染。感覺得出來在家具和維持整潔上都花了不少錢，一眼就能看出階級社會的差異。

「這些牆壁後面是會議室，但你們也用不到。」

班諾指著白色牆壁說，邁步走向櫃檯。我和路茲也手牽著手跟上。來到平常生活中不會接觸到的高級地帶，讓我有些畏縮。

經過會議室，兩面牆之間就是櫃檯。櫃檯內側有一群孩子似乎是商業公會的學徒，有的人在後頭閱讀木板，有的人在用計算機計算。

「路茲，你冬天的時候也要學會文字和計算才行。」

「……真的。」

隔著走廊，櫃檯對面放著類似沙發的座椅，比起等候室更像是會客室，可以在這裡休息。

「那個難道是書架?!」

我環顧了一圈後，發現牆邊有個放著木板和羊皮紙的櫃子，心情頓時變得無比激動。班諾詫異地看著我，偏過頭說：

「嗯，那是書架沒錯。上頭擺了貴族年鑑和開店必須知道的規則，還有這一帶的簡單地圖……妳有興趣嗎？」

「有！非常有！」

我恨不得馬上衝到書架前面，但路茲在握著我的手上用力，不讓我亂跑。看到我毛毛躁躁的樣子，班諾苦笑起來。

「等申請完了妳就可以過去看，反正得等很久。」

「真的嗎?!萬歲——！」

「梅茵，妳冷靜一點，太興奮了。」

發現了可以看又疑似是書的東西，怎麼可能不興奮嘛。不，我辦不到。就算路茲制止我，興奮的心跳還是停不下來。

但在聽到路茲說的一句話後，我只能乖乖安靜下來。

「妳要是太興奮，在看到之前會先暈倒喔。」

……這可不行！

班諾興味盎然地聽著我們一來一往，眼見對話告一段落，就說「走吧」。來到櫃檯前，看見班諾的職員就掛上職業笑容。

「班諾先生，您好啊。請問今天來要辦理什麼業務呢？」

「我要辦理兩人份的暫時登記，分別是梅茵和路茲。」

「暫時登記？……但這兩位不是班諾先生的孩子吧？」

「不是，但他們需要辦理登記。快點處理吧。」

本來受洗前的孩子不能辦理登記也不能工作，但商人為了讓孩子幫忙家裡的工作，想出來的辦法就是暫時登記，藉此鑽法律的漏洞。一般既不能僱用尚未受洗的孩子，這麼小的孩子也不會在沒有父母的陪同下，和必須要辦理登記的生意扯上關係。所以，基本上根本不可能讓沒有血緣關係的孩子辦理暫時登記。

職員懷疑地瞇起眼睛，但還是向我和路茲提出問題，在櫃檯後頭寫起文件。只要想成自己是來公家機關辦事，其實問的內容都很常見。像是自己的名字、父親的職業和名字、居住地點和年齡等等。

「是木匠的兒子和士兵的女兒要辦理暫時登記嗎？」

問完問題的職員表情更狐疑了，輪流看著我和路茲。因為明明不是商人的小孩，想看出為什麼要帶我們來辦理暫時登記吧，眼神讓人很不舒服。

「問題要是問完了，就快點處理吧。我們也很忙。」

「是的，我現在就去處理。請在那邊稍候。」

職員舉手示意休息區。我強忍著想衝過去的衝動，看向班諾。

「班諾先生，等的時候我可以參觀書架嗎？」

「嗯。有什麼不懂的我可以教妳，再拿過來吧。路茲，你要看好梅茵。」

「知道了。」

我和不肯鬆手的路茲一起走向書架後，攤開架上的羊皮紙，拿出木板，檢視架上放了哪些東西。有地圖、圖鑑、貴族年鑑、商業法規的說明書，還有刊登了周邊消息，像是報紙傳單的文件，清一色是實用性的資料。

「哇，是地圖耶！」

雖然畫得很粗糙，但我在這個世界還是第一次看到地圖。抱著連自己現在在哪裡也不知道的地圖，我走向坐在沙發上的班諾。

我以為是沙發就坐下去，結果漂亮的沙發布底下只是木板，完全沒有我預想中的彈性，屁股就狠狠撞在了木板上。

「痛死我了……」

「笨蛋，誰教妳這麼興奮，還那麼用力坐在椅子上。」

……都怪椅子豪華在不該豪華的地方，看起來像沙發一樣，我才會被騙嘛。如果是看得見木頭紋理的長椅，我才不會這麼坐呢。

班諾用無言以對的眼神看著我，我「嗚嗚」地小聲呻吟，在心裡頭辯解，同時在只是板子上鋪了布的長椅上攤開地圖。

「班諾先生，我們的城市在哪裡？」

「這裡，艾倫菲斯特。領主大人的姓氏就是城市的名字。」

終於知道這座城市叫什麼名字了，還順便知道了領主的名字。只要不離開城市，根本不需要知道城市的名字，對領主也只要尊稱一聲「領主大人」就夠了。

看了看地圖，艾倫菲斯特南邊是一大片農村和森林，再往南還有些小城市。西邊有條大河，和鄰接的領地距離很近，所以聽說領主間交情深厚，往來也很頻繁。北邊是領主所在的貴族區域，所以是廣大的空白。東邊是街道，旅人最多的地方。

「不過，就算你們以後會離開城市去採買物品，大概也不會跑到這張地圖以外的地方吧。」

再請班諾告訴我們幾個鄰近的城市名以後，就把地圖放回去，再次從頭到尾仔細看過書架。最底下那排還有讓學徒練習文字和數字的書本。為了和路茲一起學習，我草草看過一遍。加上我已經背過的單字，書上還有很多關於行商的單字。真想全部記下來。

「班諾先生，我想要再一塊石板和一個計算機，讓路茲可以學習……」

「嗯，那錢就從今天要付給你們的報酬裡扣掉吧。好好認真學習啊。」

「還想順便請教班諾先生，一般商人的小孩子在當學徒的時候，識字的程度都是多少呢？」

洗禮儀式結束後，就要和商人的孩子們一起當學徒。我希望能在那之前盡量追上他們的進度。

「基本的文字都看得懂，也會簡單的計算吧。但他們接觸的單字都以商品的名稱為主，所以要看家裡都買賣哪些貨物和生意的規模。通常也都會計算銅幣和銀幣。」

糟糕，我對貨幣很陌生。我知道有大小銅幣和小銀幣，但完全不知道怎麼換算和代表的面額。

……因為在家裡只會用到銅幣嘛。

我甚至沒有看過銅幣以外的貨幣。而且我在大門也只是負責計算數字，沒有真的看過歐托在我面前算錢。

「我倒覺得你們最缺乏的，是接待客人這一塊。其他孩子每天都跟在父母身邊看他們工作，所以會耳濡目染。」

這對我們來說確實是難題。從以前到現在，我一直是接受服務的人，從來沒有服務過別人。路茲多半也不知道當商人需要學會什麼吧。

……怎麼辦？

在我開始煩惱之前，櫃檯就傳來了職員的聲音。

「班諾先生，公會長想見您一面。」

「……臭老頭，我就知道。」

班諾用只有我們聽得見的音量，低沉又小聲地恨恨咕噥，然後站起來。從他閃著兇狠光芒的雙眼，和兩側緊握的拳頭，可以看出班諾徹底進入了備戰狀態。

「你們兩個，走了。」

班諾走向櫃檯，最尾端櫃檯的木板於是往下折彎，出現了進入內側的通道。櫃檯後方還有樓梯，走上樓梯後，眼前的門就自動打開。裡頭是一間不算寬敞，但感覺很舒適的房間。燃燒著熊熊烈焰的暖爐前方鋪著看起來很暖和的地毯，地毯上有張辦公桌。

坐在辦公桌後頭的，是一個看起來五十歲上下，體型有些魁梧，感覺人很好相處的中年男性。還以為擔任公會長的人會是位老爺爺，但看起來才剛過壯年而已。

公會長微微一笑起身。

「班諾，我就直接進入正題了。想請你告訴我，為什麼要讓兩個沒有血緣關係的小孩子辦理暫時登記呢？你又不是想讓自己的孩子幫忙顧店的露天攤販老闆，需要讓孩子辦理登記。」

班諾不等洗禮儀式結束就想替我們辦理登記，等同在昭告大家，我和路茲手上握有價值高到必須辦理登記的商品。公會長帶著和藹的笑容這麼說了：

「……如果不清楚說出你的理由，我不能答應讓他們辦理登記。畢竟為沒有血緣關係的孩子辦理暫時登記，在艾倫菲斯特可是前所未聞。」

公會長臉上帶著完全看不出來他在想什麼的笑臉，目不轉睛地端詳我和路茲。笑容和氣質乍看之下很好相處，結果根本是騙人的。因為他現在擺明了在威脅我們，不老實回答問題就不讓我們登記。公會長這麼有恃無恐，讓我內心感到不安，偷偷地觀察班諾的表情。

但是，班諾卻面帶著像是相信自己贏定了的狡猾笑容，看著公會長勾起嘴角。

「所以，公會長的意思是想知道他們帶了什麼東西過來嗎？」

「嗯，是啊。有些東西，也許由其他店家來販售會更適合。現在你的商會，事業擴張得有點太快了。」

……也就是如果能賺錢，打算直接搶過去吧？意圖也太明顯了吧？

「他們說了想在我的店裡販售，所以會由本店販售。對吧，梅茵？對吧，路茲？」

看到班諾用眼神威脅說「不准多嘴」，我和路茲點頭如搗蒜。班諾顯然非常滿意，更加深了臉上的笑意，低頭看向我。

「梅茵，把接下來要販售的髮飾拿給公會長看吧。」

「……是。」

看來關於賣紙一事，班諾暫時還打算保密。不知道班諾判斷的依據是什麼，所以為了避免自己說錯話，我盡可能一句話都不說，把手伸進托特包裡。拿出髮飾後，往前伸出讓公會長看清楚。

瞬間，公會長臉色丕變。

公會長與髮飾

「這是……」

公會長喃喃說著，整個人僵立不動。多莉只在洗禮儀式上戴過這個髮飾，是那時候發生過什麼事情嗎？公會長方才還從容不迫的笑容倏然消失，我心頭一驚，求救地回頭看向班諾。

公會長整個人動也不動耶，他沒事吧？——和擔心的我不一樣，班諾剎那間露出了肉食性動物在舔舌般的表情，旋即就掛上燦爛的商人笑臉。

「公會長在找的髮飾，是不是就是這個？」

「你們要賣這個髮飾嗎?!」

公會長忽然瞪大眼睛，來回看著班諾和我。他的臉上一點笑意也沒有，好像隨時都要撲過來，我害怕得小聲倒吸口氣。

……路茲，太奸詐了！居然躲在班諾先生後面！

我也想鑽到班諾背後，班諾卻抓住我的肩膀，把我往前推。

「沒錯，這將是這兩個孩子冬天的手工活。」

「冬天的手工活……那麼，這個髮飾能現在就賣給我嗎？」

公會長想要拿走我手上多莉的髮飾。看他發出精光的雙眼，感覺被拿走就一定拿不回來，我嚇得冷汗直流，連忙把髮飾收進托特包裡。

「不行。這個是我為多莉做的，不能賣給別人。」

「我可以出這個價碼。」

公會長往前豎起三根手指頭。那個手勢大概代表了價格，但我根本不知道是多少。我倉皇無措地看向班諾，只見他笑得更是愉快。

「這個嘛，我想想……只要公會長願意再多出點錢，我們應該就能為你優先製作。妳說呢，梅茵？」

「班、班諾先生說得沒錯！」

誰敢反駁呢。我帶著僵硬的笑容附和班諾。

「從現在開始做，完全趕得上你孫女冬季的洗禮儀式。沒錯吧，梅茵？」

……啊，原來如此。是孫女在夏季的洗禮儀式上看到了多莉的髮飾，也想要一樣的東西吧。

聽到班諾說的話，我總算明白了狀況。身為商業公會的公會長，理應最了解在這座城市裡流通的貨物有哪些東西，卻怎麼也找不到髮飾。

因為是我們一家人為多莉做的，不會拿到市面上賣，也沒有店家販售類似的飾品，現在冬季的洗禮儀式又快到了，肯定傷透了腦筋吧。

「……只剩下一個月了，妳做得出來嗎？」

這麼說來，其實縫製蕾絲小花需要大量的時間和線，媽媽也說過除非是被大雪困在家裡、無事可做的冬天，否則現在的季節很忙，根本沒有時間做髮飾。不過，既然是能夠賺錢的工作，就可以把時間花在做髮飾上。

雖然還要買線、詢問孫女想要的款式，可能會花點時間，但要趕在冬季的洗禮儀式前做出來，完全不成問題。

「是的。雖然這個髮飾不能賣，但要做新的並沒有問題。路茲，對吧？」

「嗯，沒問題！」

我和路茲用力點頭打包票後，在我旁邊點頭聽著的班諾就得意微笑，補充又說：

「但是，因為這兩人無法登記，就算做好了也不能進行買賣，真是太可惜了……」

「唔……那麼，就在辦理暫時登記後再下訂單吧……」

轉眼間班諾和公會長就分出了勝負。沒有被刁難，也不必說出紙張的存在，就成功地辦理了暫時登記，班諾意氣風發地準備踏出公會長的辦公室。

「等等，在公會證做好之前，這兩個孩子留在這裡等就好了。我想順便下訂單。」

班諾聽了輕輕咂嘴，笑容滿面地轉過身。

「只留孩子們在這裡，要是對你失禮就不好了，那我也留在這裡等吧。」

「不不不，他們看起來都很懂規矩，你不在也沒關係。對不對啊？」

公會長的笑容看似很親切，卻好像在打什麼如意算盤，讓人覺得很恐怖。感覺不知不覺間就會被他洗腦，我不由得握住班諾的手。

「我、我們第一次來這裡，希望班諾先生也能留下來。」

「呵……孩子都這麼說了嘛。」

班諾得意洋洋地笑道，往公會長辦公室裡長得像沙發的堅硬椅子坐下。然後把我抱起來，讓我坐在他的大腿上，悄聲說了句「做得好」，摸了摸我的頭。顯然心情非常好。

接著，我就轉移陣地坐到班諾旁邊，路茲再坐在我另一邊。正前方坐著公會長，我們開始討論髮飾這項委託。

「那麼，在冬季的洗禮儀式之前，就麻煩你們做一個髮飾了。」

「呃，請問要什麼顏色的花呢？像是令孫女喜歡的顏色、適合髮色的顏色……」

「這種事我不清楚，跟那個一樣就好了。」

公會長指著我的托特包說了。但是，這麼理直氣壯地說「不清楚」，還真教人傷腦筋。班諾多半把價格抬得很高，所以我希望至少要做一個他孫女收到後會很高興的髮飾。既然一直都為了孫女在打聽消息，在爺爺心中，孫女的笑容一定是無價之寶。

「請問，如果可以和您的孫女見面，我能直接問問本人的喜好嗎？我認為這麼做她會更高興的。」

「這件事要保密，我想給她一個驚喜。」

……嗚哇，就是這個！讓人哭笑不得的驚喜！

收到驚喜禮物還會高興的，只有在平常就了解對方的喜好和希望，又剛好在對方想要的時候送給她的這種情況下。這位爺爺都斬釘截鐵地說他不清楚孫女喜歡的顏色了，對他來說難度恐怕太高。

「……可是，髮飾也要搭配衣服，而且如果不適合她的髮色，或者她已經準備好了其他飾品，就算收到了禮物，可能也會非常為難喔？」

為了參加冬天的洗禮儀式，現在服裝應該已經準備好了。說不定孫女和她的母親，也已經在準備要裝飾在頭髮上的飾品了。

「既然要重新做一個髮飾，與其不符合她的喜好，不如照著她的要求，做好以後再送給她，我想她會更加珍惜喔。您不覺得比起驚訝，看到她高興的表情會更開心嗎？」

「嗯哼，原來如此……」

公會長摸著鬍子，沉思地望著半空。

「妳說妳叫梅茵吧？要不要來我店裡？」

「不行！」

早在我做出反應之前，班諾就立刻替我回絕。

「我的店比班諾還大，做生意也很多年了，條件很好喔！現在妳也還沒有受洗，還未正式成為學徒，大可以換到我這裡來。怎麼樣啊？」

話雖如此，但班諾贊助了我那麼多，我不想要一轉身就跳槽到別人那裡去，這樣太忘恩負義了。再加上，我覺得公會長有點可怕。

「我對班諾先生還有回報不完的恩情。」

「嗯，那我會代替妳還。」

「咦？呃……」

明明想拒絕，結果沒有成功。面對態度強硬的公會長，我不知所措，班諾的臉色也越來越難看。他的眉頭擠出了深深的紋路，用手指輕敲太陽穴，兇巴巴地瞪著我。

「梅茵，妳要明明白白地回答公會長，說妳拒絕。」

「我、我我、我拒絕！」

「真遺憾，這次我就放棄吧。有可怕的監視員在，妳也不敢說出真心話吧。」

……這次放棄是什麼意思?!而且我說的明明就是真心話！

「如果要問我孫女芙麗妲，時間訂在明天可以嗎？事情越早決定越好吧？」

「請問，班諾先生也可以一起去嗎？」

今天讓我銘記在心的教訓，就是「別單獨和公會長見面」。身邊沒有半個人可以應付公會長的時候，和他見面太危險了。但是，公會長搖搖頭。

「很不巧，明天班諾和我都要開會。況且同年紀的女孩子見面，也不需要有煞風景的大叔跟在旁邊吧？」

「……說得也是呢，畢竟都是小孩子。」

本來還以為我得在班諾和公會長的唇槍舌戰下詢問孫女芙麗妲的需求，光想像就心力交瘁。所以聽到只有同年紀的女孩子見面，忍不住就點了頭。

見我不由得同意了公會長的意見，身旁的班諾嘖了一聲。

……咦！我說錯話了嗎?!

看向眉頭又皺起來的班諾，再看向臉上恢復了笑容的公會長，我才發覺自己回話又不經大腦了。要是同意了「只有小孩子見面」，就表示也不能讓馬克與我同行。怎麼辦？我的腦袋瓜子全速運作，環顧兩邊，然後赫然發現。

「髮、髮飾是路茲跟我一起做的，他應該可以去吧？他、他也是小孩子！」

要一個人深入敵營太可怕了。提議路茲和我一起去後，班諾的表情才稍微放鬆。公會長倒是饒富興味地挑起一邊眉毛。

「行。那就明天第三鐘約在中央廣場如何？我會讓芙麗妲去接你們。」

「我知道了。」

像是一直在等我們的討論告一段落，拿著暫時會員證的職員走了進來。看來暫時登記順利過關了。

「這是商業公會的暫時會員證，也是魔導具的一種。談生意的時候，一定要攜帶這張會員證。詳細情況你們再問班諾吧。兩個人的會員證都相當於商家的學徒，所以也有資格上樓。」

薄薄的金屬會員證十分神奇，照到光會反射虹光。和平常接觸到的東西實在是差太多了，怎麼看都是一張魔法卡片，聽了越多說明我越是嘖嘖稱奇。看著不可思議的魔導具，只能瞠目結舌。

「那麼，最後要各自滴血在自己的會員證上，完成認證。認證以後，他人就無法擅自使用你們的會員證。」

「咦?!要滴血嗎?!」

魔法都需要獻祭鮮血嗎？記得之前簽魔法契約的時候，我才蓋過血印。

「梅茵，妳死心吧。」

「路茲～……」

「好了，手快點伸出來……反正妳自己不敢動手吧？」

「嗚嗚……」

我欲哭無淚地伸出手，路茲就用針扎了我的指尖，然後把浮出的血珠按在會員證上。瞬間，會員證發出了亮光。

「嗚哇！」

但是，會員證也只發光了一秒鐘，隨後就恢復了原本的樣子。沒有留下血跡也沒有指紋，還是完全嶄新的模樣。

……魔導具也許很方便，但太恐怖了。

大概是看到我因為滴血怕得要命，看見會員證發光後又嚇得大叫，路茲反倒一派鎮定地完成認證手續。

「這樣一來登記就結束了。」

「打擾你了。」

只差沒說「事情辦完了快走吧」，班諾大步走出房間。我們也追上去，離開商業公會。明明只是辦個登記，卻累得我骨頭都要散了。

「歡迎回來。看樣子是順利辦完登記了吧。」

回到班諾的商會，馬克正等著我們。雖然不時也會露出商人特有的心機笑容，但基本上馬克都站在我們這一邊，感覺他的笑容治癒了心靈。

「是啊。今天多虧了梅茵，大獲全勝。」

「哦？這可真難得。」

「不過，她也被那個臭老頭盯上就是了。」

「……這可就棘手了。」

馬克對公會長的印象也是棘手啊？我打從心底舉雙手贊成。

「那麼這邊請。結算試做紙張的準備都完成了。」

「那我們速戰速決吧。」

馬克打開班諾辦公室的大門，請我們入內。聽到要結算試做紙張的報酬，我立刻舉手。

「我有問題！請問可以教我怎麼算錢嗎？」

「啊？」

班諾一臉莫名其妙地瞇起眼睛。馬克也同樣納悶地側頭。

「呃，其實我目前為止都還沒有碰過錢……雖然看得懂數字，但沒辦法把數字和貨幣連結在一起……例如五千六百四十里昂，我不知道究竟要怎麼用硬幣付錢。」

「什麼?!」

不只班諾，連馬克和路茲也發出了尖聲大叫。

「妳說妳沒碰過錢……也是，父母不是商人，以妳這個年紀，這樣算很正常吧？不對，這根本不正常吧？」

「……啊，對喔。梅茵從來沒有跑腿買過東西，因為半路上就會暈倒。」

聽到路茲這麼說，在場所有人都恍然大悟地吐口氣。

「雖然我會在大門幫忙計算，但並沒有實際看過與商人進行交易的場面，和馬克先生一起去下訂單的時候，也只負責寫訂單而已，沒有真的付錢。而且和母親一起去市場的時候，雖然看過她用小小的硬幣付錢，但我也不知道那是哪種硬幣。」

聞言，馬克拿著布袋走到班諾面前，然後噹啷噹啷地把硬幣擺在桌上。

「那麼，就先教妳硬幣有哪幾種吧。」

看來像銅的褐色硬幣有三種，另外還有大小銀幣和金幣。路茲咕嘟地嚥了嚥口水，看著桌上的金幣看得兩眼都發直了。

「這樣一枚小銅幣是十里昂。中間有個小孔的中銅幣是一百里昂，大銅幣是一千里昂，小銀幣是一萬里昂。然後依序往上是大銀幣、小金幣和大金幣。」

也就是每十枚硬幣就能往上進位，太簡單了。我「哦哦～」地應著，表示都聽懂了，身旁的路茲卻發出了低低的沉吟聲。看來位數一多，他就搞混了吧。雖然冬季期間要努力學習，但等到之後自己有錢了，再不情願也會懂得怎麼算錢，所以應該不用擔心。

班諾拿來那六張試做的紙張，在桌上排開來。

「一整塊羊皮紙是一枚小金幣，一般常用的契約書大小要一枚大銀幣。所以這樣的大小，價格大約是兩枚小銀幣。」

……明信片大的紙就要兩枚小銀幣……

我知道紙很貴，但和錢一起擺在眼前後，更是實際感受到了。記得之前也說過，一張契約書大小的羊皮紙就要父親一個月的薪水了。

「這次是先以羊皮紙為基準訂定價格。佛苓紙訂為兩枚小銀幣，品質較好的陀龍布紙是四枚小銀幣，從中再扣掉三成的佣金。而試做紙張完成前的先行投資和你們今後需要的抄紙器是另外算的。抄紙器的錢會分次扣款。當作成本，占售價的五成。」

因為試作品已經完成了，以後若要訂工具和原料，都會算在成本裡頭。我點一點頭，班諾就咧嘴微笑。

「那麼，這次你們的報酬就算售價的兩成如何？但以後如果要向木材行訂購木頭原料，或者紙張在流通後價格下降，到時就要再重新評估……」

「那就這樣吧。」

我點點頭看向路茲，路茲帶著如墜五里霧中的茫然表情也點點頭。

於是班諾拿出計算機「咚」地放在桌上，推到路茲面前。

「路茲，三張佛苓和三張陀龍布總共是多少錢，你算得出來嗎？」

路茲撥了一會兒計算機，算出了三張佛苓紙的錢，但後來就反覆掰著手指再張開，最後沮喪地左右搖頭。想必只有一個位數還算得出來，但數量或種類一多，路茲就只能舉白旗投降了。

「梅茵呢？」

「嗯……『三二六還有三四十二』，所以總共是十八枚小銀幣。成本占五成，佣金是三成，我們的報酬是剩下兩成。所以算下來，我和路茲的報酬總共是三枚小銀幣和六枚大銅幣，所以一個人分別是一枚小銀幣和八枚大銅幣。」

班諾輕眨了眨眼睛，定住似地看著我。他身後的馬克先生露出苦笑。

「答對了。居然不用計算機就能馬上計算出來，太了不起了。」

但因為我不會使用計算機，冬季期間得和路茲一起練習。我希望自己盡可能融入周圍的環境。

「最後……就是路茲的石板和石筆的費用，這筆錢就從你個人的報酬當中扣除。所以，再從路茲的報酬裡扣掉兩枚大銅幣。」

扣掉兩枚大銅幣後，路茲得到了石板和幾支石筆。

「雖然可以給你們現金，但要是不知道該怎麼保管，也可以存在商業公會。你們打算怎麼做？」

原來商業公會也有類似銀行的功能啊。身上帶太多現金太可怕了，而且為了以後買書，我想先把錢存起來。

「大銅幣請給我吧，我會交給母親。小銀幣就先存起來。」

拿第一份薪水孝敬母親，是麗乃時期的夢想。那就在這裡實現夢想吧。

「了解。那路茲呢？」

「我也和梅茵一樣。」

「是嘛。」

我收下八枚大銅幣後，班諾拿著自己的會員證和我的會員證疊在一起。發出了彈弦般「鐙」的一聲後，班諾再把會員證還給我，但卡片並沒有什麼變化。

「這樣妳以後就能在公會三樓領錢了。過陣子得帶妳去練習才行。」

看到我來回轉著卡片翻看，班諾苦笑道，馬克也表示同意。

班諾也拿了路茲的會員證互相重疊後，再給了他六枚大銅幣。感受著掌心中冰冷的重量，心情不由自主地雀躍起來。

「這是我第一次拿錢耶！」

「這些是我們賺來的錢吧？」

為了做出我們可以接受的紙張，回想起先前無數次的失敗，現在再看到報酬，內心充滿了感動。

「路茲，等到了春天，我們再做很多很多的紙拿來賣吧！」
「嗯！」
我沉浸在第一次領到報酬的喜悅中，滿懷著成就感，抬頭看向班諾。
「這樣子事情都結束了吧？」
班諾聽了卻猛地垮下臉來，用手指彈向我的額頭。
「喂，說什麼蠢話。妳明天還有一場惡戰。沒有半個大人能跟著妳，妳要和那個臭老頭的孫女交手喔？妳居然還能這麼悠哉！」
「咦？可是，對方還是小孩子，而且也是女生耶？」
不至於說是一場惡戰吧。我只是過去問問芙麗妲想要的款式，而且公會長要開會，也不會在場，哪裡需要交手嘛。
「聽說臭老頭特別溺愛那個孫女，在眾多孫子裡面，她也最像那個臭老頭。」
「很、很像她爺爺嗎？」
我試著想像了公會長變成女孩子的模樣，但完全想像不出來。
「算了，幸好還能讓路茲陪妳一起去。妳可別被對方洗腦。路茲，你不用勉強加入對話也沒關係，但要是梅茵又像今天這樣差點被拉攏過去，你一定要阻止她。誰曉得那個臭老頭會不會在哪裡設下陷阱。知道了嗎？」
「知道了。」
……路茲表情再認真不過地用力點頭，但有必要這麼誇張嗎？對象是還沒受洗的女孩子耶？

我歪過頭，掌心裡的硬幣發出了叮噹聲。

「……對了，班諾先生，你是用多少錢接下了芙麗妲的髮飾呢？我不知道公會長那時候的手勢是指多少。」

「老頭的手勢是指三枚小銀幣。我再提高了一點，變成四枚小銀幣。」

我的眼珠子險些掉下來。就算把線的成本也算進去，不過一個髮飾，這也太獅子大開口了吧！

「等等……咦、咦咦?!這價格訂得也太高了吧！」

「做好一點啊。既能宣傳到你們冬天的手工活，還關係到以後的銷售情況。」

「可是，能不能再改一下定價……」

我心存一絲希望，卻在班諾的瞪視下煙消雲散。

「妳以為我會對那個臭老頭這麼好嗎？」

「不，完全不會。」

說完，我垂下了腦袋。這下子得做出符合四枚小銀幣這般高價的髮飾了，身上的壓力重如山。

「就算扣掉我的介紹費、佣金和成本，你們的報酬也會有五到六成，所以用心做吧。放心吧。老頭好不容易才找到了髮簪，妳又不肯賣掉手上現有的，更會讓他覺得這樣東西不好取得吧？況且現在正忙著準備過冬，硬要在這時候委託你們做冬天的手工活，再加上目前還沒開始販售，冬季的洗禮儀式上除了他孫女不會有任何人戴，在罪惡感和優越感雙重加持下，訂這個價格合情合理。所以妳不用這麼介意。」

……列出再多的理由，這樣還是敲竹槓嘛。我的心臟真的負荷不了啦。

公會長的孫女

隔天，我和路茲在第三鐘響前就抵達中央廣場，一起等著芙麗妲。這麼說來，完全忘了先問過芙麗妲的髮色和氣質等明顯的特徵。

「路茲，怎麼辦？」

「對方應該會主動開口叫我們吧？梅茵的髮簪很特別，她的爺爺人也就在那裡，有情況再問他就好了吧？」

路茲聳聳肩，指著面向中央廣場的商業公會大樓。的確是不會有什麼問題。

「路茲，你家昨天情況怎麼樣？我家啊……」

昨天，我和路茲把紙賣給了班諾以後，第一次帶著現金回家。我的家人全都目瞪口呆，但聽到是我和路茲一起做出了紙以後，就紛紛稱讚我說「了不起」、「梅茵真努力」。而我交出去的第一份薪水，也被納入了生活費裡頭，決定用來買多一點準備過冬的奢侈品，也就是蜂蜜。

「路茲呢？你覺得你家人能夠接受你要當商人了嗎？」

和我一起完成了紙張後，班諾已經答應收我們為徒弟。但是，不知道他的家人有什麼看法，能不能認同路茲想當商人的熱忱。

路茲愁眉苦臉，縮起肩膀。

「……難說。他們雖然很高興我賺了錢，但還是不贊成我當商人。我告訴爸爸，我和妳一起做了紙拿去賣，他就叫我當做紙的工匠。說當紙匠就沒關係。」

「路茲，你的爸爸真的很希望你當工匠呢。」

我知道身為製作物品的工匠，他們非常引以為豪，但因為不是路茲未來想從事的工作，所以很難找到彼此能夠妥協的方案。

「可是，我不想當工匠，想和班諾老爺一樣，離開這座城市去做生意。梅茵也不是只想做紙而已吧？」

「嗯。等以後可以量產紙張，我想把做紙的工作交給其他人，自己去做書。因為不多做點書就開不了書店，想成立圖書館更只是痴人說夢。」

想要增加書的數量，只是量產紙張還不夠，必須要有印刷技術。不能只是把幾張便條紙疊在一起做成書後，就感到心滿意足。

……未來還有好長的路要走呢。

「如果是和梅茵一起開書店，我倒可以接受。昨天看到商業公會裡的書架，我發現會想買書的，都是那些識字的有錢人吧？」

「嗯，也是呢。」

城裡的平民普遍都不識字，自然也不會想要書。大概只會反問你：「書？那是什麼？好吃嗎？」

「那如果開書店，以後不就能去各個城市向貴族兜售了嗎？妳看，像是地圖上鄰近城市的領主！」

考慮到會買書的客群，確實有可能會變成這樣。

昨天在公會會館的時候，路茲一邊靜靜看著地圖，一邊也清楚地勾勒出了自己未來的藍圖呢。我暗自佩服的時候，一道小巧的腳步聲就在我前面停下。

「妳就是梅茵嗎？」

「咦?!啊，是的！就是我。妳是芙麗妲小姐嗎？」

「是呀。今天要麻煩妳了。」

眼前的芙麗妲面露著甜甜的笑容，綁成雙馬尾的櫻色頭髮蓬鬆飄逸，茶色瞳孔帶有溫馴的笑意，是個柔弱又可愛的小女孩。可能是因為出身良好，抑或管教十分嚴格，總之言行舉止非常成熟，但身高卻比同年的人要矮，看起來很年幼。雖然我沒資格說別人，但給人的感覺充滿了矛盾。

但是橫看豎看，長得跟公會長一點也不像嘛。說什麼很像公會長，原來只是謠傳而已。幸好只是班諾太過擔心了。

「你是陪梅茵一起過來的嗎？要是只有女孩子就好了呢……」

發現路茲，芙麗妲微微鼓起臉頰說了。當初聽到只有女孩子要一起聊天的時候，確實很吸引人，但那也只限於彼此是感情很好，又可以無話不說的關係。而且今天要去的地方是公會長家，我實在不想自己一個人去。聽到芙麗妲這麼說，路茲的小臉有些惱怒。我握住他的手，微笑說道：

「我因為沒有體力，老是不支倒地，所以沒有路茲陪我就不能外出。班諾先生的商會也是，如果沒有路茲同行，還禁止我進去呢。所以要是路茲不能一起去……」

那我們就回去了——但話還沒說完，芙麗妲就打斷我。

「常暈倒到得有人看著才行……妳該不會是身蝕吧？」

「什麼？……身蝕？」

沒聽過的單字讓我忍不住偏頭納悶，芙麗妲也輕輕托著臉頰，把頭歪向另一邊。

「哎呀？妳聽不懂身蝕嗎？……嗯，就是身體裡有團熱熱的東西，會在自己無法控制的情況下到處亂跑，有嗎？」

「有！妳知道這種疾病嗎?!」

還以為沒有人知道這種病是什麼，想不到眼前的小女孩竟然知道！我和路茲往前傾身，等著她回答，芙麗妲有些傷腦筋地笑了。

「……我以前也是這樣喔。所以，身高還是很矮吧？」

我會這麼瘦又長不高，動不動一不留神就暈倒，原來都是因為身蝕這種疾病嗎？我看了看偏矮的芙麗妲，再看向自己比起實際年齡小了快兩、三歲的身體，忽然驚覺。

「這種病要怎麼做才能治好？」

剛才芙麗妲說的是以前，就表示她現在治好了。和路茲對看一眼後，我幾乎要撲上去地詢問芙麗妲。芙麗妲過意不去似地垂下眉尾，嘆著氣小聲喃喃說：

「……要治好非常花錢喔。」

「嗚啊，我沒希望了……」

身為商家的千金大小姐，爺爺還是商業公會的公會長，連她都說「非常花錢」了，那依我們家的經濟能力更是沒指望。我洩氣地垂下頭，芙麗妲溫柔地拍了拍我的肩膀。

「不過，妳看起來很健康呢。朝著目標全力以赴的時候，都不會有問題。但是，只要妳內心受了挫折，或者失去了目標，就會遭到反撲，所以要小心喔。」

……原來是這樣。因為我訂定了目標要去森林，又下定了決心要做紙，所以最近才能這麼活蹦亂跳嗎？放棄做木簡的時候，確實差點就丟了小命。嗯？那我豈不是和不游泳就會死掉的洄游魚類沒兩樣嗎？

我「哼……」地沉吟，在腦海中整理第一次聽到的消息。我身上的病是身蝕。為了保持健康，就只能朝著目標不停行動。

「那沒問題的話，就往我家出發吧。」

芙麗妲領著我們抵達的公會長家，一樣也是商店。一樓的店面很大，比班諾的商會還要靠近城牆。豈止靠近城牆，根本就在城牆隔壁，可以近距離看到神殿，堪稱是最高等級的地段。

「我最喜歡看洗禮儀式的遊行了，所以每一次都會參觀。然後夏季的洗禮儀式上，妳做的髮飾真的非常醒目。」

住家就在這裡，不需要特地走到屋外，肯定就能清楚看見走進神殿的隊伍。

「我第一次看到那種髮飾，就問了爺爺，結果他卻一直打聽不到消息，秋天的洗禮儀式上也沒有流傳開來，所以我一直覺得很神奇……」

「因為做起來要花點時間，如果不是冬天有足夠的時間做手工活，根本做不出來。」

我母親是這麼說的——我在心裡頭補上這一句。

「原來是這樣子呀……」

「等到之後開始販售，從明年的春天開始，參加洗禮儀式的女孩子們就都能戴了。」

「哎呀！這麼說，冬季的洗禮儀式上只有我一個人會戴囉？好期待喔！」

看著小臉閃閃發亮的芙麗妲，我想起班諾說的「因為目前還沒開始販售，冬季的洗禮儀式上只有他孫女會戴」，其實這就類似於ＶＩＰ的待遇吧。

……既然是ＶＩＰ待遇，就不算是敲竹槓了吧？希望不算……

芙麗妲的住家和商家所在的建築物全都租給了員工，所以沒有毫不相干的外來住戶。接著她帶領我們走上二樓，我瞠目結舌。

布好多！去歐托家的時候我也覺得布很多，但也只有會客室而已。然而，芙麗妲家的每個角落都擺有掛毯和背墊，色彩鮮豔到了氾濫的地步。而且屋內還有櫃子，上頭陳列著石造的動物擺飾和金屬雕像。看得出來財力雄厚，擁有幾乎相當於貴族的權力。

「小姐，請用。」

被帶到會客室後，一名女傭端來了飲料。她將紅色液體倒進金屬杯子裡，而不是我常見的木杯。

「謝謝妳……這個是加了蜂蜜和科黛果汁一起煮成的科黛漿，要喝的時候再加水稀釋。很甜很好喝喔。」

名為科黛的果實和木莓很像，所以可以說是木莓果汁吧。我這樣心想著喝了一口，發現比想像中還甜。平常很少攝取到甜分的我，知道自己情不自禁咧開了嘴角。

「好甜喔～路茲，好好喝喔！」

「真的耶，又甜又好喝！」

「幸好你們喜歡……那就進入正題，你們為什麼要到我家來呢？」

芙麗妲歪過小腦袋瓜。不知道公會長是怎麼和她說明的，但我最好也解釋一下。

「昨天公會長委託我們，要我們為芙麗妲小姐的洗禮儀式製作這個髮飾。」

我從托特包裡拿出多莉的髮飾，當作是樣品，芙麗妲見了就輕輕點頭。

「這我知道。不過，我還以為爺爺訂做的時候，會自己幫我決定款式呢。」

……不愧是孫女，答對了。妳爺爺本來想自己下訂，再給妳一個驚喜喔。

「呃，他確實這麼說過沒錯，但我覺得還是要挑選本人喜歡的顏色，或者搭配當天的服裝再製作，妳會比較開心，才請他讓我問問本人的要求。」

芙麗妲的髮色是櫻花色，也就是淡粉色。原本的髮飾是配合多莉的藍綠色頭髮所做的，所以完全不適合芙麗妲。最好織紅色的花，不然就用白花和綠葉的造型，營造出清秀俏麗的感覺更適合她。

「這樣啊，我還心想爺爺這次怎麼這麼機靈呢，原來是妳阻止了他呀？」

「如果方便的話，請讓我看看當天的服裝吧。也想順便看看刺繡用的顏色。」

我避開正面回答，想要不露聲色地把話題從公會長身上帶開，芙麗妲卻吃吃笑了起來，顯然被她看穿了。動作和遣詞用字，看起來都比我還要成熟。至少和一起去森林的孩子們完全不一樣。

……接受上流教育的孩子們，全都這麼像小大人嗎？

「那妳等一下，我去拿衣服過來。」

芙麗妲一離開，路茲就誇張地重重呼氣。大概是安靜坐著不動太痛苦了，他轉轉肩膀又轉轉脖子，活動身體。

「路茲，你還好嗎？」

「我根本加入不了妳們的對話。我既不知道什麼樣的衣服適合什麼顏色，也沒辦法那麼正經八百地說話。」

和芙麗妲說話的時候，我也下意識地用了敬語，很緊張會不會對對方失禮，所以路茲說完我就用力點頭。

「等你以後開始工作，最好也要學會這樣子正經八百地說話，但今天就由我負責問她的要求。要安靜不說話一定很辛苦，但我一個人會害怕，所以你要陪我喔。」

「嗯。」

有同伴在，膽子就大多了。我安心地吁口氣，這時芙麗妲回來了。

「讓你們久等了，就是這件衣服。」

「哇，好漂亮！」

芙麗妲帶來了她要在洗禮儀式上穿的正裝。只有以白色為基底這部分和多莉夏季的正裝一樣，但布料的厚度完全不同。具體地說，芙麗妲的正裝上有些地方還有毛茸茸的毛皮，一看就很溫暖。

想到自己冬天得裹上一層又一層的衣服，整個人像團毛球一樣，我就不由得發出呻吟。夏季洗禮儀式的正裝布料很薄，所以比起經濟能力，裁縫的本領更重要。但到了冬天的洗禮儀式，財力形成的差距就很明顯了。

「芙麗妲小姐，妳喜歡這個顏色嗎？」

「對呀，所以才用這個顏色的線刺繡。」

發現白色正裝上縫有紅色刺繡，我再看向芙麗妲的頭髮。看起來，紅色會很適合這套正裝和她的髮色。

「請問這些刺繡用的線還有剩嗎？我想統一做出一樣顏色的花。如果還有多餘的線，可以給我一點嗎？我會再去找同樣色系的線。」

「嗯，應該還有喔。那我現在去拿。」

請芙麗妲分給我一些要做成花飾的線後，再請班諾另外去找相同色系的線吧。要做給芙麗妲的髮飾定價很高，我想應該可以要求好一點的線。

「這些夠嗎？」

芙麗妲手上拿著足以再為一套正裝刺繡的線捲走回來。

「這些當然是夠……」

「那就麻煩妳了。」

芙麗妲將深紅色的線捲放到我手上，我頓時感到左右為難。

……現在連材料都請對方提供，不僅敲竹槓，根本是做無本生意嘛，怎麼辦?!

但是，「班諾先生開價已經很高了，我會為妳減去原料的費用」這種話，我也不能亂說。我不希望班諾和被敲竹槓的公會長之後又鬧得更不愉快。而且，腦海裡的班諾已經在罵我：「能讓對方掏出錢來的時候，就要能拿多少就拿多少！」

我「唔唔」地沉吟，努力想著辦法不讓自己成為不肖商人，忽然注意到芙麗妲的髮型。今天芙麗妲的髮型是雙馬尾。

「芙麗妲小姐，妳當天預計綁什麼樣子的髮型呢？」

「就和今天一樣喔。」

如果綁雙馬尾，就需要兩個相同的髮飾。只有一個髮飾也太尷尬了。

……嗚哇，幸好有先確認。也幸好阻止了公會長的獨斷獨行。要是照著公會長的要求去做，不但不適合芙麗妲，還只有一邊，就算收到了髮飾也只能啼笑皆非吧。

「如果那天的髮型和今天一樣，就需要兩個髮飾吧？」

「……真的耶。」

芙麗妲也瞪大眼睛，現在才注意到這件事。做兩個髮飾的話，就比較不會那麼良心不安了。我如釋重負地吐氣，芙麗妲卻用手指抵著下巴，表情有些嚴肅。

「那麼這下子，就必須支付兩倍的酬勞呢。」

「不用了，妳也提供了線給我們當材料，所以一樣是現在這個價錢就好了。」

都已經幾乎不需要成本了，還要收取兩次那麼高額的費用，這我實在辦不到。一定會胃痛。

「可是，這樣子怎麼行呢。因為之前就已經談好了，那筆錢就是只做一個髮飾，所以我會付給你們兩倍的錢。」

「那怎麼行！都拿了妳的材料，真的不需要付兩倍的錢……」

「我要付」、「不用啦」——我和芙麗妲開始沒有止盡的來回拉鋸，一直在旁邊安靜聽著的路茲就搔搔頭，開口提議：

「不然，第二個算半價怎麼樣？」

「咦？」

「因為收了對方提供的材料，梅茵想算便宜一點；但芙麗妲又不希望公會長和班諾老爺之後因為這件事爭吵，所以想付兩倍的錢。那就彼此各退一步，第二個算半價吧。」

「路茲，你真是天才！芙麗妲小姐，這樣子可以嗎？」

聽了路茲提出的折衷方案，我毫無異議立刻贊成。一骨碌轉身後，就看到芙麗妲一臉無法釋懷，又感到難以理解的表情。

「我是沒關係……但能讓對方掏出錢來的時候，應該要能拿多少就拿多少吧？」

從她柔弱又可愛的外表，真想不到她會說出這種話。芙麗妲果真是商人的孩子，還是公會長的孫女。

「呃，那是商人的準則嗎？班諾先生好像也說過類似的話……」

「哎呀！做生意不都是這個樣子嗎？」

芙麗妲歪過頭，說得一副理所當然，但我忍不住搖頭。

「但是也要有所謂的限度，每樣東西都該有適當的價格……總之，能談到彼此都能接受的價錢真是太好了。」

「你們真是奇怪呢。」

芙麗妲咯咯笑了。但不是嘲笑，是非常友好、發自真心的笑容。雖然不算是吵架吵出了友誼，但感覺不再那麼有隔閡，彼此之間好像還產生了連帶情感。

雖然還沒辦法抬頭挺胸地說自己在談生意，但髮飾這樁委託也總算告一段落。

本想馬上告辭，但看到新的科黛果汁又端上來，急著要離開的路茲就無法讓視線從科黛果汁上頭移開。我也想享用甜甜的飲料，於是在芙麗妲的邀請下，又留下來聊了一會兒天。

「這樣啊，你們會去森林採果實和撿木柴嗎？每天都像在郊遊呢。」

……撿柴火關係到了我們的日常生活，並沒有芙麗妲想的那麼愜意。我反而更好奇平常都不需要去撿木柴的芙麗妲過著怎樣的生活。

「芙麗妲小姐平常都在做什麼呢？商人的孩子不用去森林吧？」

「我最喜歡做的事情呢……呵呵！」

芙麗妲頓了一拍，露出燦爛的甜笑說了：

「應該就是數錢吧。」

……咦？幻聽嗎？還是錯覺？我耳朵還正常嗎？從這個柔弱又可愛的小女孩口中，我好像聽到了某種非常可怕的興趣。

「哎呀，好像不太一樣，對不起。」

我正為了出乎意料的回答不知所措時，芙麗妲就可愛地搖搖頭，訂正自己的發言。原來只是說錯嗎？我安心地撫著胸口，但也只持續了一秒鐘的時間。

「不只是數錢，我也非常喜歡存錢唷。每次感受到袋子裡沉甸甸的重量，我就會非常開心，妳不覺得錢幣噹啷噹啷的碰撞聲簡直是天籟嗎？」

「……是、是喔，也許吧。每次存錢筒的重量增加，我也會很開心。」

好不容易擠出這些話附和後，我輕輕閉上眼睛。

……居然不是幻聽。是誰提起興趣這個話題的？不就是我嗎！我這個白痴白痴！明明看起來興趣更像是製作點心和刺繡的千金大小姐，結果竟然是算錢和存錢……我一點也不想知道！

「哇啊！妳能明白我的興趣嗎?!」

聽到我表示贊同，芙麗妲開心得開始說起自己對金錢的喜愛。

「我從小就最喜歡看金幣閃閃發光的樣子，爺爺每個月都會計算一次收支，我都會跟在旁邊一起數金幣，這是我最期待的事情了！」

……跳過銅幣和銀幣，直接就數金幣嗎？你們這些可恨的有錢人！

我在內心憤世嫉俗的時候，芙麗妲繼續激動地滔滔不絕。溼潤的雙眼帶著陶醉，臉頰泛紅，非常開心又專注地談論起她對於算帳和擴大經營的看法。

「最近一想到要怎麼讓這些錢增加、能不能找到可以販售的商品，我的心頭也會小鹿亂撞呢。」

……怎麼辦？這個孩子超級奇怪。明明長得這麼可愛，太可惜了。

「欸，梅茵。」

「是，怎麼了嗎？」

我聽著聽著注意力有一半都飛走了，趕緊回神坐好。幾乎同一時間，芙麗妲雙眼熠熠發亮地牽起我的手握緊。

「我真的非常欣賞妳呢。」

「謝謝～」

希望她沒注意到我的語尾不自然地上揚。真是想不通她到底欣賞我哪一點。納悶地側著頭時，芙麗妲可愛的笑臉忽然逼近我，紅著臉頰問：

「梅茵，妳要不要和我一起工作呢？」

「不行！」

早在我做出反應之前，路茲就立刻替我回絕。

「哎呀，可是我們家的店規模比班諾還大，做生意也很多年了，條件很好喔！現在妳也還沒有受洗，尚未正式成為學徒，也可以換來這裡當我們的學徒嘛。還有，我問的人是梅茵，又不是你。」

……嗯？這樣的發展怎麼好像昨天也有過……？

「我很感激妳的邀請，但我對班諾先生有回報不完的恩情……」

所以恕我拒絕——在我要接著說這句話前，芙麗妲就柔柔地微笑打斷我。

「哎呀，這點小事我替妳還就好了。」

「咦咦？呃……」

明明想拒絕，結果沒有成功。確實和傳聞一樣，班諾也不是杞人憂天。

……真的跟公會長一模一樣！只是語氣不一樣，說的話根本如出一轍！

芙麗妲臉上始終掛著笑容，接二連三地列舉出換到他們店裡有多少好處。我慌得手足無措，路茲的臉色就越來越難看。

「梅茵，快點和昨天一樣明明白白回答人家。」

「我、我我、我拒絕！」

這麼斷然拒絕，要是惹哭了小孩子怎麼辦？我本來很害怕，但拒絕了以後，芙麗妲也只是瞪大眼睛。接著好像反而點燃了她的鬥志，雙眼閃爍著熾熱的光芒。

「哎呀，真遺憾……不過，離梅茵的洗禮儀式還有很長一段時間，妳又已經在商業公會暫時登記了，想必還有很多機會可以見面吧。呵呵，好期待呢。」

怎麼回事？這種感覺就像被蛇盯上的青蛙，還是無路可退？冷汗一顆顆迸出來。

……價格要抬多高都沒問題，班諾先生，快救救我啊——！

芙麗妲的髮飾

離開芙麗妲家，我和路茲踏上歸途。

明明是在她笑容可掬的目送下離開，為什麼有種在鬼門關前走了一遭的感覺呢？明明只是喝了好喝的果汁、聊了一會兒天，為什麼身心卻比去森林還要疲憊？

「哦，你們事情終於談完了嗎？」

「馬克先生？」

正要經過班諾的店門前，馬克叫住我們。

班諾吩咐過，要我們明天中午過後來報告今天的事情，所以本來打算直接回家。但是，馬克卻微笑著招手要我們入內。

「老爺現在實在是太心浮氣躁了，可以請你們現在就向他報告嗎？」

「……是。」

一想到我擅自用半價接了第二個髮飾，班諾肯定會把我罵到臭頭，胃就陣陣絞痛，所以我也想快點報告。

「班諾老爺，可以讓梅茵和路茲進去嗎？」

「嗯，進來吧。」

門一打開，辦公室內的班諾就迫不及待地敲了敲桌子。
「……梅茵，那個臭老頭的孫女怎麼樣？」
「呃……非常可愛，是完全如傳聞中所說的千金小姐。」
「那種社交性的報告就免了，妳有什麼感想？」
虧我刻意用委婉的說法來形容，班諾卻揮了揮手，要我說老實話。我嘆了一口氣，說出真正的想法。
「說真的，她的外表和實際個性相差太多，讓我嚇了一大跳。不過，她不單純只是非常喜歡錢而已，受洗前就經常待在公會長身邊觀察他，還會想辦法要增加收入、擴大事業，從商人的角度來看，我覺得她擁有優秀的才能。」
「妳居然說她有優秀的才能……」
班諾抓了抓頭，大嘆口氣。
「嗯，怎麼說呢……雖然很可愛，但也非常異於常人。對吧，路茲？」
我百感交集地說，路茲卻輕輕挑眉，用像在說「妳才沒資格說」的表情低頭看我。
班諾大感有趣地勾起嘴角，看向路茲問：
「路茲，你覺得呢？」
「她和昨天的公會長一樣，也開口拉攏了梅茵，所以我覺得要小心提防她。而且我覺得……跟梅茵很像。」
「咦?!哪裡像了?!」

……簡直青天霹靂！

大受衝擊的我激動地要求路茲說明，他就輕輕聳肩回答：

「因為那傢伙談到錢的時候，表情就跟梅茵談到書的時候一模一樣啊。妳們兩個人眼裡都只看得到自己喜歡的東西，還有梅茵妳剛剛自己說的，雖然長得很可愛，但內在異於常人這點，妳們兩個也很像。」

……啊，對喔。現在的我長得還算可愛。

因為家裡沒有鏡子，我只在桶子裡的水面上看過自己五官扭曲的倒影，會當面稱讚我可愛的，又都是初次見面的人和寵愛女兒的傻爸爸，所以我一直以為只是場面話和社交辭令。

以前倒是經常有人說我不只是普通的愛書，根本是怪咖，所以早有這方面的自覺，也不會放在心上，但以前的我長得並不可愛。外表一看就知道是宅女，感覺像是把圖書室當成了自己的根據地，所以從來沒有人說過我的外表和內在差很多。

我在心裡面假設姊妹倆長得很像，而有著多莉外表的小女孩成天都想要做出在這個地方根本不存在的書，勤奮不懈地做些稀奇古怪的事情，不禁深感痛惜地垂下頭。

「……對不起，我會稍微反省。」

「再多反省一點。」

「嗚嗚……」

我無力反駁。而一直賊笑著聽我們說話的班諾，用指尖「咚咚」地敲敲桌面。

「那麼，事情談好了嗎？」

「呃，因為芙麗妲小姐的頭髮綁成了兩條馬尾，所以現在要做兩個髮飾。」

「哦……那報酬也變成了兩倍吧。」

班諾說得天經地義，我的心臟卻嚇得一縮。雖然非報告不可，但說了一定會挨罵。

「不，那個，呃……」

「怎麼了？」

班諾赤褐色的雙眼不善地瞪過來。我「嗚噫」地倒吸口氣，慌得不知道該怎麼說明才好，班諾的視線就從我身上轉向路茲。

班諾才揚了揚下巴，路茲就開口說了：

「梅茵從小姐那裡拿了材料線，還說要用原本的價格直接做兩個……」

「路茲?!」

「你說什麼?!」

路茲完全無視於我和班諾的反應，接著又說：

「但小姐堅持價格已經談好了，就一定要付兩份……看她們兩個人一直談不出結果，我就開口提議第二個算半價，兩個人也都同意了。」

路茲簡潔又確實地報告完，班諾挑眉瞪向我。

「梅茵，妳是笨蛋嗎？之前我說的話都沒在聽嗎？全都忘了嗎？」

「嗚，就是因為記得，所以就算拿了材料線，第一個我也沒有降價喔。不過，同意第二個算半價的時候，芙麗妲小姐也對我說了，能讓對方掏出錢來的時候，應該要能拿多少就拿多少。」

「怎麼能讓談生意的對象對妳說這種話……」

班諾長嘆一聲，受不了地用手支著額頭，連連搖頭。我也覺得還要談生意的對象指點，確實有點沒面子，但拿那麼多錢實在對我的胃不好。

「可是，想增加利益也應該要有限度啊，這樣的價格太不合理了……總之，這會害我胃痛，請不要再勉強我了。」

「商人怎麼能因為收錢就胃痛？真是的……算了，反正減少的也是妳的利益。幸好至少有收取第二個髮飾的費用，這次就沒關係。要是傳出了奇怪的謠言，以為在這裡買東西第二個可以免費，有些客人就會上門來要求一樣的待遇。妳要懂得分辨誰是可以讓步的對象。」

我完全沒想過還會有這種客人。聽起來像是在警告我，要不懂怎麼在這裡做生意的我別再用自己的常識行動了。我深深地低下頭去。

「嗚，我沒有想到這麼多，對不起。然後，這是芙麗妲小姐借給我的線，我想要等級和這個相同的白線。長度的話……」

我從托特包裡拿出捲尺，拉出兩隻手臂張開後指尖之間的長度。

「大概要這樣……請幫我訂一百菲里。」

「知道了。明天妳和馬克去一趟線舖吧。順便也採購冬天手工活要用的線。」

班諾宣布我們可以走了以後，我就和路茲一起離開班諾的商會，回到家裡。此刻的我，非常能夠體會筋疲力盡的上班族的心情。真想快點回家消除疲勞。

「我回來了。」

「梅茵，妳回來啦。今天和妳見面的那個女孩子怎麼樣？有變成好朋友嗎？」

今天負責煮飯的多莉正面帶笑容，攪拌著鍋子。長得這麼可愛，又這麼會照顧人，個性溫柔婉約，最近廚藝也大有長進，還是裁縫學徒，將來肯定會變成廚藝精湛的裁縫美人——看著這樣的多莉，我內心一陣莫名感動。

「多莉～！」

我忍不住張手緊抱住她，多莉就微皺起眉，低頭看我。

「梅茵，妳怎麼了？遇到了什麼討厭的事情嗎？」

「多莉簡直是天使，我的心靈綠洲。多莉明明是這麼好的姊姊，我卻不只生了病又沒用。今天被路茲一說，我才知道自己根本是個外表欺騙世人的奇怪妹妹。多莉，對不起喔。」

「唉……妳現在才知道嗎？」

多莉嘆著氣，摸了幾下我的頭後，伸手指向臥室。

「梅茵，妳妨礙到我煮飯了。把東西放好來幫忙吧。」

「嗯。」

放好托特包，我開始幫忙多莉。雖然大家都說我矮，但最近也長高了一點，只要站在踏腳臺上，也可以穩穩地攪拌鍋子了。

我一邊攪拌著鍋子，不讓鍋裡的東西燒焦，一邊向多莉報告今天發生的事情。

「然後啊，那個女孩子的名字叫作芙麗妲，長得非常可愛喔，可是興趣是數錢。她說她最喜歡的事情就是數金幣。」

「金幣?!我從來沒有看過金幣呢。居然多到可以數，真是太有錢了。」

比起芙麗妲古怪的興趣，多莉似乎對於金幣多到可以數這件事更感到吃驚。這附近的人都認為花上一輩子的時間也看不到金幣，所以可以理解衝擊有多麼巨大。

「房子也很豪華喔。裝飾和布都很多，非常漂亮。啊，還有，芙麗妲跟我說了，我身上的病叫作身蝕。」

「……沒有聽說過呢。」

沒有聽過這個病名，多莉疑惑地歪頭。這也難怪，因為知道的人很少。

「這好像是一種很罕見的病，因為連歐托先生和班諾先生也說他們不知道。芙麗妲會知道，是因為她以前也是身蝕。可是，她說要治好會非常花錢。連那樣子的有錢人都說非常花錢了……」

「我們家更不可能了呢。」

多莉一秒鐘就得出了和我相同的結論，連想都沒有想。我們家的經濟狀況連發燒病倒了都請不了醫生，所以完全不用奢望。

「……嗯。不過，她也教了我要怎麼做，病情就不會惡化。」
「是嗎？」
「她說只要設下目的和目標，全力以赴，這種情況下都不會有問題。」
「這樣啊。最近梅茵都在做妳自己喜歡的事情，所以很有精神呢。以前都會哭著說只有多莉可以做妳喜歡的事情，太不公平了……」
的確，梅茵也有很多記憶都是一發燒就哇哇大哭，害得多莉不知如何是好。多莉非常順口就說出了和以前比較的發言，表示她果然也察覺到了我和以前不一樣。我陷入沉思，多莉就慌慌張張地摸了摸我的頭。
「別沮喪嘛。現在這麼有精神，我覺得很棒啊。那麼，妳髮飾要怎麼辦？」
「我已經問過芙麗妲喜歡的顏色，也拿了她正裝上用來刺繡的線，打算用那些線來做髮飾。芙麗妲的頭髮會綁成兩條馬尾，所以需要兩個髮飾喔。」
「哦～這樣子啊。」
兩人準備著晚餐的時候，母親也回來了。好一陣子都是晚班，很少碰到面的父親今天也久違地上完中班就回到家。
好久沒有吃晚餐的時候全家人都在，我一邊吃飯，一邊報告在公會長家發生的事情。因為平常不會有機會出入那種富有人家的房子，所以大家都聽得津津有味。
母親對屋內的裝飾品如掛毯和背墊最感興趣，父親則是好奇會客室裡的架子上那些酒是什麼牌子。多莉則對芙麗妲的服裝和隨身物品感到好奇，問的問題都是關於芙麗妲的隨身物品。
吃完了氣氛格外熱烈的晚餐後，我走向母親，希望她把縫線用的鉤針還給我。
「妳要鉤針做什麼？」
「要做髮飾。我昨天不是說過，芙麗妲想要髮飾嗎？今天她已經下了訂單。她還希望用正裝上用來刺繡的線做髮飾，所以我也借了線回來。」
「把線拿來我看看。」
擅長縫紉又從事染色工作的母親，對於我帶回來的芙麗妲家的線，完全沒有掩飾臉上的好奇。她從裁縫箱裡拿出鉤針，催促我說：「好了，快點拿過來。」
我拿出托特包裡的線，一放在廚房桌上，母親就伸手拿起來，看得聚精會神。當裁縫學徒的多莉似乎也很好奇有錢人家的小姐用什麼線縫衣服，興沖沖地湊上來看。
「想要把線染成這種深紅色，非常耗時耗力呢。」
「用的線果然品質很好呢。」
兩人入迷地捏著線細細觀賞，我則火速拿起鉤針。
「因為髮飾很少見，所以對方出了很高的價錢購買喔。我要努力做好才行。」
「像我的髮飾那樣嗎？」
在為多莉做髮飾的時候，最大的考量在於要節儉用線，盡可能用剩下的幾種顏色的線織成小花，但這一次芙麗妲提供了大量的紅線。而且，既然把價格提得那麼高，我打算做得比多莉的髮飾更加精緻，以表示我的誠意。

「我會把花再織大朵一點，反正線有很多。」

我的構思是用幾朵迷你紅色玫瑰花，搭配滿天星做成花束。說到有錢人家的大小姐，我腦海裡最先想到的就是玫瑰花，真為自己貧乏的想像力感到哀傷。

……可是，玫瑰花感覺就很華麗，而且也很漂亮啊。

為了在最後捲成花朵的時候看來像是花瓣，我努力編織出呈鋸齒狀的蕾絲。織到了適當的長度後再捲起來，把做為底部的其中一端用線縫起來，稍微攤開花瓣，就有了小巧玫瑰花的形狀。

「哇，好可愛喔！」

聽到多莉稱讚，我更是志得意滿地動手織起第二朵。在旁邊喝酒看著的父親，發現母親一直躍躍欲試地緊盯著我的雙手瞧，於是問她：

「伊娃，妳那麼感興趣的話，不如我再做一支鉤針給妳吧？」

「爸爸，我也要，所以要做兩個喔！」

母親感動得一把抱住父親，再加上可愛多莉的撒嬌，父親春風滿面地削起木頭。因為已經幫我做過一次鉤針，所以父親這次花了較短的時間就做出了細長的鉤針。

多莉握著先做好的鉤針，開始和我一起編織玫瑰花。自從成為裁縫的學徒，多莉的技術也變好了，才稍微指點，馬上就織得得心應手。老實說，織得比我還快。

大概是因為剛才目不轉睛地看著我的雙手，母親笑容滿面地握住做好的鉤針後，用不著我教，就動作迅速地開始編織。

「梅茵，爸爸幫妳做簪子這個部分吧？」

做完了鉤針，父親閒得發慌，全身充滿了幹勁地提議。雖然對想一起工作的父親很過意不去，但這是路茲的工作。要是被搶走了，因為是一起做，而一起拜訪芙麗妲家的正當理由也會消失。

而且不是自己做的東西，到時路茲也不會收錢，所以明明一直都一起行動，會變成只有路茲沒能收到任何報酬。

「爸爸的心意我就收下了。可是，那是路茲的工作，不能搶走喔。」

「滿口路茲、路茲，梅茵，妳最近對爸爸太冷淡了吧？」

父親顯而易見地鬧起了彆扭。他投注在家人身上的愛太過沉重，看到我和歐托或路茲走得太近還會吃醋，有時候讓人覺得很麻煩。我不禁嘆氣，搖了搖頭。

「如果要做髮簪，與其做別人的，爸爸要不要先做好我的髮簪呢？我也打算在洗禮儀式上戴髮飾喔，希望你可以先做好髮簪穿洞……」

「怎麼，梅茵，原來妳是不希望爸爸為其他孩子做髮簪嗎？吃醋了嗎？」

……才不是。而且我完全無法理解是怎麼得出那種結論的。

不知道父親究竟在腦海裡幻想了什麼畫面，嘿嘿嘿地開心笑著，開始做起我的髮簪。眼見父親的心情瞬間變好，我再度把視線拉回到鉤針上。和父親說話的時候，多莉和母親的進度和我大幅拉開了差距。

「紅色花朵做這些就夠了。大家現在手上的都是最後一個了喔。」

本來同樣的玫瑰花要做好幾朵，但三個人一起做，要不了多久就完成了。尤其母親的速度特別快，最慢的反而是接下了委託的我。

「咦？這樣就結束了嗎？」

因為織得非常開心，多莉不滿足地嘟起嘴巴。我把蕾絲捲成玫瑰的形狀，輕輕聳肩。

原先我預計左右兩邊的髮飾各做三朵迷你玫瑰花，但在我發現的時候，數量就已經增加到了兩邊各四朵。考慮到髮飾的大小，不需要再更多了。

「這是別人借給我們的線，不可以浪費喔。」

「啊，也是。這麼漂亮的線不能浪費呢。」

雖然沮喪，但多莉還是表示理解，開始收拾鉤針。

「之後還要用請班諾先生幫忙買的白線，做很多的小花。為了搭配紅線，也會用品質很好的白線喔。明天我會帶回家來，到時再幫我做白花吧。」

「好期待喔！」

多莉開心地抱著裁縫箱笑了。

嗯……如果多莉這麼感興趣，冬天的手工活別做籃子，應該可以一起做髮飾吧？

隔天，馬克、路茲和我三個人一起去線舖買線。和上次做竹簾的時候，與工藝師一起前往的線舖是同一間。因為上次我們買了最高級的梭皮尼線，對我們印象很深刻吧，老闆一看到我們就站起來。

「噢，你們不是上次買了梭皮尼線的客人嗎？這次又需要梭皮尼線嗎？」

「是啊，但改天會再和工藝師一起過來下訂單。今天來是想要其他的線。」

聽到馬克這麼說，我才想起了班諾說過，會讓工藝師在春天之前做好抄紙器。最近滿腦子都是芙麗姐的髮飾和冬天的手工活，但可不能忘了也要準備好春天的做紙工作。

……好想要記事本。不是擦了就會消失的石板，真想要記事本。

「今天需要什麼呢？」

「老闆，我想要品質和這個差不多的白線。」

我從托特包裡拿出線來，老闆定睛端詳了一會兒後，發出小聲沉吟。

「這種線相當高級。如果要搭配這種等級的線，試試這兩種吧。」

老闆拿來了兩種線，放在我面前。我讓芙麗姐的紅線和兩款白線放在一起，來回比較了幾次後，選擇了更能襯托出紅色的其中一款，交給老闆。

「這種白線請給我一百菲里，那邊的綠線也請給我一百菲里。還有，最便宜的線也沒關係，我想要各種顏色的線，每一種都請給我兩百菲里。」

芙麗妲的髮飾所需的線，和冬天手工活要用的線，必須分開寫兩筆訂單。我拿出隨身放在托特包裡的訂單工具，像是用來寫訂單的木板、捲尺、墨水和用木頭削成的木筆。訂完了想要的商品，就當場喀喀喀地寫下訂單。

雖然便宜的線很多染色都染得不夠漂亮，但如果想把髮飾的價格壓低到兩枚大銅幣，就無法要求線的品質。

因為一般人在日常生活中幾乎不會佩戴髮飾，只在有節慶的日子才戴。所以價格必須落在只為了那麼一次也不覺可惜的範圍內，否則大家不會願意掏錢。雖然公會長為了孫女，就花了六枚小銀幣買兩個髮飾，但絕不能拿他當作參考基準。

「手工活用的線要花點時間準備，等準備好了，再送到商會可以嗎？」

「好的，那就麻煩你了。」

只把芙麗姐的髮飾要用的高級線放進托特包裡，我們就離開線舖。因為線舖離住家很近，所以我們在線舖的店門口和馬克道別，直接回家。

回家的路上，我向路茲報告，髮飾中用到紅線的部分已經在昨晚就做好了，他吃驚得瞪大眼睛。

「咦？髮飾就快做好了嗎？妳不是說過還有時間，要慢慢來嗎？」

「我想明天或後天就會做好了。因為媽媽和多莉也想做，還織得比我好又快，一下子就做完了。如果只有我一個人，本來會花更多時間。」

當初我本來評估，白天還要去森林或商會，所以只能利用晚飯到睡前的時間，大概要花七到十天左右才能做好。作夢也想不到才一天的時間，工作就做完了。

「知道了。那我也馬上動手做木簪吧。」

「嗯，麻煩你了。因為連爸爸也不甘寂寞，想要加進來做……」

「真的假的……」

眼見工作險些被搶走，路茲嘆著氣垂下腦袋。

「……不過，我本來還在想，要是工作被家裡的人搶走了怎麼辦？但其實根本不需要擔這種心吧？因為商人在做的事情，就是把事情交給其他人做，自己只負責買賣。像班諾先生根本沒有動手做任何事情，就靠著賣我們做的東西的佣金賺了錢吧？」

「對喔，的確是這樣。」

路茲也恍然大悟地看著我。並不是非得要自己動手做才能收錢。真正的商人，是靠著讓物品在兩方之間流動，藉此產生收益。我們的想法還是比較接近工匠。

「因為我們已經對公會長和班諾先生說了，這次是我和你兩個人一起做，而且要馬上改變思考方式也很難。不過，我們一起慢慢學習怎麼當商人吧。」

「嗯！」

把線帶回家後，不出所料，本來該是我的工作，卻被母親和多莉搶去做了。我做一朵小花的時間，多莉可以做兩個，母親甚至能做四個，沒幾下工夫就做完了。我也用了線線想做出葉子形狀的裝飾，但也幾乎都由她們兩人完成。結果這一次，我還是沒有派上多少用場。

……結論：果然我不可能成為裁縫美人。決定成為商人的徒弟真是正確的選擇。

交付髮飾

把路茲做的木簪和做好的花朵縫在一起，看著完成的髮飾，我忍不住自己也感到讚歎地長嘆一聲。為芙麗妲所做的髮飾，成品比我預想的還要華麗。

四朵深紅色的迷你玫瑰花簇在一起，四周又垂下參考白色滿天星所做的花串，襯托出了玫瑰花的紅色。白色小花外側又冒出了幾片用綠線縫成的葉子，更是畫龍點睛。

「……梅茵，這和多莉的髮飾也差太多了吧？這個髮飾感覺好豪華。」

成品出色到連路茲見了做好的髮飾，臉頰也不禁抽動了一下。

原因很簡單。首先，髮飾用的線品質就不一樣。因為用的線很細又有光澤，縫出來的花朵也很精緻且帶著亮光。再加上編織的技巧也有差。之前多莉的髮飾大半以上都是我做的，但芙麗妲的髮飾幾乎都是母親和多莉做的，所以縫得非常整齊又細緻。

「考慮到芙麗妲正裝的材質和她本人的氣質，你不覺得比起多莉的髮飾，這個髮飾絕對更適合芙麗妲嗎？」

「我根本看不出來適合還是不適合啊。」

路茲搖了搖頭回答，我則盤起手臂沉思。

「嗯……這部分你也得學習才行呢。班諾先生店裡的商品好像都和服裝有關，專門要賣給貴族的商品好像也越來越多了。」

一遇到不擅長的事情果然就想逃避吧，路茲的視線在半空中來回游移。

「啊～梅茵，那髮飾做好了，現在要怎麼辦？」

「我想最好先拿去給班諾先生看，再交給公會長吧。現在就去找班諾先生吧。」

把做好的髮飾放進小籃子裡，再蓋上在我們家裡能找到的比較乾淨的手帕，不讓其他人看見。

「梅茵，妳拿籃子就好了，那個袋子我拿吧。」

對我來說，放了石板、石筆和訂單工具的托特包其實相當重，真是幫了我大忙。我坦率地道了謝，把托特包交給路茲，自己拿起小籃子。

「哦，你們兩個今天怎麼來了？」

馬克一看見我們就開口招呼。

「髮飾已經做好了。我想在交給公會長之前，是不是先讓班諾先生看過比較好……」

「拿來我看看吧。」

背後冷不防冒出了班諾的聲音，我「呀」地輕跳起來。一回過頭，想來剛才是去拜訪了貴族，班諾穿著一身無可挑剔的合身華服站在那裡。

「老爺，您回來了。」

「嗯……你們兩個都進來吧。」

班諾向馬克輕輕點頭，走進裡頭的辦公室，我們也隨後跟上。

「那麼，做好的髮飾呢？」

班諾對著桌子坐下的同時開口說道，我於是拿開蓋在小籃子上的手帕，輕輕放在班諾面前。

「你覺得這樣子可以嗎？」

班諾拿起其中一個髮飾，打量了一會兒後放回籃子裡，接著大嘆口氣。

「……梅茵，妳第二個髮飾根本不需要算對方半價。」

「咦？可是現在這樣，我還是覺得價格訂太高了……因為材料費只有線而已，光利潤就有三枚小銀幣了吧？」

「妳要再多方了解物品的價值。妳帶來的每一樣東西都是奢侈品，要是不清楚一般高級奢侈品的定價，只會打亂市場的平衡。」

「……對不起。」

我知道自己的金錢觀念和這個世界的物價並不相等，現在也明白到了班諾為了不讓我擾亂市場，一直發揮著防波堤的作用。我知道這裡的衣服和裝飾品都很昂貴，但對於體力不夠，無法恣意參觀城內店家的我來說，根本無法得知什麼樣的東西通常是賣多少錢。更何況以我的打扮和年紀，販售高級商品的店家也不會讓我踏進去。

……不過，這些都是奢侈品嗎？因為不管是簡易版洗髮精、紙還是髮飾，在我原本的世界裡，到處都看得見啊。

雖然大腦很清楚在這裡幾乎找不到這些東西，感覺卻跟不上。忍不住就會心想既然沒有，有沒有什麼可以替代的東西，或者自己能不能做出來。

「班諾先生，我想把髮飾交給公會長，這種時候該怎麼做才好呢？我想和公會長約個他可以見面的時間。」

「也是，趁這個機會順便教妳吧。」

拿出訂單工具，在木板寫下要預約和公會長見面，再寫下名字和拜訪原因。

「然後把這張板子交給公會三樓的櫃檯就好了。等決定好了見面時間，公會職員就會把寫了會面時間的這張板子送回來我們店裡。」

「那回去的時候順便去提交吧。」

「啊……等等。只有你們兩個人的話，當場就會成了待宰羔羊。我也一起去吧。」

……只是去櫃檯遞封訪問函，未免太小題大作了。

班諾換了身衣服後，我們一同前往商業公會。這一次換我們拿出自己的公會證，順利地上了三樓。感覺自己變得有點了不起。

接著按照班諾教的，向櫃檯提交預約拜訪用的木板。完成了一項創舉後，我內心充滿感動，笑著要和路茲一起回家時，櫃檯職員就叫住我們。

「請等一下。公會長說過如果名叫梅茵和路茲的人來了，直接讓你們進去。」

「咦?!」

對方催促我們走進公會長的辦公室，我和路茲都不知所措，班諾就嘀咕說：「我就說吧。」要是只有我們兩個人，搞不好就真的成了待宰羔羊！

……噢噢噢，班諾先生真是料事如神！幸好班諾先生跟我們一起過來！

被帶進公會長的辦公室後，只見公會長雖然表情有些厭惡，但還是歡迎班諾入內。

「你們今天來有什麼事嗎？」

「因為芙麗妲小姐的髮飾做好了，就帶過來交給您。」

「那就讓我看看吧。」

我拿出帶來的小籃子，掀開手帕，推到公會長眼前。剛才已經過了班諾那一關，所以我相信一定沒有問題，但心臟還是撲通狂跳。

公會長探頭往籃子裡看，拿出其中一個髮飾，眼神無比認真地檢視。緊接著，用力揚起眉尾看向我。

「……這和妳之前拿給我看的髮飾相差很多哪。」

「這是因應定價特別製作的款式。還是您覺得之前看過的那個髮飾更好呢？但這是在和芙麗妲小姐談過以後，配合她的髮型和正裝做的……」

是不喜歡嗎？我當場臉色慘白，公會長急忙搖頭。

「不，我只是非常意外可以做得這麼精緻，十分吃驚而已。這兩個髮飾確實很適合芙麗妲。」

「是嗎？那就太好了。」

一想到不是要被退回來，我就如釋重負。公會長的雙眼頓時又閃過精光。

「梅茵，妳真的不考慮來我……」

「梅茵，事情辦完了就回去吧。」

班諾不等公會長說完，就捉住我和路茲的手臂站起來。畢竟事情也辦完了，應該可以告辭了吧。於是我乖乖跟著班諾要離開，公會長焦急地設法挽留。

「不，等一下。既然人都來了，我希望妳能當面把髮飾交給芙麗妲。她很高興自己交到了女生朋友喔！我也是頭一回聽說芙麗妲有了同年紀的朋友，非常感動！」

……哦～芙麗妲交到了第一個朋友啊？真是可喜可賀。

看著公會長深受感動的模樣，我事不關己地悠悠哉哉心想，班諾就蹲下來在我耳邊悄聲說：

「……妳和那個老頭的孫女成了好朋友嗎？」

「咦?!是我嗎?!……呃，這我不是很肯定……」

我知道芙麗妲單方面很欣賞我，但這樣還不算是朋友吧？不過，看到公會長這麼高興孫女交到了朋友，也很難當場堅決否認。

「為了隨時歡迎妳過來玩，她還每天都做了點心在等妳。」

「……點心？」

我忍不住反問，班諾就用力彈向我的額頭。我知道他是在提醒我不要讓對方有可乘之機，但面對甜美的誘惑，怎麼可能無動於衷嘛。
「好，那我帶妳回去找芙麗妲吧。」
大概是也抱過芙麗妲，公會長輕輕鬆鬆就把我抱起來，跨出辦公室。
「慢著，我也要一起去。」
「梅茵去的話我也要去！」
看見我就在面前被人強行帶走，班諾和路茲瞪大了雙眼，急忙追上來。
結果莫名其妙就決定要去找芙麗妲了。但是，公會長家在城牆旁邊，離我家比班諾的商會還要遠。要是真的去了，老實說我到時候會沒有足夠的體力走回家。
「……公會長，我因為沒有體力，今天不能再走更多路了。」
「不用走路，我們坐馬車。」
「馬車?!」
我還真沒想過交通工具。平常往來於大馬路上的旅行商人和農民，都是自己拉著板車，或者由馬拉著板車。但是在我們的生活周遭，每戶人家只要有一輛板車就夠了，也只有大人能用。想也知道是因為這裡沒有橡膠輪胎，載了東西以後，板車連大人拉起來都很吃力，小孩子更是拉不動。更正確地說，是大人根本不會讓小孩子去碰每戶人家還不一定有一輛的貴重板車。所以我們的移動方式，就只有自己的雙腳。
而且馬很貴。驢子算是雜食性動物，但馬的乾草飼料十分昂貴，所以聽說養馬的費用非常驚人。

……嗚，可恨的有錢人。

我正嫉恨著公會長的家財萬貫時，人已經來到商業公會一樓，被帶進了公會長所有的馬車。當我回過神，發現班諾和路茲也跟著跳了進來，結果演變成所有人一起去找芙麗妲交貨。

去年準備過冬的時候我坐過板車，但乘坐由動物拉行的交通工具還是第一次。我和路茲兩個人不停東張西望，公會長就露出了苦笑。

「哦，梅茵是第一次坐馬車嗎？」

「我在大門和大馬路上看過馬車，但我和路茲身邊並沒有半個人有馬車。」

馬車本來僅供兩名大人乘坐，所以非常狹窄。兩個大人各自坐在座位上後，我和路茲只能在放東西用的小臺子上坐下來。因為我和路茲還是小孩子，所以勉強坐得進來，但車內還是非常擁擠。

「……太擠了。班諾，你下車吧。」

「那梅茵也得跟我回去。」

班諾和公會長互瞪了老半天，最終擠滿了四個人的馬車開始緩慢移動。整輛馬車顛簸得非常嚴重，根本無法穩穩地坐在位置上。緊抓著上車把手的路茲還能安然無事，但我沒有任何支撐物可以扶著，所以每次馬車一晃，就幾乎要從座位上飛出去。

「嗚哇哇哇！」

「梅茵，妳來這邊坐吧。」

看不下去的班諾讓我坐在他的大腿上，手臂壓住我的肚子，不讓我飛出去。但只要車身一晃，我的屁股還是會騰空，腦門也是一不小心就有可能攻擊到班諾的下巴。雖然知道沒有緩衝裝置的馬車會左搖右晃，但沒想到這麼嚴重。

……嗚嗚，坐馬車根本一點也不優雅嘛！

「芙麗妲，梅茵帶髮飾過來了。」

「哇啊，梅茵，歡迎妳來！」

搖晃著一頭櫻色秀髮，芙麗妲面帶溫柔又穩重的笑容走來。

「打擾了。」

「芙麗妲小姐，很高興認識妳，我是班諾。梅茵跟我提起過妳呢。」

「哎呀，不曉得她是怎麼說我的呢？」

……為什麼只是和平又笑咪咪地打著招呼，我卻覺得寒風陣陣呢？

班諾與芙麗妲的寒暄讓我直打冷顫，這時路茲忽然緊握住我的手。我偷瞄了一眼路茲，不知是否錯覺，他的臉色有些蒼白。現在的我和路茲，都還無法加入商人間肉眼看不見的鬥爭裡。不知道什麼時候才能像他們那樣，一邊笑著一邊火花四濺地暗中較勁。

「芙麗妲，我有話和班諾商量。妳就收下梅茵他們帶來的髮飾，再幫我付錢吧。」

「知道了，爺爺。」

公會長說完，就帶著班諾走向自己的房間，我和路茲則和上次一樣被帶進了會客室。同時，香甜的飲料和點心就端了上來，桌上瀰漫著讓人不由得心蕩神馳的香氣。

「女孩子都喜歡甜食，所以我每天都準備了甜點，隨時歡迎妳過來玩喔。梅茵，有空就過來玩吧。」

「好！」

我露出了前所未有的燦爛笑容回答後，路茲就在桌子底下捏了我的手。

……不可以輸給甜美的誘惑。不可以輸！不可以……聞聞，好幸福喔～

薄薄的披薩派皮上鋪了沾滿蜂蜜的堅果，烤好後切成了塊狀。

「好了，梅茵、路茲，請享用吧。」

「我開動了。」

……嚼嚼嚼。滿溢在口中的蜂蜜既香甜又美味。好奢侈的點心。這裡是天堂嗎？

我回想起了在日本吃過的堅果塔，專心地品嘗了好一陣子後，感到心滿意足。果然吃甜食能帶來幸福的感覺。

「感謝妳的招待，真的非常好吃。」

「妳這麼喜歡，我真是太高興了。我也會轉告廚師。」

……哇噢，大小姐，廚師耶！原來他們口中說的會做好甜點等我，是指廚師做好甜點，芙麗妲只負責等嗎？這是什麼可怕的階級社會？

「那麼，可以讓我看看髮飾嗎？」

「好的。啊，在那之前，先把沒用完的線還給妳吧。」

「……哎呀，其實沒關係啊。」

「不行不行，這麼昂貴的線我不能留下來。」

和公會長及芙麗妲聊過天後，我打從心底體認到，沒有比免錢更可怕的東西了。絕對不能輕易就接受別人給的東西，也不能受到誘惑。

「這是芙麗妲小姐的……」

「梅茵，我們是朋友，請叫我芙麗妲就好了。」

看到柔弱又可愛的小女孩笑吟吟地對我這麼說，誰說得出口「我們不是朋友吧？」這種話呢。我支支吾吾地想找藉口推脫。

「咦？可是，妳是客人……」

「哎呀……那麼，這樣一來，我就不是客人了吧？」

芙麗妲微微一笑，把放有髮飾的籃子拉到自己手邊，再把六枚小銀幣擺在我和路茲之間。

「東西我已經收下了，錢也付了嘛。這下子就能沒有任何顧慮地當朋友了吧？」

完全沒有藉口可以推脫了，再加上芙麗妲不容分說的語氣，我只能死心點頭。

換個角度來看，對方是個外表欺騙世人的古怪朋友，那我就算有點奇怪也沒關係吧。那就樂觀正面地感到開心吧。

……既然要直呼她芙麗妲，說話也不用那麼拘謹了吧？

「呃，那麼，芙麗妲，妳快點看看髮飾吧。」

「當然，我要看囉。」

芙麗妲用指尖輕輕捏起手帕掀開來，從籃子裡拿出一個髮飾後，眼睛瞪得又圓又大，臉頰高興得脹紅，嘴角也漾開了笑容。

「哇啊！好漂亮！因為我的洗禮儀式在冬天，受洗的時候已經開始下雪，根本找不到鮮花和果實可以裝飾在頭髮上吧？所以我都非常羨慕夏天和秋天受洗的女孩子。在植物都枯萎了的冬天，還可以在身上裝飾色彩鮮豔的花朵和綠葉，我真是太高興了！」

「幸好妳喜歡。」

這麼說來，多莉一開始也說過要用路邊的野花當裝飾。那說不定冬天的時候，髮飾會賣得比較好。

「戴戴看吧。我很好奇戴在芙麗妲的頭髮上是什麼樣子。」

「我不知道該怎麼戴。梅茵，妳可以幫我嗎？」

「嗯，那借我吧。」

我把髮飾插在綁起雙馬尾的繩結上。深紅色的迷你玫瑰花在淡粉色的頭髮上相映成輝，更襯托出了芙麗妲典雅又成熟的氣質。

……嗯嗯，果然做玫瑰花是正確的。

「芙麗妲，太可愛了！妳好像花朵的妖精喔。」

「妳稱讚得太誇張了啦，好像爺爺一樣。」

芙麗妲咯咯笑著帶過，但我絕對沒有誇張。只要不知道她的興趣，芙麗妲的外表可

愛到隨時都有可能被壞人拐走。

「我沒有誇張喔。是真的很可愛，也很適合妳。路茲也這麼覺得吧？」

「嗯。只看髮飾的時候，我還不知道會這麼適合。這又是梅茵為了妳特別製作的款式，我覺得非常可愛。」

芙麗妲鼓起了有些泛紅的臉頰，明顯不習慣被稱讚。從她的反應一眼就能看出，她並沒有兄弟姊妹和朋友。

在這裡，家人和朋友之間會頻頻稱讚彼此，一開始我還會嚇得全身僵硬，但最近也開始明白那些其實都只是社交辭令，不用放在心上。我會極力稱讚多莉，多莉也會稱讚我。我做了某些事情的時候，路茲也會誇獎我，現在我也會稱讚別人了。芙麗妲的反應讓我覺得有些新奇。

「不過，居然可以用線編織出這麼立體的花……」

芙麗妲輕輕拔下髮飾，和之前的班諾和公會長一樣，目不轉睛地開始檢視。眼神已經完全變成了商人。

「做法並不難喔，因為連我也織得出來。」

「……能夠發現做法，才是最重要的喔，梅茵。」

芙麗妲「唉」地輕輕嘆氣，用分外認真的表情注視我。

「上流貴族的夫人和小姐會穿戴繡滿了刺繡的鮮豔頭紗，有時候也會用魔法停止花的時間，拿真正的花當作裝飾。但是，從來沒有戴過這種本身具有形狀的裝飾品。」

那是因為愛用奢侈品的貴族都會使用魔法，才沒有發展出這種裝飾品吧？

我「哼……」地沉吟，芙麗妲就開始說明這種髮飾的驚人何在。

「這間屋子裡也有很多繡滿了圖案的布，但沒有任何一樣東西是立體的。光用線就能做出這麼立體的紅花，可以說是劃時代的發明喔。」

聽到這裡，我終於明白了班諾為什麼會說第二個沒有必要算半價。因為這等於是一種新技術。我根本是自己招來了無謂的矚目。

……我該不會做了非常糟糕的事情吧？

我剎那間血色盡失，芙麗妲緊握住我的手。

「想不到梅茵其實也有很多事情不懂嘛，那就讓我來教妳吧。所以下次不要為了工作，單純來找我聊天嘛。我會準備很多甜甜的點心，女孩子之間一起開心地聊天吧。」

「啊，聽起來很……」

不錯呢——才要這麼回答，就有人用力拉了我的頭髮。回過頭去，路茲正沉著臉左右搖頭。

……唔，真是好險！差點就要同意只有我們女孩子一起聊天了。

要是糊裡糊塗答應，路茲和班諾有可能會被拒在門外。我不知道該怎麼回答才好，路茲就代替答不上話來的我開口了。

「很遺憾，接下來會很忙，所以沒有什麼時間過來玩。」

「哎呀，路茲，我可沒有問你喔。」

芙麗妲笑容滿面地說道，但我能不能外出，基本上全看路茲的判斷。

「如果沒有我同行，梅茵的家人甚至禁止她外出喔。只要沒有我，梅茵也絕對不可能來這裡。」

「……啊啊，我都忘了。那就沒辦法了，路茲也一起過來吧。」

可能因為以前也是身蝕，芙麗妲點了點頭，馬上就對我的情況表示理解。但是，路茲沒有點頭，態度依然堅決。

「我已經說了，接下來會很忙。過冬的正式準備工作就快要開始了。為了度過冬天，全家人都要一起準備才行，真的沒有多餘的時間跑來跟妳聊天。而且一旦開始下雪，梅茵也不能出門。這點妳也明白的吧？」

沒錯，和可以用錢買到足夠木柴的芙麗妲家不一樣，我們必須自己準備大量的柴火，還要準備蠟燭，過冬的事前準備非常辛苦。芙麗妲似乎也明白過冬的準備並不容易，垮下了肩膀，沒有再繼續邀請我們。

「……所以直到春天來臨前都不可能囉？」

「但到了春天，芙麗妲也是學徒了吧？沒問題嗎？」

「這點不用擔心唷，因為學徒的工作並不是每天都有。所以等到了春天，我會準備很多點心，到時候再過來玩吧。」

但等春天到了，我們可能要忙著做紙。關於紙的事情，班諾好像還沒有告訴公會長，所以可不能說溜嘴。

我「嗯」地點點頭，看向路茲。

「對了，路茲今天對甜食沒有什麼反應呢。平常你不是一看到食物就會撲上去，今天怎麼了嗎？」

「因為班諾老爺要我好好看著妳，而且，梅茵妳做的帕露煎餅和食物更好吃啊。比起偶爾才會吃到的點心，平常的食物更重要。我不希望梅茵被人搶過去。」

對平常老是餓肚子的路茲來說，比起偶爾才能吃到的甜食，讓自己平日三餐都能填飽肚子更重要吧。看來要再帶著新食譜去路茲家，表達我的謝意了。

「帕露煎餅我還是第一次聽說呢。如果是梅茵做的點心，我也想吃吃看。」

「咦？這不太好吧……」

對方可是住在這種富麗豪宅裡的千金大小姐，怎麼能夠端出用來當雞飼料的帕露果渣做成的點心給她吃。那位溺愛孫女的爺爺肯定會氣得臉冒青筋，負責管理飲食營養的廚師也會大受衝擊吧。

「意思是可以做給路茲吃，我卻不行嗎？」

芙麗妲傷心地垂下眼皮，好像我在欺負她一樣，我慌得冷汗直流，但帕露煎餅真的不能端給有錢人家的小姐吃。

「因為材料的關係……真的不能給芙麗妲妳這種身分的小姐吃。」

「只有路茲能吃，太不公平了。」

芙麗妲噘起嘴巴，鬧起了脾氣。雖然鬧脾氣的樣子很可愛，但不行就是不行。我家根本沒有能給芙麗妲吃的食材。而且，做甜點也需要人手。其實做甜點的時候，沒有半樣步驟我自己一個人做得來。

會經常帶新食譜去路茲家製作，就是因為有四個為了吃，不惜出賣勞力的男孩子在。如果沒有材料和人手，根本做不了點心。現在得了身蝕的我自是不用說，更不用期待曾經得過身蝕的大小姐芙麗妲，會有力氣和體力幫我。

「……呃，那不然等到了春天，我們再用妳家裡的材料一起做點心吧？也請你們家裡的廚師幫忙。這樣一來就不用擔心材料的來源，還有人可以幫忙做，家裡的人也能放心吧。妳覺得怎麼樣？」

「哇，太棒了！說好了唷！」

就在說好要一起做點心的時候，敲門聲響起，公會長和班諾走了進來。

「喂，差不多講完了吧？回去了。」

「好的。啊，班諾先生，這筆錢……」

芙麗妲給我們的報酬為六枚小銀幣，不是一筆小數目。坦白說，我不敢自己拿著。

正想交給班諾，請他保管的時候，班諾就問向公會長：

「抱歉，可以借用一下會客室嗎？我想在回去前結算好報酬。」

「嗯，畢竟是我硬把你們帶過來。不用客氣。」

等到公會長和芙麗妲離開會客室，班諾才接過小銀幣，然後在桌面上排開。

「扣掉材料費和佣金，三枚小銀幣就是你們的報酬。要是第二個沒有算半價，就可以再多拿到兩枚小銀幣了。」

「……不，這些就夠了。只是做一個髮飾，要是再拿到更多錢，就會不想做接下來要賣的便宜髮飾了。」

班諾聽完「哼」了一聲，拿出錢包。

「那麼你們的報酬呢？要全部帶回去嗎？」

「一枚小銀幣就存進商業公會，五枚大銅幣我會帶回家。」

「我也是。」

像是早就料到了我們會這麼說，班諾掏出公會證和大銅幣。重疊卡片，結算好報酬，再用手帕把五枚大銅幣包起來，放進托特包裡。

「公會長說會用馬車送你們回商業公會，等一下坐馬車吧。」

「班諾先生呢？」

「我會自己走回店裡，那輛馬車太窄了。明天下午來店裡一趟吧，線預計明天送到，而且還要決定髮飾的價格。」

不知道班諾究竟和公會長談了些什麼。比起先前，他的戒心明顯變淡了許多。

冬天的手工活

「梅茵，妳為什麼每次都要把一枚小銀幣存進公會？為什麼不全部帶回家？」

下了馬車，我和路茲一如往常，從商業公會不疾不徐地慢步走回家，路茲就突然丟來這個問題。

「我只是因為看妳這麼做，覺得可能有什麼意義，才跟著妳照做而已……可是，我一直都覺得賺的錢就是要全部拿回家，所以總覺得很對不起家人……」

通常平民都過著捉襟見肘的生活，根本不會有錢剩下來，所以沒有儲蓄的概念。充其量入秋以後，會為了準備過冬而在家裡儲存現金，但絕不會特地跑到商業公會辦理登記，再把錢存進去。自然而然地，父母的行為在孩子們眼裡就成了常識，孩子們日後生活也都會把薪水帶回家，然後花到一毛不剩。

「我會把錢存下來，是為了以後的初期資金。」

「以後的初期資金？」

路茲納悶地偏頭，我淺顯易懂地用自身的經驗當作例子說明。

「像是之前我們就算想做紙，沒有工具也沒有錢，也沒有大人願意資助我們，連要取得一個釘子都很困難，傷透了腦筋吧？」

向歐托請求援助，結果被班諾訓了一頓，還是不久前的事情。路茲大概也想起來了，沉下臉「嗯」地點點頭。

「這次只是剛好班諾先生願意買下『簡易版洗髮精』的做法，幫我們負擔了全額的初期費用，可是路茲你也知道，要準備好所有的工具非常花錢吧？不管要開始做什麼，全部都需要錢。」

「鍋子、木材、灰、線、竹籤……其實仔細想想，這些都不便宜吧？」

這陣子路茲為了採購，跑遍了各式各樣的店家，除了露天攤販，也開始了解店頭販售商品的品質和物價，所以他試著算了下做紙的初期資金後，臉色都發白了。

「所以為了以後，要先把錢存下來。班諾先生不是也說了嗎？只要試作品完成，初期投資就結束了。以後如果想要增加做紙的工具，或是開始做其他事情，全部都需要錢。做了很多紙以後，又想做書的話，也需要新的工具。」

「所以，是為了以後嗎……」

路茲的表情似懂非懂，我安靜地打量他。其實比起我，路茲更有著非存錢不可的迫切理由，他都沒有發現嗎？還是沒有想到過呢？想了一會兒後，我慢吞吞地開口。

「雖然我不想說這種話，也不想去想像……可是，要是路茲受洗過後，你父母還是不答應你當商人的話，你要怎麼辦？……你有想過以後的事情嗎？」

聽了我的問題，路茲先是痛苦得臉龐扭曲，然後才用無力的聲音小聲嘟噥：

「……我打算拜託班諾老爺，讓我住進宿舍。」

「想當商人的話，也只有這個辦法了呢。幸好你沒有說要放棄。」

我笑著說道，路茲就有些放下心似地吁口氣。這個年紀就要離開家裡，需要相當大的覺悟，心裡也還存有迷惘吧。但是，路茲正往自己想要達到的目標努力著。那麼，果然就需要錢。

「可是，路茲，你想想嘛。離開家以後住進宿舍，直到領到第一份薪水之前，你都需要生活費和購買學徒制服的錢喔。你離家出走的時候，有沒有錢可以自由運用，情況可是完全不同。」

路茲這才恍然大悟地抬頭。我直視他的雙眼，點了點頭。

「為了自己，把自己賺來的錢存下來，並不是什麼壞事喔。雖然大家都是把所有薪水拿出來，一起過生活，你可能會有罪惡感，但其實你現在的年紀還不用工作，就已經不到五天就帶十三枚大銅幣回家了耶？你給家裡的錢，還比拉爾法當學徒的薪水要多吧？所以，沒關係的。」

「是嗎……我賺的錢還比拉爾法多呢。」

路茲得意洋洋地笑起來。才剛開始學徒工作的拉爾法，一個月應該能賺到八到十枚左右的大銅幣，所以我們賺來的錢其實相當多。

「梅茵，謝謝妳。我的心情輕鬆多了！」

「那太好了。」

我嘿嘿微笑，路茲就突然背對我蹲下來。

「路茲，怎麼了嗎？」

「我背妳。今天去了很多地方，妳應該很累了吧？臉色很難看。」

聞言，我忍不住摸了摸自己的臉。還不覺得燙，應該沒有發燒才對。

「……臉色很難看嗎？」

「還沒有很糟糕，但明天下午又要去店裡，妳最好別太勉強自己。因為我最重要的工作，就是管理梅茵的身體狀況啊。」

「……知道了。那就麻煩你了。」

一整天跑了太多地方，累得虛脫無力是不爭的事實。既然路茲要我別勉強自己，表示他肯定覺得我現在的狀態非常危險。

於是路茲背著我，把我送回家。但樓梯當然還是得自己走，只不過走到一半險些腿軟，路茲就牽著我的手，陪我一起走上去，真的很感謝他。老實說，家門前的這段樓梯最要我的命。

「媽媽，我回來了。」

「哎呀，路茲，真難得你把梅茵送到門口來。梅茵身體不舒服嗎？」

「今天本來只想拿髮飾給班諾老爺看，但後來見到了公會長，說希望我們當面把髮飾交給芙麗妲，就又去了一趟公會長家。所以，我想梅茵應該很累了。」

「這樣子啊，真的很謝謝你每次都照顧梅茵。」

說完，母親拿了一枚中銅幣放進路茲手中。看到銅幣，我才想起來。

「啊，對了。媽媽，趁我還沒忘記，這些錢先給妳。」
「梅茵，妳到底做了什麼？」
看到我交給她的五枚大銅幣，母親臉色變得蒼白。恐怕怎麼也想不到髮飾的價格這麼高，瞪大了眼睛全身僵硬。
「是做芙麗妲的髮飾賺來的錢啊。我不是說過因為很少見，對方出了很高的價錢嗎？」
「妳是說過，可是，我沒想到這麼多……」
對不起喔，媽媽。其實我還存了一枚自己要用的小銀幣，當作是介紹費和佣金。但看眼下的氣氛，絕對不能說出來。
「路茲，梅茵說的是真的嗎？」
「她沒有騙人喔，伊娃阿姨。我因為幫忙一起做，也拿到了一樣的錢。因為報酬是我和梅茵平分。」
說完，路茲也拿出自己賺到的五枚大銅幣給母親看。母親這才終於相信，撫胸吐了口大氣。
……慢著，媽媽。妳怎麼完全不相信自己的女兒呢？
「其實明天下午班諾老爺也要我們去店裡一趟，所以最好讓梅茵好好休息。」
「謝謝你這麼費心，路茲。」
目送路茲離開後，母親啪噹地關上門，有些生氣地眉毛往上吊起，把我趕上了床。

「怎麼可以勉強自己呢！不過，對方出的價錢還真高呢。」

「嗯。因為芙麗妲家很有錢，又用很高級的線，而且一般是做一個，我們不是做了兩個嗎？加上現在又是忙著準備過冬的時期，就為我們提高了價格。所以就算做給其他人，也拿不到這麼多錢喔。」

「這樣啊，是體諒我們現在很忙呢。」

想來在母親心目中，公會長和芙麗妲都是懂得體諒窮人，既親切又彬彬有禮的有錢人。從今往後母親多半也不會真的見到兩人，幻想應該不會破滅吧。

搞懂了女兒為什麼會帶著一大筆錢回來後，母親像是卸下心頭大石，離開臥室去準備晚餐了。獨自被留在臥室裡的我，好像真的對身體造成了很大的負擔，一躺在床上，意識就開始朦朧，甚至沒有起來吃晚餐，直接就進入了深沉的夢鄉。

一覺醒來，已經是早上了。

因為下午還要去班諾的商會，我整個上午都半強制地被迫休息。可能是因為最近太常外出，所以雖然睡得很熟，身體還是很疲倦。一發現稍微出現了快要發燒的徵兆，開始準備過冬的家人就把我扔到床上。

「梅茵就乖乖躺著吧。妳最近太賣力了，想賺得比爸爸還多嗎？」

在家裡來回檢查板窗的父親這麼說道。攤開冬天要用的棉被和地毯，拿出來晒太陽的多莉和母親則禁止我下床，分別對我說：

「妳今天還要去班諾先生那裡吧？早上不乖乖躺著，到時又會暈倒喔。」
「梅茵根本幫不了多少過冬的準備工作，所以就在其他幫得上忙的地方加油吧。」
無可奈何下，我窸窸窣窣地鑽進被窩裡，看著家人來來回回地忙進忙出。
……呿，今年和去年不一樣，我已經知道過冬的準備要做些什麼了，還以為多少可以幫上忙呢……
家人會對我這麼過度保護，十之八九是因為我昨天帶了五枚大銅幣回來，在交給母親後就一睡不醒。在家裡沒有一樣家事能做好的我，卻在五天之內就賺了十三枚大銅幣回來，還熟睡到起不來吃晚餐，家人好像都以為我這幾天做了很多苦力工作。
……不過，這幾天去了很多地方，對我來說也許真的算是苦力工作吧。
中午的第四鐘響了，我為了保暖穿上好幾層衣服，再帶著平常的托特包出門。走下樓梯，和路茲會合，他就微微皺起臉。
「梅茵，妳的身體狀況不太好吧？我自己去會不會比較好？」
「因為最近很忙嘛。不過，班諾先生說過要決定冬天手工活的價格，所以我今天要去。雖然搬線這件事可以交給路茲，但決定價錢的時候，我希望能在場。」
「……啊，定價嗎……因為這方面我還不太懂。」
路茲還搞不太清楚數字，所以無法把決定價格的工作交給他。至少我今天必須去一趟，針對髮飾的定價和班諾談談。

「那，至少讓我背妳過去吧。」
「咦？不好啦。昨天你才背我回家……」
「今天回家的時候我得拿線，沒辦法背妳，所以妳現在先別浪費體力。」
「嗚嗚……我上午一直躺著，沒問題的啦。」
「梅茵這種時候說的沒問題，絕對不能相信。」
這種時候的路茲倒是非常頑固，怎麼也說不聽呢——我在心裡咕噥，靠在路茲背上。明明我的成長速度非常緩慢，但路茲好像又長高了。雖然是因為生病，但是和同年紀的人相差這麼多，還是有些不甘心。
「路茲？梅茵身體不舒服嗎？」
看到我被路茲背著，馬克驚恐地睜大雙眼，快步逼近。只要關係到我的身體狀況，馬克的反應就會很大。看來我在他面前失去意識這件事，真的對他造成了不小的精神創傷，實在很對不起他。
「……最近每天都外出，又去了很多地方，梅茵開始疲勞了。恐怕今晚開始就會睡上一段時間，所以我們想快點辦完事情。」
「我明白了。」
馬克點一點頭，領著我們進入店內的辦公室。
「老爺，梅茵和路茲到了。」
「進來吧。」

嘰地打開門，帶我們過來的馬克一同踏進房間。

「路茲剛才向我報告，梅茵的身體狀況不是很好，還請老爺體恤，盡快辦完事情吧。」

「知道了。你們兩個都坐下吧。」

依言坐在桌前，我們立刻開始討論冬天的手工活。班諾列出採購的線的價格，我再依據線的數量推估可以做出多少髮飾，決定售價。

「班諾先生，這次髮飾的售價我不想訂太高。畢竟用的也都是便宜的線，能不能盡量訂一個所有人都買得起的價格呢？」

「梅茵，我明白妳的心情，但一開始不能賣得太便宜。等到以後在市場上大量流通，售價就會慢慢下降。所以一開始，要先訂在三枚大銅幣左右。」

照班諾訂的價格，為了有節慶的日子，只要稍微勒緊褲帶，這個金額我們家也買得起。雖然生活會有些拮据，但只要姊妹兩個人一起用，也就還撐得下去……所以考慮到今後價格還會慢慢下跌，這個售價十分合理。

「這樣子很合理呢。那我明白了。」

我點點頭，接下來是關於我們的報酬。

「每一個髮飾，扣掉佣金和材料費，報酬是五枚中銅幣。因為這是前所未見的全新手工藝，又只能委託你們製作，所以設定得比較高一點。」

「五枚中銅幣還算比較高嗎?!那芙麗妲的髮飾真的誆對方太多錢了吧！」

要是照班諾原本的定價做兩個髮飾，報酬就是五枚小銀幣。價格差了一百倍！

「那是因為臭老頭一開始開價就很高了，所以不用在意。」

「……那麼，平常手工活的報酬都是多少呢？」

去年冬天的手工活我幫了多莉編籃子，但因為我們不會拿到錢，所以當時也沒有在意一個籃子能賺多少錢。

「一般冬天的手工活，不只我們商人，裁縫店或工坊的師傅都會再從中抽取佣金，所以真正動手製作的人，每樣成品能賺到一枚中銅幣都算不錯的了。我不用再透過工坊的師傅向你們下訂單，所以也比較高。」

「咦?!通常都不到一枚中銅幣嗎？也太便宜了吧！」

大吃一驚後，我才想起在日本，家庭代工的薪資也非常微薄。像是用串珠編成的手機吊帶，記得一個也才幾十圓而已。這樣一想，每樣成品才一枚中銅幣也不用大驚小怪。我們的報酬五枚中銅幣完全是特例。

「因為能在工坊買賣物品的，基本上只有師傅而已。報酬的多寡，也要看師傅抽多少佣金而定。梅茵，妳不是有過經驗了嗎？」

因為是我主動提議，要做髮飾當作是冬天的手工活，班諾才以為我已經有過經驗。

我回想起了去年的手工活。

「去年我是幫姊姊多莉做手工活。可是做的時候，根本沒有想過成本、佣金和報酬這些事，錢也不會進到我的口袋。咦？這麼說來，要賣自己做的東西，就必須先在公會登記吧？媽媽有登記過嗎？」

負責收走我們做好的籃子的人就是母親，但我從來沒聽說母親去過商業公會，之前她也只是一臉新奇地聽著我去公會的感想。

「怎麼，妳母親也會擺露天攤販嗎？」

「不，平常都是在染色工坊工作。」

「那應該是工坊分配給她的手工活吧。如果只是負責回收師傅分配的工作，底下的工匠並不需要到商業公會辦理登記。由負責買賣的師傅當代表登記就夠了。」

在工匠所屬的工坊，都是由老闆負責貨品的買賣，所以員工不需要登記成為商人。相對地，必須在各自的工藝協會登記成為工匠。

「這麼說來，去年的手工活是母親在工坊接下來的，然後交給多莉，我也幫了忙吧。」

「妳做了什麼？」

「我最一開始做的是這個袋子，樣式非常簡單。後來因為時間很多，其他籃子有些還做得很精美喔。」

我用力舉高托特包，不知為何班諾卻沉下臉按著太陽穴。

「……又是妳嗎？」

「咦？」

……「又是」是什麼意思？話說回來，班諾那種愁眉苦臉的表情，我已經看過好幾次了呢。莫非我又做錯了什麼嗎？

「我記得之前春季尾聲的時候，在擺出來賣的籃子裡頭，確實有幾個籃子在樣式上特別下了工夫。通常手工活要是做得不夠多，就賺不了多少錢。所以為了快點賺錢，大部分籃子都編得很粗糙，就只有妳做的特別顯眼。」

「不——！」

因為閒來無事，我就不時在籃子上面加點細膩的紋路，還教給了多莉，豈料居然在市場上引來了無謂的側目。

「雖然很想知道是誰做的，但也只能往上找到工坊，所有工匠的冬天手工活都是統一回收，所以沒辦法找到是誰做的。」

「太好了～沒有辦法找出來……」

我早有自覺自己和別人不一樣，想要盡可能隱身在周遭環境裡，但好像不怎麼成功。

「這個因為是妳自己要用的，當然就會盡量做得堅固一點，所以我一直不覺得妳手上的籃子有什麼不對勁，上頭也沒有花紋，所以截至目前都沒有聯想在一起……但原來這半年來我遇到的各種無法理解的東西，全部都來自於妳。」

精緻的籃子、髮飾、簡易版洗髮精、植物紙……看到班諾扳著指頭算起來，我真想抱住腦袋。聽完班諾從他的角度發表的評語，這些根本不是想隱身在市井間的人該做的事。總覺得無地自容，我小聲道歉。

「……真是對不起。」

「也罷，算了。不過，看來妳有時間太多，就會把事情做到更好的傾向。關於髮飾的款式，就用妳最一開始做的，不准擅自更改，這點絕對要遵守。明白了嗎？」

我完全沒想到去年做的籃子和包包這麼引人矚目，也不想再像芙麗妲那時候那樣使出渾身解數後，結果招來過度的側目。只要統一好款式，應該就不會有問題。

「我知道了。我會做不同的顏色，但款式統一。」

「那麼，這下子正事都談完了。啊，對了，你們說過想趁冬天的時候學習吧？這個借你們，回去以後再看吧。」

「……這是什麼？」

正要看起班諾交給我的木板，他就狠狠捏起我的臉頰。

「回去以後再看！聽到了嗎？」

「素！」

「受不了……等妳退燒以後，再還那塊木板就好了。快點回去躺下來休息吧。路茲，記得盯好這個笨丫頭。她要是在回去的路上看起木板，肯定會出意外。」

想起了麗乃那時候曾經在放學回家的路上看書，結果發生車禍，我只好別開視線，閉上嘴巴。

馬克已經貼心地準備好了籃子，把訂購的線都放進去，路茲就負責搬那個籃子回家。在一臉憂心忡忡的馬克目送下，我們踏上歸途。一路上踩著非常非常緩慢的步伐，我向路茲商量了想在熟睡前決定好的一件事。

「路茲，關於髮飾的報酬……」

「怎麼了嗎？」

「因為花的部分，做起來比木簪還要花時間，可以分成兩枚和三枚中銅幣嗎？」

「可以啊。考慮到做的時間，要我一枚、妳四枚也可以。」

單看花費時間，照著路茲的提議來分配其實最好，但我會想分成兩枚和三枚中銅幣，是基於其他的原因。

「那樣子路茲會不好計算，所以還是分成兩枚和三枚中銅幣吧。」

「不好計算？」

「對。這一次我們要不要試著把工作委託給家人呢？然後每個部分都從中抽取一枚中銅幣當作自己的佣金，花的部分報酬就是兩枚中銅幣，木簪就是一枚中銅幣。」

「咦？再委託給家人嗎？」

路茲不明所以地歪著頭，我接著說下去。

「嗯……考慮到我做花的速度，一個月大概只能做三十個吧。這樣子就會多出很多木簪，所以首先，也請你家人一個月做三十個木簪，學習從中收取佣金吧。」

「這麼做是為了成為商人嗎？」

多半是想起了我之前說過的商人與工匠間的差異，路茲明白了我的意思。

「沒錯，我們要不要從模仿班諾先生開始呢？為了成為商人學徒，路茲必須努力學習這方面的事情才行吧？總不能一直只做木簪。不過，你自己做的木簪，那一份的錢你就可以自己收下來。」

雖然這麼做像是從家人身上賺錢，良心會很不安，這點我也一樣。但成了商人以後，如果只對自己的家人有特別待遇，那很快就很難以商人的身分在這社會上生存。聽了我的說明，路茲好一會兒瞪著地面，最後猛然抬頭。

「……我試試看。」

做花的線因為要放在我家，所以我請路茲幫我把線搬回家。看到我們帶了大量的線回來，想當然家人都大吃一驚，紛紛停下做著過冬準備工作的手湊過來。

「路茲，怎麼會有這麼多線？」

……不，所以說，為什麼不是問身為女兒的我，又是問路茲呢？

眼看家人信任路茲比信任我還多，我沒好氣地說明：

「這些是要做髮飾的線。因為做好的成品要賣給班諾先生，線就由他出錢購買。這些是我手工活的材料，不可以亂拿喔。」

「知道了。路茲，謝謝你。不嫌棄的話這給你吃吧。」

母親把裝在小瓶子裡，剛做好的果醬遞給路茲。路茲小臉發亮地接過瓶子，腳步輕快地回去了。

「梅茵，我幫妳把籃子放進儲藏室，妳快去睡覺吧。」

父親幫我把裝了線的籃子放進儲藏室，然後趕我上床。

「嗚，至少先讓我擦擦身體嘛。昨天也沒有擦澡，今天又外出，感覺很不舒服。」

「剛好熱水也滾了，我也想把身體擦乾淨，那好吧。」

「多莉，謝謝妳！」

這一年來，我和多莉都會互相擦彼此的身體。到了現在，多莉也是三天不擦一次澡就會渾身不自在。我們在臥室裡最溫暖的地方，外面就是爐灶的那面牆旁邊準備洗澡。

多莉一邊擦著身體，一邊感慨萬千地說：

「去年梅茵還老是做一些莫名其妙的事情，今年居然自己接了工作回來呢，讓我好驚訝喔。」

「多莉今年也要做籃子嗎？」

我在桶子裡浸溼毛巾，一邊擰乾一邊問多莉。多莉解開麻花辮，擦著自己的脖子，告訴我她接下來的預定計畫。

「因為比起我工作地方的手工活，媽媽那邊的手工活錢更多嘛。之後要去砍做籃子用的木頭，然後再剝樹皮。」

「咦？工作地方的手工活並不是非接不可嗎？」

不是工坊的師傅分配下來的工作嗎？聽了班諾的說明，我還以為有規定的工作額度。不解地偏過臉龐後，多莉輕笑起來。

「這只是賺零用錢而已啦。有的人可以做很多，也有人要忙著做家人的衣服，沒有時間接手工活，並不是非接不可喔。」

「這樣啊，每個人的情況都不一樣。」

本來還心想等工坊要求的手工活做完，再請多莉幫忙，但既然這不是份內工作，那讓多莉從一開始就幫忙我的手工活也可以吧？我瞄了多莉一眼，露出甜笑。

「我冬天手工活要做的，就是之前做給多莉的髮飾喔。只要做一個一樣的髮飾，就可以拿到兩枚中銅幣。」

「咦?!真的嗎?!做一個髮飾可以賺好多錢喔！我也可以一起做嗎？」

「嗯，我們一起做吧。」

我說完，多莉就興高采烈地嚷嚷起來：「我要做很多很多、賺很多很多零用錢！」一雙藍眼睛晶亮無比。

「欸欸，梅茵，那要準備什麼東西才可以？」

「班諾先生已經準備好了線，木簪的部分是路茲會做，所以不需要準備什麼東西喔。只要有支細鉤針就夠了。」

「連半點東西也不用準備，好輕鬆喔！」

多莉「唔呵呵」地笑著，但笑臉突然凝結，眨著眼睛指向我背後。我一骨碌回頭，

就看見母親手托著腮站在那裡，眼神非常嚴肅地在思考些什麼。

「梅茵……等妳的正裝做好，媽媽也可以一起做吧？」

……路茲，怎麼辦？媽媽好像幹勁十足。這下子木簪的數量可能要追加了。

路茲的教學計畫

躺在床上滾來滾去時，果真如路茲的預料，我開始發燒了。但這是因為疲憊導致的發燒，溫度並沒有上升太多，只是全身上下都懶散無力。和身蝕那種像要被吞噬的熱意不同，只要乖乖躺著，不久就會痊癒吧。

我這麼心想著，結果過了三天。遲遲不退的發燒讓我心浮氣躁，但擅自下床又會被罵，所以就算睡得太久渾身懶洋洋，還是只能躺在床上。

……啊啊啊啊啊，好無聊。

今天是解體豬隻的日子。和去年不一樣，今年家人已經能夠信任我，放心讓我一個人看家，所以一大早就都出門了。還在臥室裡放了讓我中午吃的三明治，和全家人都裝了水的杯子，所以我不會餓死，也不會渴死。

待在悄然無聲的房間裡，雖然想動是動得了，但因為很清楚只會延長發燒的時間，所以還是只能乖乖躺在床上。可是，沒有人可以和我說話，實在無聊得快要悶死了。

……啊啊，要是有書的話……

之前我把做失敗的大量紙張帶了回來，但目前為止都還沒有碰過，小心翼翼地疊起來，塞在放了我衣服的木箱底部。因為完成試作品之後一直很忙，也因為第一本書我想在能全神貫注的情況下做。
況且因為都是做失敗的紙，品質不一，大小也不一。有的紙幾乎算是成功，也有的紙完全失敗，變成了零散破爛的碎片。還有的紙薄得快要可以看到另外一邊，讓人根本不敢摸，也有的紙硬到感覺一用力就會斷掉。
只是把紙貼在紙板上的時候出現了皺褶，這種幾近成功的紙還可以寫字，但有些紙是在晒乾後，撕下來的時候不小心破了個大洞，我就必須要能夠更靈活地運用小刀，否則很難把可以用的部分切下來。真想要一把像美工刀那樣，刀刃細薄又尖銳，用起來很方便的刀子。
要用這些紙做書的話，勢必需要不少時間耐心製作。看來今年冬天會過得非常充實。
……啊！對了，雖然沒有書，但有班諾先生給的那塊木板。
我想起了發燒前，班諾要我「回家後再看」的那塊木板。躺在床上看塊木板應該沒關係吧？我動作遲緩地起身，打開放了自己衣服的木箱蓋子，從托特包裡拿出Ａ４大小的木板。接著翻身躺回床上，看起木板。
「……啊，這是新人教育的課程表。」
木板上載明了學徒剛進去時，商會至少要教會學徒哪些東西。如果為上面的課程大略分門別類，大概就是這樣吧：
服裝儀容與寒暄、學會所有字母與數字、學會使用計算機、懂得基本的金錢計算、記住店內所有商品、記住出入業者的名字，以上共六項。

「嗯……冬季期間可以兩個人一起學習的，就是文字、計算和算錢吧。其他項目會在新人教育的時候大家一起學，所以可以以後再說……」

我一邊自言自語，一邊規劃冬天的學習計畫。

話說回來，不知道路茲還記得多少字母和數字？雖然之前馬克教過他，但通常不用就會忘。之後再問問看他，要是忘了就重新再教一遍。當作例文，也順便教路茲怎麼寫訂單和預約訪問函吧。反正都是工作以後也會用到的單字，先學起來不會有壞處。

老實說，我也只知道和工作有關的單字。這裡既沒有字典，教我識字的又是為了預算結算時期而想把我鍛鍊成戰力的歐托，以及身為商人的班諾和馬克，所以工作方面的單字記是記住了不少。但是，我根本不知道一般的名詞和動詞。

「計算機的話，我會算加法和減法，但要怎麼算乘法和除法，就要問馬克先生才知道了……」

雖然我能在石板上用筆算計算，但以後也必須要學會怎麼使用計算機。為了不在學徒之間顯得格格不入，最好和大家一樣會用計算機。

「雖然想教路茲小一到小三程度的數學，但沒有教科書也沒有問題集，教起來會很困難吧。最優先的事情，就是要讓他懂得數數字，還有怎麼把龐大的數字換算成錢，也要徹底學會一位數的加法和減法。然後，至少要讓他有點乘法與除法的概念……啊，要在冬天都學會根本不可能嘛。」

就算把學習內容都集中在數學上，但要在冬天這麼短的時間內，就學會一般孩子花三年學習的東西，果然太強人所難了。我「唉」地嘆氣後，體內的熱意好像就開始蠢蠢欲動。感覺到身蝕的熱意開始施壓，企圖跑出來，我在太陽穴上使力，咬緊牙關撐住。

……不准出來，我沒有呼喚你喔。

在用力蓋上蓋子的想像畫面中把熱壓回去，我吐了口長長的氣。

雖然時間不長，但因為和身蝕的熱意對抗，肚子就餓了。我拿起家人放在房裡的三明治，張口咬下，一邊咀嚼一邊思考儀容與寒暄。

「最大的問題就是這個，服裝儀容與寒暄。我們根本不知道服裝儀容有什麼規定，也不知道商人之間有沒有獨特的寒暄方式和用語啊。」

看到在班諾的商會和在商業公會三樓工作的員工，就知道到時一定要買一套工作用的制服。但是，一套制服要多少錢，也必須先向班諾確認。

然後說到寒暄，這一項我也很希望有人能教我。我知道這裡沒有低頭打招呼的文化，但也不知道正確的寒暄方式是什麼。遇到第一次見面的人，都只是面帶笑容含糊帶過。不過，我記得之前班諾和公會長打招呼時，也沒有做什麼特別的動作。

看著班諾借給我的木板，想著想著，好像就迷迷糊糊睡著了。等我再度醒來的時候，家人已經回來了，正把今天做的豬肉加工品搬進過冬的儲藏室。

「你們回來啦。」

「我們回來了。妳醒了呀？燒退了嗎？」

「……應該已經退了。」

醒來的時候覺得神清氣爽，所以應該已經退燒了。明天為了再觀察一下，可能還是得在家裡待上一整天，但應該後天就能走動了。

隔天，準備要去森林的路茲一身外出的裝扮，背著籃子過來探望我。雖然已經退燒了，但今天還是要在床上躺上整天，所以就算只是片刻的時光，我還是很高興可以有人陪我說說話。

「嗨，梅茵。聽說妳退燒了？我在下面遇到多莉的時候她說的。」

「嗯，昨晚就退燒了。今天一天先觀察情況，明天應該就可以走動了。」

「是喔。因為妳好久沒有發燒這麼長時間了，我還很擔心呢。」

這段日子都沒有再連續發燒好幾天了，所以家人和路茲都很為我擔心吧。

「結果妳今年也沒參與到豬肉的加工。」

「啊……這個季節也沒辦法嘛。」

雖然我多少也開始習慣了宰殺動物，但還是無法像家人一樣覺得：「好，快走吧！這是一年一度的娛樂！」我甚至還覺得在我發燒昏睡的時候就結束了，真是走運。

「我昨天看了班諾先生借我們的那塊木板，安排了學習計畫喔。明天先去找班諾先生，把木板還給他，再和他商量看看能不能買臺計算機。」

「……對喔，那塊木板是什麼啊？」

路茲拍了一下手，現在才想起來班諾曾借給我們木板，往前傾身，意思就是想聽我仔細說明。
「是有關學徒教育的內容。之前學的字母和數字，路茲還記得多少？」
「教過的我全都還記得喔。」
路茲偏過頭，回答得理所當然，但完全沒想到他全都還記得的我瞪大了眼睛。
「咦？真的嗎?!明明平常沒在用，你都沒忘記嗎?!」
「……因為很少會有人教我這種事，好不容易學了，我不想忘記，所以都會用手指在地上或牆上寫字。買了石板以後，也會在石板上練習啊。」
「路茲，好厲害！太了不起了！你好乖！」
路茲的認真向學真是出乎我的預料。不對，是我的想法太膚淺了吧。因為以前接受教育是義務，想要什麼資訊也是唾手可得。
我從來沒有過好不容易學了東西，要努力記住這種想法。倘若忘了，再看書就好了。只要記住是寫在哪一本書裡，隨時都能獲取想要的資訊，不需要把所有內容都背下來。
「我才不厲害，所有大數字都會唸的梅茵才厲害吧。」
「那我教你怎麼唸大數字，把石板拿過來吧。」
個、十、百、千、萬……我由小到大教路茲數字的單位。因為在市場也會用到一百位數，所以路茲很輕易就能唸出來，但接下來的就不知道了。我按著石板逐一唸給他聽，路茲也跟著我數。

練習了幾次數字單位的唸法後，我在石板上隨便寫下一串數字。

「那我考考你，如果是七千八百九十四萬六千二百十五的話，應該要怎麼唸呢？」

「呃，這是個、十、百、千、萬、十萬、百萬、千萬……」

路茲的表情認真無比，一下子就唸到了千萬的位數。究竟是專注力有差，還是記憶力有差呢？路茲的學習能力意外地高，想必能在冬天這段學習期間突飛猛進。

……萬一路茲連腦袋也很聰明，那我真的沒有半個地方能贏過他了吧？

我在心裡有些失落，汲好了水上來的多莉，一看到路茲就大叫。

「啊，路茲?!你不是要去森林嗎？大家都已經出發了喔！」

「嗚哇！梅茵，不好意思，我該走了。謝謝妳教我！」

路茲慌慌張張站起來，一個箭步跑出去。照路茲跑步的速度，應該能在大門前就追上大家吧。我揮著手目送他。

隔天，得到了家人的外出許可，我和路茲在班諾會比較有空的下午過後，一同前往商會。但商會出入的大門緊閉，只有一名守衛站在門外。

「啊，現在好像還是午休時間。」

「那先回中央廣場，坐下來等吧？妳要一直站著很辛苦吧？」

「是啊。今天最好能找地方坐下來。」

兩人正商量著要怎麼打發時間時，守衛似乎已經認得我們，向我們招招手。

「我去問問看老爺能不能讓你們進去，能在這裡等一下嗎？」
「謝謝你。」
守衛先走進店裡，很快又走出來，把門打開一大道門縫讓我們進去。
窗戶都掩上了板窗，守衛大步走在昏暗的店內，再為我們打開盡頭的辦公室房門。辦公室內灑了滿地的陽光，非常明亮，暖爐也燃燒著赤紅的火焰。應該正在工作的班諾放下墨水站起來。
「梅茵，妳燒退了嗎？」
「是的。我們來歸還這塊木板。順便有問題想請教班諾先生，請問方便嗎？」
「嗯，沒問題。我剛好也有事情想問你們，但先聽你們要問什麼吧。」
班諾用手示意我們坐到平常那張桌子前，催促我們發問。
「謝謝你借我們這塊木板，因此很順利地訂定了大致的冬天學習計畫。」
「哦？」
「可是，在看這塊木板的時候，有些事情我很疑惑。我知道我們要整理服裝儀容、懂得寒暄，但服裝儀容有什麼規定嗎？而且，我們也不知道商人之間有沒有什麼特殊的打招呼方式和用語。」
班諾「嗯」地應聲，打量我和路茲。
「首先，你們雖然是靠近南門的平民，但外表十分乾淨，所以只需要再買工作需要的衣服和鞋子。只要有十枚小銀幣，就能買齊最基本該有的東西，所以從現在開始存錢，在夏天來臨前應該就能買齊吧。」

「十枚小銀幣……幸好我之前學梅茵把錢存下來。」

路茲一臉愕然地嘀咕。對路茲來說，衣服都是母親從紡線開始做出來的，現在聽到十枚小銀幣還只能買到最基本的衣服和鞋子，想必大受衝擊。雖然我也很吃驚，但這個世界沒有成衣，若要量身訂做的話，我早有應該不會太便宜的心理準備。貴是貴，但只要到了春天努力做紙，還是能在夏天來臨前存到這筆錢。

「還有，先不說梅茵，路茲的用字措辭要再更得體。你得學會使用敬語，否則照你現在這樣，根本不能讓你接待客人。」

班諾的指謫讓路茲說不出話來。身邊沒有半個人在用敬語的話，自然也很難學會。我試想了在我們身邊的人當中，誰最能夠讓路茲當作參考。

「敬語的話，你可以參考馬克先生的說話方式。」

「……嗚～可是感覺好奇怪喔。」

如果突然就要改變遣詞用字，會覺得自己像是變了一個人，感到如坐針氈，這我也多少可以理解。但如果不學會敬語，就無法接待客人。尤其班諾的商會今後又打算以貴族為對象，不斷拓展生意版圖。倘若想要往上爬，就要學會應有的儀容、遣詞和禮節。

「你放心，練習看看就會了。班諾先生平常的說話方式也和我們一樣，但面對客人的時候就會改成敬語，路茲也只要學會看對象改變說法就好了。」

之前面對公會長的時候，我也沒看過班諾對他使用敬語，但只要他想，隨時都能馬上切換吧，否則怎麼當得了商人呢。

「平常你並不需要對家人和我使用敬語喔。而且你看我，對你說話和對班諾先生及公會長說話的時候，用字是不一樣的吧？你聽了不覺得奇怪嗎？」

「……這麼說好像是，但因為梅茵說話的樣子就跟平常一樣，我沒什麼注意到。」

因為我切換自如，才會幾乎沒有留意到吧。就算一開始會覺得奇怪，但用久了，很快就會適應。

「所以路茲你要學會馬克先生的說話方式，想成這是工作上才會用到的說法。先從會說『您好』、『歡迎光臨』這些簡單的敬語開始吧。」

我舉了兩個例子，路茲明白地點點頭。

「嗯，奴、奴好。」

「不是啦！是您好！」

「噗哈！哈哈哈哈哈！」

聽了我和路茲的對話，班諾忍不住噗地一聲，拍著桌子大笑起來。眼角還泛著淚水，捧著肚子，笑得非常誇張。

「噗噗、不知道你們冬季期間可以進步多少。總之，就加油吧。」

我睨著完全止不住嘴角上揚的班諾，但一點用也沒有。絕對要進步到讓你大吃一驚！我用力握緊拳頭，在心底下定決心。同時，想起來了要拜託班諾的事情。

「啊，對了，班諾先生。」

「怎麼了？」

「為了提升計算能力，我們想要計算機。因為計算機得要練習才能學會。」

馬克甚至能在用計算機的時候大腦與手指並用。想要達到和他一樣的程度大概不可能，但學算盤最重要的也是練習。

「計算機嗎……如果不介意店裡用過的舊計算機，可以用六枚大銅幣賣給你們。兩個人用一臺計算機就好了嗎？」

「是的，那就麻煩你了。」

拿出會員證和班諾的卡片疊在一起，從我和路茲的存款裡頭各扣掉三枚大銅幣，班諾再拿了計算機給我們。

「路茲，這下子就能練習計算了。」

「對啊。」

「還有事情想問或想說的嗎？」

聽到班諾這麼問，我才想起來。

「啊，還得在春天之前訂一個契約書大小的抄紙器……」

「那妳先寫好訂單吧。這件事馬克很清楚，就讓他跑一趟。」

「咦？可是……」

去各個店家下訂的時候，馬克說過，下訂時必須自己負起全責，否則不知道會不會發生什麼問題。不能把這件事就丟給他吧。

「因為我還有其他事要交代妳做。好了，快寫好訂單吧。」

在班諾的催促下，我從托特包裡拿出訂單工具。寫訂單用的木板只剩下一個。

「班諾先生，寫訂單用的木板快要沒有了……」

「嗯，因為妳訂的東西還不少。等等再補給妳。」

「耶！還有墨水也快用完了。」

因為寫了大量的訂單，試做紙張的時候也必須用墨水試寫，所以消耗得很快。班諾聽了，臉頰微微抽動。

「……雖然很想收錢，但算了，就算進初期投資裡吧。」

我頓時心中一驚。歐托說過墨水很貴，不是小孩子用得起的東西。之前沒有問過具體的價格，我這時才膽顫心驚地問班諾。

「冒昧請教一下，如果要收錢，墨水都是多少錢呢？」

「大約四枚小銀幣。」

「什麼?!」

……就算把我和路茲現在的存款都掏出來也不夠！

「省著點用啊。」

「是、是，那當然！」

本來還想買墨水用來寫自己做的書，但我看還是算了吧。用還有剩的煙灰鉛筆才是最佳選擇。

我喀喀地寫著訂單，現在已經是熟能生巧。因為木筆的筆尖很快就會變圓，我請路茲削尖，再請班諾拿出一般平均大小的契約書，用捲尺測量，寫好了抄紙器的訂單。

看著我寫的訂單，班諾瞪圓雙眼。

「完全沒有疏漏和錯字漏字呢。這份訂單我會交給馬克……梅茵，要是抄紙器沒有做好，做不出紙來，我也一樣很頭痛，所以我們會負起責任，妳不用那麼擔心。」

既然班諾都說會負起責任了，那我就安心等著吧。我緩緩吐氣，收拾訂單工具。

「……那麼，你們要說的事情都說完了嗎？」

「是的。」

我用力點一點頭，班諾就忽然挺直了背，表情變得嚴肅。察覺到他要說的事情和生意有關，我和路茲也端正坐好。

「那麼，換我談公事了。梅茵，是關於妳之前授權的洗髮液。」

關於簡易版洗髮精的做法，在之前試做紙張的過程中，借還鑰匙的時候已經告訴班諾了。我在簽了魔法契約後，就完全放棄了洗髮精的權利，所以想不出來現在還有什麼事情要商量。我納悶歪頭，班諾就面露難色地開口了。

「因為妳說過，用密利露的油效果最佳，我才一直等到這個季節……」

「可是，密利露的季節已經快要結束了吧？你們還沒有開始做嗎？」

我和路茲面面相覷。密利露的季節已經進入尾聲，我們家也採集了大量的密利露，全都做成了簡易版洗髮精。班諾又是追求利益的商人，我還以為他早就做好了，現在已經在大量販售了。

「不，採集了密利露以後，我們委託某間工坊製作。但是，前幾天工坊的人卻向我報告，雖然照著妳教的做法去做，做出來的東西卻不一樣。妳能想到是什麼原因嗎？」

我不禁皺起眉。基本上做法就只是壓碎、取油，再添加香味而已，想不出有哪個環節會出錯。幫我做過好幾次洗髮精的路茲也感到訝異地歪過頭。

「……做出來的東西不一樣，但製作過程都滿簡單的吧？」

只要有材料，我是有幾個改善方案，但想不通那麼簡單的產品怎麼會失敗。不管做的人是多莉還是路茲，都能做出一模一樣的東西。

「其實我並不想讓妳露面，但如果無法做出那個洗髮液，就算是違反了契約魔法。所以雖然抱歉，能請妳一起去趟工坊嗎？」

萬一違反了契約魔法，就會遭到嚴重的懲罰，糟一點的還有可能喪命。為了珍惜自己的小命，我立刻回答說「好」，路茲抓住我的手臂。

「梅茵，我覺得今天先到這裡就好。妳的身體還沒有完全恢復吧？」

路茲說得沒錯，但在這個季節，我很少完全恢復健康，隨時都有可能發燒。如果不趁著沒有發燒的時候判定還算有精神，恐怕永遠也無法外出行動。

「可是，又不知道什麼時候才會完全恢復，再拖下去可能就要開始下雪了，還是趁沒有發燒的時候去一趟比較好吧？」

「話是沒錯啦，可是……」

班諾輕拍了拍表示擔憂的路茲的頭，要他別擔心。

「路茲，你別太擔心，我會抱梅茵過去，不會讓她走路。因為我根本受不了她走路的速度。」

「那……應該就沒問題吧。」

路茲說完，班諾再度抱起我，開始移動。

……不過，說到失敗原因，目前為止我都還沒有做失敗過呢，真的找得出原因嗎？

失敗原因與改善方法

由班諾抱著我前往製作簡易版洗髮精的工坊途中，班諾有些難以啟齒似地說了：

「對了，梅茵。關於那個洗髮液……」

「是？『簡易版洗髮精』怎麼了嗎？」

「太長太難唸了，沒有其他稱呼方式了嗎？」

對喔，不只光聽發音也不懂這是什麼意思的班諾，這個世界的人都會覺得這個名字太長吧。換言之，也意味著成為商品之後，這個名字很難令貴族接受。

「啊～那時候我只是開開小玩笑，才對多莉說了這個名字，後來也就習慣了，但其實要改名字也沒關係喔。」

「……是嗎？」

班諾吃驚地眨眼睛，我笑著點頭。

一切的開端，就只是因為一直很癢的頭終於洗乾淨了，像頭雜草的頭髮也變得柔柔亮亮，開心的我就隨口取了一個名字，並沒有什麼特別含意。

「是啊，所以請你取一個自己喜歡的名字吧。」

「但就算叫我取名字，這可傷腦筋了……」

班諾「唔唔」地陷入沉思，深深皺起眉。為一樣新的產品取名，相當需要品味。為了提供一點協助，我滔滔不絕地列了一些想法給他當作參考。

「因為這是商品的名字，可以改個好唸、又一聽就知道是什麼的名稱。比起洗髮液、除汙精，取個意思中帶有可以讓頭髮變漂亮、產生光澤、修護髮絲這類的名字，聽起來會更吸引人吧？」

「唔嗯……嗯……」

我說得越多，班諾的表情也跟著越來越陰沉且凝重。該不會沒有變成參考，反而只給他帶來了壓力吧？

看見班諾思考到眉間都皺出了深溝，路茲輕輕聳肩。

「我一直以來都這麼稱呼，就叫『簡易版洗髮精』也沒什麼不好吧？」

「梅茵，這東西沒有其他種說法了嗎？」

多半想不出適合的名字，班諾求助地轉向我。我已經習慣叫「簡易版洗髮精」了，臨時要想其他名字也想不出來。雖然還有類似的說法，但這個世界的人一樣無法聽懂。

「嗯～？我頂多只想得到『潤絲洗髮露』之類的吧？」

「……潤絲和洗髮是一定要的嗎？」

「不，沒有喔，班諾先生如果要取，完全可以省略……」

班諾一個人嘟嘟囔囔了老半天後，似乎是想不到滿意的名字，而且大腦也可能已經習慣了簡易版洗髮精這個說法，又或者是受了我提出的第二個建議的發音影響，最終決定取名為「絲髮精」。

……咦?這樣子真的好嗎?

班諾在中央廣場往西邊轉彎,繼續前進。因為是榨油的工坊,我還以為一定在工匠大道那邊,所以眨了眨眼睛。

「西邊也有工坊嗎?我還以為都在工匠大道那邊呢。」

「因為那間工坊原本是做食品加工,所以選在西門附近比較方便,這裡貨物往來頻繁,又有市集。」

「啊,因為密利露果實是可以吃的嘛。雖然最近都被我們家用來做絲髮精……」

簡易版洗髮精是在我的頭實在癢得受不了、非常想洗頭,在窮途末路下所做出來的東西。當初做的時候怎麼也想不到,居然會在現在變成了商品。

起先因為沒有洗米水,也沒有海藻,我還很苦惱不知道該怎麼辦。竭盡所能地回想與洗髮有關的記憶後,才想起了麗乃時期,提倡天然生活的《自然派生活》雜誌上,曾刊載過能在植物油中加入粉狀的鹽和橘皮當作是磨砂成分,再用來洗頭髮。是麗乃的母親沉迷於天然生活時做過的事情。

順帶說,當作參考的那本雜誌裡還寫了很多資訊,像是把蛋白打到產生濃密的泡泡,當作面膜使用,或者用梅乾和日本酒做成天然的化妝水,但現在我如雞蛋般光滑的肌膚還不需要。先前迫切需要的,就只有做洗髮精的材料。

……在榨到油之前，歷經了一番艱難的過程呢。

那時候頭癢得要命，我又完全不懂在森林裡採集有多麼辛苦，那些要求對多莉來說想必非常強人所難。但也多虧於此，頭皮不僅變得清爽，還得到了一頭充滿光澤的柔亮秀髮，得以過著乾爽潔淨的生活。

……多莉，太謝謝妳了！

班諾帶我們走進的工坊，外觀就像一間大倉庫。因為已經聽說是間負責食品加工的工坊，現場也果然充斥著各式各樣的臭味。裡頭擺了好幾張工作檯，每張工作檯上進行的作業都不一樣。牆邊是一整排用來放置工具的架子，上頭擺了很多工具。

「師傅在嗎？告訴他班諾來了。」

班諾對一名員工說，員工就應了聲：「是！」慌忙跑走了。

我請班諾放我下來，等著師傅現身。於是，員工前往叫喚後，一名體型微胖的中年大叔就搖晃著肚子從內側跑出來。一眼就能看出他是食品工作方面的經營者，體型看起來就像在說自己由衷喜歡吃。在日本算是微胖，但在這座糧食並不算豐饒的城市裡，這樣的體型算是大胖子了吧。

「班諾老爺，還勞煩您特地跑這一趟，真是太感謝了……這兩個孩子是？」

「她是最一開始製作絲髮精的人，這件事絕對不能洩漏出去。」

班諾目光銳利地說，師傅不作聲地飛快點了好幾下頭。

「那麼，情況有改善了嗎？」

「沒有，我們試著換了工具、還換了人做，各種方法都試過了，但總覺得差得越來越遠……」

聽到現況毫無進展，班諾掩飾不了臉上的不耐，瞪著師傅，師傅則露出了束手無策的表情。看到師傅這樣，感覺像是自己也一起挨罵了。

我輕拉了拉師傅的袖子，問他：

「請問，可以讓我親眼看看製作的過程嗎？」

「嗯……要是有發現哪裡不對，請務必告訴我。試用結果是說工坊做出來的東西，很難洗掉汙垢。」

師傅移動到製作絲髮精的區域，實際操作給我看。

因為捨不得做失敗，師傅只壓了一顆密利露。他用壓榨器一鼓作氣壓扁了密利露果實，緊接著抬起布，一使力，油就滴滴答答地落進了容器裡。因為多莉和路茲都是用槌頭，所以花費的時間完全不一樣。

「這下子取油就完成了，目前為止都一樣吧？」

榨油這項步驟看起來並沒有任何問題。路茲也低聲說著「不可能有地方出錯啊」，所以乍看之下沒有問題。

「但我們因為用不了壓榨器，都是用槌頭敲碎。不過，只是這麼點差異，我不覺得就會導致失敗呢。」

「啊，依小孩子的力氣，只能用椰頭吧。」

下次該試試看椰頭嗎——師傅嘀咕說著，我開口拜託說：

「不好意思，能讓我看看現在榨好的油嗎？」

師傅「嗯」地應道，把容器遞給我，裡頭搖曳著澄澈又乾淨的綠色植物油，沒有半點飄浮的雜質。完全不同於我們用的，呈現渾濁的白色植物油。

「……啊，我知道了。」

一看到油，我就明白原因了。可以找出失敗原因，我由衷感到高興，卻也因為這個原因太過哀傷，讓我有些想哭。

「什麼?!究竟是哪裡做錯了?!」

師傅急如熱鍋螞蟻地問，我稍微垮下肩膀回答：

「……就是擠油時用的布。」

我說完，班諾就惡狠狠地瞪向師傅。師傅吃驚地瞪大雙眼，揮舞著雙手拚命辯解：

「布?!可是，因為這是門新生意，我可是用了上好的布喔！」

「……就是因為用了上好的布。」

這回不只師傅，連班諾也看著我睜大眼睛。我輕縮起肩膀，把放油的容器輕輕放回工作檯上。

「我們家用的布，縫隙都很大。從我身上的衣服也看得出來，我們家很窮。家裡用的並不是這種細緻的榨油布，所以擠油的時候，被壓扁的果實纖維和顆粒小到如同粉末的種子碎片，就會大量地混雜在油裡頭。」

多莉和路茲擠出來的油都不是清澈的綠色，而是渾濁的白色。理由非常簡單。我們用的擠油布根本不能拿來和工坊的榨油布相提並論，縫隙相當大，而且不徹底擠乾就不甘心，所以也不在乎油變得渾濁，一直擠到一滴不剩為止。

「油裡的渾濁雜質就像是『磨砂』……啊，就是一種洗去頭髮髒汙的必要成分。」

原本在工坊榨取出了透明又澄淨的植物油以後，會再加入搗成粉末狀的鹽巴和堅果，還有晒乾後的柑橘類果皮，當作磨砂使用。但是，我們榨好的油本身就已經有磨砂成分了。更何況就算想再添加更多東西，我們家的經濟情況也不允許。最多只能利用在森林裡採到的大量香草，為洗髮精增添香氣。

聽完我的說明，師傅茫然自失地怔怔張著嘴巴。這個失敗原因想必完全出乎他的預料。其實我也很意外。明明這麼努力想取出優質的好油，卻和樣品的差距越來越大，他的壓力一定很大。這下子班諾也明白了原因，大概是卸下重擔，表情放鬆了許多。他用指尖捏起榨油布，聳了聳肩。

「真沒想到原因居然是布。而且還是因為用了上好的東西才導致失敗……我還以為是添加藥草這個步驟有什麼秘密訣竅呢。」

「藥草基本上就只是增添香氣而已。」

師傅大大地嘆了一口氣，帶著如釋重負又為難的表情低聲咕噥：

「但如果需要用縫隙大的布，之前榨的油就都不能用了哪。」

「咦？還是可以用喔！不用也太浪費了。」

可以的話，我很想用用看這種沒有任何雜質的上等植物油。只要再加進磨砂成分，就能做出品質比我做的絲髮精還要好的成品。

「只要在現在榨好的油裡頭加入『磨砂成分』就好了。如果嚴格挑選材料，還可以做出比我做的還要高級的絲髮精。」

「哦……小妹妹，妳懂得還真多呢。」

師傅大感佩服地嘀咕。同時，班諾的雙眼像發現了獵物般綻放精光。

「啊……」

……死定了。得意忘形下就說太多了。

感覺到自己血色盡失，我忍不住看向路茲，只見他露出了只差沒說「妳這白痴」的無奈表情。再這樣下去，就會重蹈被路茲抓到馬腳時的覆轍。

……啊啊啊啊！我這白痴大白痴！怎麼就是學不會教訓！

我拚了命把不停抽搐的嘴角往上拉提，掛上一臉假笑。

……平常心、平常心，還沒有露出馬腳，別擔心。

「但顆粒太粗的話，洗頭髮時可能會傷到頭皮，還請小心注意。」

我微微一笑，想要迅速逃離現場，班諾卻帶著駭人的笑容一把按住我。

「梅茵，妳好像還知道很多其他事情喔？」

知道是知道，但不能再透露更多了。為了今後能在這裡安穩地生活下去，絕不能引來不必要的懷疑。我必須想辦法避開班諾的追問。畢竟班諾不知道梅茵以前是什麼樣子，就算同樣覺得我很奇怪，情況也和路茲不一樣。只要努力應對，應該能敷衍過關。不，是一定要過關。

我奮力站穩腳步，不被班諾的眼神擊垮，後背流滿冷汗，但仍是動員全身的肌肉，虛張聲勢地笑說：

「接下來的部分需要付資料費，不能白白告訴你。」

「多少？」

班諾勾嘴微笑，揚了揚下巴要我出價，但不論他出多少錢，我都不打算提供更多資訊。但是一旦這麼說，談判就破裂了。現在必須讓班諾主動收手。

我按著激烈狂跳的心臟，全速運轉大腦。

「……現在這樣就已經可以拿到市面上販售了，如果想把品質做得更好，班諾先生究竟打算出多少錢買下呢？」

我依然面帶微笑，與同樣帶著笑容的班諾互瞪良久。班諾赤褐色的雙瞳閃爍著兇惡的光芒，其實我很想立刻舉白旗投降，但現在絕對不能退縮。明知道自己不管說什麼，對方都會懷疑自己的來歷，絕對不能再透露更多。

班諾繼續和我互瞪，對師傅說了：

「師傅，能借用一下談生意的房間嗎？」

「啊、啊，請別客氣。」

才聽到回答，班諾就大手一揮把我扛到肩膀上，強行帶進了談生意用的房間。

「哇哇哇哇?!」

「梅茵?!」

「只是要談事情！誰都不准進來！」

班諾厲聲大喝，路茲嚇得停在了原地。師傅也臉色鐵青地忙不迭點頭。

霸占了別人工坊洽公用的房間，班諾讓我坐在椅子上，自己再坐在我對面。瞪了我半晌後，班諾開口說了。

「兩枚小金幣。」

「啥？」

……幻聽、是幻聽。剛才好像聽到了非常驚人的出價，但絕對是幻聽。

我愣然愣住後，決定當作是幻聽，急忙重新擺出嚴肅的表情。但才正色完，班諾再度一字一句清楚地說了。

「我出兩枚小金幣。改良方法、其他能替代的植物，想得到的事情全部告訴我。」

居然願意為了改良方法就出兩枚小金幣，他到底預估絲髮精能帶來多少利益啊？該不會又打算像芙麗妲的髮飾那樣，向貴族們獅子大開口吧？

「……班諾先生，絲髮精你到底打算賣多少錢？」

我冷靜地怒目而視，班諾就稍稍瞇起眼睛，哼了一聲。

「這與妳無關。」

「那麼，製造所需的資訊我已經告訴你了，其他資訊也和班諾先生無關吧？」

這下子就能結束這個話題了——我在心裡安心地吐口氣，把手支在桌上，準備起身。

「三枚小金幣，不能再更多了。」

班諾猛地抓住我支在桌上的手，臉上寫滿不甘，又再提高了價格。聽到快讓我的眼珠子掉出來的天價，內心一瞬間產生動搖，但既然他不願意再出更高，談判也就能到此為止。為了和平安穩的生活，必須避免他今後的追究。

「恕我拒……」

「快點答應，把錢存下來。只有錢救得了妳的身蝕。」

才要說「恕我拒絕」，班諾就兇巴巴地瞪著我，用只差沒咬牙切齒的表情，低聲吐出了這句話。我吃驚得張大眼睛。

「……班諾先生，你知道身蝕嗎？」

「只是懷疑而已，但前陣子那個臭老頭明白地宣告了。」

班諾口中的臭老頭就是公會長。公會長對他說了什麼嗎？這和交付了芙麗妲的髮飾以後，班諾就對公會長放鬆了警戒心有什麼關係嗎？

不同於剛才的不明焦慮在心裡頭團團打轉，我在要站不站的姿勢下渾身失去了力氣，咚地坐回椅子上。

以為我是重新坐好吧，班諾伏在桌上壓低上半身，把臉湊向我。然後，用只有我聽得見的小聲音量開始說明。明明是悄聲交頭接耳，卻莫名清晰地刺在耳膜上。

「以前他的孫女也和妳一樣是身蝕，但是因為有錢，又有門路可以請貴族幫忙，才救回了一條命。所以妳也應該要賣掉自己擁有的資訊，存好錢以備不時之需。」

「不時之需……」

「就是妳……再也壓抑不了體內熱意的時候。」

啊啊……釋懷的感覺瀰漫全身。最近我總覺得身蝕的熱意好像越來越常出現了，原來不是我的錯覺，也不是因為身體狀況不好。不久身蝕的熱意會越來越強大，我也終將無法抑制——這是班諾與公會長得出的結論。

把自己的生命和被人戒慎懷疑的風險放在天秤上衡量，結論很簡單就出來了。

……我還不想死。

現在好不容易可以做紙了。雖然是用做失敗的紙張，但今年冬天總算萬事俱備，也可以做書了。而且過了一輪四季以後，我也適應了這裡的生活，和家人之間也開始相處得很融洽。原本一無是處的我，也找到了可以稍微發揮己長的地方。我總算開始覺得在這裡生活很開心。

心想著還不能死的同時，我也想像了自己把資訊給了班諾以後，萬一他覺得我很令人作嘔……要是班諾先生覺得我很噁心，那會怎麼樣呢？

和認識以前的梅茵的路茲不同，在班諾眼裡，我就只是個知道太多事情，讓人感覺發毛的孩子。總不至於只因為我令人不舒服，就不由分說殺了我吧；而且和交情匪淺的路茲不一樣，就算他向家人告狀，說「梅茵和平常人不一樣，讓人毛骨悚然」，我應該也不會遭到什麼迫害。

最糟糕的情況，就是班諾疏遠我和路茲，我們當不了商會的學徒而已。但是，公會長和芙麗妲都曾經開口招攬我。就算離開班諾麾下，還是有後路可走。

……如果只要有錢就能活下去，那我還想繼續活著。

「我知道了，我同意用三枚小金幣出售。」

我直視著班諾說完，他才輕輕點頭，放開了我的手。接著在互相重疊會員證後，班諾就伸手抽走我的托特包，逕自拿出訂單工具。

「等一下、我的東西！」

「這些都是商會的辦公用品。」

「話是沒錯，但至少要先跟我說一聲吧！」

「哦，抱歉。」

班諾用毫不感到抱歉的語氣這麼說，拿起墨水和筆，把寫訂單用的木板當成了記事本。

「那就快點告訴我吧。首先，要怎麼把那些做失敗的油再變成能賣的商品。」

「只要加入用來去除汙垢的『磨砂成分』就好了。能夠當作『磨砂成分』的東西有很多，最容易取得的材料應該就是鹽巴吧。把鹽磨到變成粉末狀再加進去，就有去除髒汙和除臭的效果。」

「鹽巴？」

在我看過的介紹當中，最簡單的做法，就是在植物油裡頭加入粉末狀的鹽巴。想不到日常生活用品中就有材料，班諾很驚訝吧，雙眼睜得老大。

「……還有，不需要用到晒乾的『柑橘類果皮』，呃……只要把芬里吉尼的果皮磨成粉狀再加進去，也比起什麼都不加，味道和洗淨的效果都會好很多。」

「芬里吉尼的果皮嗎……其他還有嗎？」

班諾喀喀喀地振筆疾書，抬眼看我。

「其他的嗎？像是『堅果』……啊～也可以加進磨成了粉狀的納什多。因為這些東西在我們家都不能隨便亂用，所以沒辦法試做。」

為了挖出更多消息，班諾赤褐色的雙眼直勾勾地盯著我瞧。

「沒辦法試做的事情妳卻還知道……？梅茵，妳到底是什麼人？」

「這是秘密。這件事我才不會因為你出小金幣就告訴你。」

班諾撇下嘴角，表情難看到了極點。他懷疑的眼神明顯就是在看著一個自己無法理解的人物，心跳聲轟隆得快要震破耳膜。我實在沒有堅強到被他用這樣的眼神一直看著，還能夠表現得泰然自若。

我依然面帶假笑，決定賭一把，劃清自己的定位。

「像我這樣的孩子如果讓你感到不舒服，你就要把我趕走嗎？我可是抱著這樣的覺悟才向你提供資訊的喔。」

班諾像是一驚，微微張大眼睛後，低下頭猛抓自己的頭髮，「唉～」地重重嘆氣。

然後他慢慢地搖了好幾下頭，抬起頭來的時候，臉上已經掛回了平常目中無人的微笑。

「不，既然妳能帶來利益，我只打算把妳招到旗下，不讓其他人搶走。畢竟我可是商人啊。」

語畢，班諾就站起來，伸手摸了摸我的頭。透過這個和平常無異的舉動，可以知道班諾得出了一切就維持現狀的結論。

我安心地吁口氣後，忍不住推開班諾不停摸著我頭的手，朝他「咧！」地吐舌頭。

陀龍布出現了

一早起床，就發現正式進入了很難離開被窩的季節。我心想著好冷喔，在棉被裡頭磨磨蹭蹭，今天要上早班、準備好要外出工作的父親就對我說了：

「梅茵，妳今天身體狀況怎麼樣？」

「嗯～？就跟平常一樣啊。爸爸，有什麼事嗎？」

難不成看我一直賴在被窩裡，以為我身體不舒服嗎？我一骨碌起身，父親就擔心地低頭察看我的臉色。

「歐托說他想談談冬天的工作時間，問妳能不能去一趟。」

「好啊。今天我沒發燒，班諾先生也沒有叫我過去，那我會去大門一趟。」

目送要在第二鐘開門時上班的父親離開，我手腳迅速地在床上換衣服。

「媽媽、多莉，我今天要去大門喔。」

「也是呢。能在森林裡採到的東西越來越少了，梅茵最好別再去森林了吧？」

「多莉說得沒錯。妳要是發燒暈倒就糟了，不要再去森林了喔。」

最近天氣變冷了，來到容易感冒的季節，連自己也覺得身體好像不太舒服的天數也增加了。通常我要是努力硬撐，只會給四周的人帶來麻煩，所以還是自我節制，不要再去森林好了。

「哦，梅茵！妳今天要去大門嗎？」

看到我只拿著托特包，路茲出聲叫住我。和穿了很多衣服預防感冒的我不一樣，其他孩子的穿著都顯得輕便許多。因為穿太多會不方便行動。在下雪前的這短短時間裡，是撿柴火工作的最後衝刺。

我和要去森林的孩子們一同前往大門。最近我走路的速度總算變快了點，不會再大幅落後附近的孩子們。但每次我想再稍微加速的時候，路茲通常都會阻止我。

「那我回來再去接妳，要乖乖等我喔。」

「嗯。路茲採集也加油喔！」

其他人都要去森林，所以我們在大門道別。雖然沒在大門看見父親的蹤影，但守門的大哥哥已經認得我了。我向他敬禮，再請他讓我進入值宿室。

「歐托先生，我是梅茵，你在嗎？」

打開門走進值宿室，牆邊的架子上已經堆滿了預算方面的木板。歐托正在架子前面整理資料。

「梅茵，妳終於來了。」

「歐托先生，好久不見了。」

我挺直身敬禮後，歐托就要我坐在離暖爐最近的椅子上。我「嘿咻」一聲，半是攀爬地坐上稍高的椅子，再從托特包裡拿出石板和石筆。

「梅茵，今年冬天妳預計可以過來幾次？」

「嗯……我和爸爸商量過了，只要我身體狀況不錯，又沒有暴風雪，而且爸爸剛好也是早班或中班的時候，我就可以過來。」

首先，冬季期間身體狀況很好的日子本來就不多。雖然今年的體力應該比去年好了，只能祈禱感冒的次數和昏睡的天數能夠跟著減少，但目前還是完全無法預測。

再來是天氣。冬季期間，不颳暴風雪的日子也不多。不過，也不要求一定要是萬里無雲的晴天。雖然父親說過，下點小雪也沒關係，但到時候要是真的下雪了，一定不准我出門。父親就是這麼過度保護。

此外，父親今年冬天有三分之一的時間都是值晚班。

「所以在春天來臨之前，能來大門的次數大概不會超過十根手指頭吧。」

「……嗯，其實我也料到了大概會是這樣。但去年冬天妳光是幫忙了一天，就幫我減輕了很多負擔，所以我才會忍不住期待過高。妳願意盡可能過來，我就很感激了。」

「是。」

只是計算數字就能賺到石筆，也算是不錯的差事。今年因為要和路茲一起學習，需要比去年更多的石筆，所以要認真工作。

「啊，計算預算時用的石筆應該不是我要出錢，是經費會提供吧？」

「噗……哈哈哈哈，妳的思考方式變得很像商人了嘛。工作時用的石筆是經費會出的，所以妳放心吧。」

我忽然想到這件事，趕緊向歐托確認。他張大眼睛後，噗哧笑了出來。雖然被取笑了，但這下子我就能安心工作。為了不讓袖子擦掉字跡，我稍微挽起袖子，拿好石筆。

「這些是今天的工作。」

歐托搬了好幾疊木板過來，都是上位者所在部門的使用備品數量總計。這個部門的會計工作都由歐托負責。他聳聳肩說，因為要是隨便找人幫忙，還要檢查有沒有算錯，只是給自己找麻煩。於是我也一邊核對一邊統計，小心不要算錯。

「歐托你在嗎?!快去大門站崗！」

一名士兵神色匆忙地衝進來。歐托先在木板上劃線，標記自己計算到哪裡，然後交代我「別讓任何人碰計算機」，就起腳飛奔出去。

感覺整個大門都鬧烘烘的。無數腳步聲在門外的走廊上來回奔跑，在石板間不停迴盪，所以顯得特別大聲。看這氣氛大家都很手忙腳亂，我實在鼓不起勇氣打開門，叫住其中一個人問：「發生什麼事了嗎？」

雖然來大門幫忙過好幾次了，但還是第一次遇到這麼嘈雜慌亂的情況。再加上現在又是自己一個人留在值宿室裡頭，不安漸漸占據了內心。

……待在這裡不會有事的吧？

我讓自己慢慢地深呼吸，同時環顧空無一人的值宿室。但環顧到一半，突然感到一陣暈眩。沒有放過我內心變得脆弱的這短暫一瞬間，體內的熱意又開始變得狂暴。想從體內深處衝出來的熱意，就好像在指責我的軟弱。

我焦急地繃緊全身，努力把熱都集中到中心的一點。在蓋上蓋子的想像中牢牢壓住熱意，不讓它跑出來。

「……呼，累死我了。」

因為精神都集中在對抗身蝕上，攻防戰結束以後，不安也沖淡了許多。

我重新開始計算，不久歐托就回來了。他動作飛快地讓手頭的計算工作進行到一個段落，然後開始收拾自己手邊的資料。

「聽說森林裡出現了陀龍布。因為孩子們跑來請求支援，半數士兵都跑過去了。現在我得站在大門幫忙看守，梅茵，妳能留在這裡繼續工作嗎？如果收到了介紹函，我會轉交給妳，再麻煩妳處理了。」

明白了大家為什麼這麼慌亂的理由，我稍微安下心來，也能夠專心工作了。

這麼說來，路茲之前說過一到秋天，森林裡頭就會出現陀龍布。說不定他砍到了可以做紙的陀龍布。

……嗯？可是，現在連士兵都要出馬，是不是已經成長到不能用來做紙了呢？

之前因為只有小孩子也成功砍伐了陀龍布，所以就算聽到有陀龍布出現，我還是老神在在，繼續在石板上寫數字計算。不久後，門外的喧譁聲浪越來越大。

「梅茵，路茲回來了。他說有事情要跟妳商量，妳要出去嗎？」

「如果是砍到了陀龍布，就是要和我商量這件事，那我先回去了。從這裡到這裡都已經算完了。」

「太好了，真的很謝謝妳。」

和士兵一起砍伐陀龍布的孩子們也回來了，到處都看得見士兵和小孩子抱著陀龍布在大門走來走去。尋找路茲的蹤影時，就看見父親肩膀上扛著和我差不多大的圓木，往我光速衝過來。

「梅茵！妳看，爸爸砍到了這麼大的陀龍布喔！」

「哇，好大喔。這要當作柴火嗎？」

「不，陀龍布很難點燃，所以當不了柴火，但可以做成家具。就算發生了火災，也不會被燒掉，所以都用來存放貴重物品。」

「哇……這樣子啊，真厲害耶。」

……不愧是神奇植物。居然遇火也不會燃燒，這根本不是植物了吧！

太過驚訝之餘，我有些愣住地發出感嘆，就看見路茲在父親後頭向我招手。

「路茲，怎麼了嗎？」

「怎麼，路茲你只砍得到這種小樹枝嗎？梅茵妳看看，是不是爸爸更厲害啊？」

父親看向路茲籃子裡的陀龍布，就得意萬分地挺起胸膛，但真希望他別跟一個小孩子較量。而且很遺憾地，我想要的剛好就是剛長出來的小樹枝。

我「唉」地嘆口氣。但實際上，因為陀龍布長得越大越難砍伐，所以砍下的陀龍布越大的人，在士兵和孩子之間越被視為英雄。只見周遭的人也都在比較誰砍下的樹幹更粗或誰砍下的樹枝更大。

「這什麼嘛，一點用也沒有！」

眼角餘光中，我瞥見有個孩子因為在比較後被人嘲笑，就惱羞成怒地把陀龍布的樹枝丟在地上。陀龍布因為不易引燃，所以無法當成柴火，但剛長出來的柔軟小樹枝又不具有能夠抵禦火焰的耐火性，也沒有堅固到可以做成家具，對大家來說毫無用處可言。但是對我來說，這可是做出優質紙張的材料。居然要把又細又柔軟的陀龍布樹枝丟掉，簡直暴殄天物。

「你不要就給我吧。真的不要嗎？我可以拿走嗎？」

「……我、我都說我不要了！」

眼見四周的人目光都聚集在自己身上，男孩子生氣地大聲吼完就跑走了。我撿起他丟掉的陀龍布後，不少孩子也接連把籃子裡的陀龍布倒出來。

「我的也給妳吧。反正這種東西帶回去也用不到。」

「這些人家也不要，都給妳吧。」

於是在我四周，堆起了為數不少的陀龍布樹枝小山。

「路茲，拿到了好多陀龍布喔！」

「……是啊。」

我和路茲一起撿著堆作小山的陀龍布，滿滿地塞進路茲的籃子裡。父親始終在一旁愣愣地看著，困惑地皺眉，來回看向塞滿了陀龍布的籃子和我們兩個人。

「……喂，梅茵，妳拿這種東西要做什麼？」

「爸爸你別擔心，我們要用的就是這種剛長出來的柔軟樹枝。路茲，走吧。」

背對父親開始移動後，路茲就面露難色地抓抓腦袋說：

「我也是想到這些都是材料，忍不住就砍了才剛長出來的陀龍布。可是，收集到做紙的材料以後，是不是要在五到七天的時間內處理完才能用啊？……怎麼辦？這時期我才不想走進河裡，也沒有多餘的柴火可以蒸一鐘的時間，要放棄嗎？」

我知道現在去森林也收集不了多少柴火，但如果因為這樣就白白浪費陀龍布，可以想見班諾一定會氣得七竅生煙。

「……我懂你的意思，但還是先找班諾先生商量看看吧？」

「要是我們擅自丟掉，班諾老爺一定會很生氣吧。唉……天氣這麼冷，怎麼可能走進河裡嘛。」

慢吞吞地走到班諾的商會後，守衛卻表示路茲一身剛從森林裡回來的裝扮，無法讓他進入店裡，他只好待在店外等候。

守衛幫我們傳話後，馬克就走了出來，我和他一起走進商會。

就在我走進店裡的時候，湊巧有位客人從班諾的辦公室走出來。看到我和商會格格不入的打扮，對方不悅地瞪了我一眼，還哼了一聲。

……看來還是快點訂做一套衣服比較好。

我不希望因為自己的關係，損害到班諾商會的形象，所以還是快點存錢吧。

被帶進裡頭的辦公室後，班諾微微睜大眼睛。

「妳怎麼來了？今天沒有約好要見面吧？」

「雖然沒有約好，但因為有事情想商量……其實是今天森林裡頭出現了陀龍布。」

班諾聞言霍然站起來，往前探出身子。

「陀龍布嗎?!那你們砍到了嗎?!」

「是的，這次拿到了不少陀龍布。可是……要做成紙張十分困難。」

「為什麼？」

班諾瞇起眼睛滿臉狐疑，表示無法理解。我猜他聽了肯定會生氣，還是開口說了：

「呃，其實是沒有木柴可以把樹皮蒸上一鐘的時間，河川又……」

「說什麼蠢話！」

河川又太冷了不能進去——我理由都還沒有說完，性急的班諾就怒聲咆哮。

「別拿隨便就能買到的木柴和稀有的陀龍布相提並論！難道妳現在還不懂怎麼計算成本和獲利嗎！」

「……我就知道你會這麼說。所以，我們想要買木柴，可以和馬克先生一起去趟木材行嗎？」

我看起來就是還沒受洗過的小孩子，要是跑去木材行說想買木頭當作柴火用，對方大概只會覺得可疑，然後把我趕走吧。

「……路茲呢？」

「他在外面。因為從森林回來後就直接過來這裡，現在的樣子不能進入店裡……」

我說完，班諾就搖響桌上的鈴鐺，呼叫馬克。

「馬克，你去問路茲梅茵今天的身體狀況，還有能不能走去木材行。梅茵，妳就先在這裡寫訂單吧。」

班諾拿出木板和墨水，我當場寫起訂單。

「班諾先生，我想買可以燒上一鐘的木柴，那要怎麼寫才好？」

「直接那樣寫吧。店家賣的時候都會再多準備一點。」

應了聲「是」之後，我繼續寫訂單，問完路茲問題的馬克就回來了。

「路茲說梅茵最好別再走動了。等她寫好訂單，就由我和路茲去趟木材行吧。」

「馬克先生，那就麻煩你了。」

把寫好的訂單交給馬克，送他離開後，班諾又遞了幾張木板給我。

「有時間就看吧。」

「樂意之至！」

每張木板上的內容都和契約有關，可以說是商人的注意事項。

很高興可以看到這麼多字，我一邊看著一邊開心哼歌。然而，越是看下去，腦袋裡的問號也越來越多。

「班諾先生，剛才的木柴費用，會算進先行投資裡面嗎？」

但班諾只是默不作聲地看著我，沒有回答。

「而且，我也覺得有點奇怪，班諾先生不久前不是說過，因為試作品做好了，所以先行投資也就結束了嗎？可是，魔法契約上明明是規定直到洗禮儀式之前吧？其實做大抄紙器的費用，也應該要算進先行投資裡面嗎？」

我思考著班諾為什麼會特意讓我看這些寫著簽約須知的木板，期間留意到的一件事，就是魔法契約的內容。

「……妳發現了嗎？」

「你為什麼騙我們?!」

「我沒有騙你們，只是在測試你們還記不記得自己簽下的契約內容而已。也很好奇當對方違約的時候，你們會有什麼反應。看你們什麼都沒說，我還以為你們忘了呢。」

班諾哼了一聲，指尖咚咚地敲著桌面，目光犀利地瞪著我。我「唔！」地一時語塞，但也不甘示弱地反瞪回去。

「聽到你說做好了試作品，先行投資就結束了，我們當然會以為就是這樣子啊。沒想到班諾先生居然會騙我們，而且魔法契約的契約書又燒掉了，我們也沒辦法確認契約內容。」

班諾聽了再度哼一聲，臉上帶著揶揄的奸笑聳起肩膀。

「既然契約書燒掉了，就該自己寫在別的東西上記下來，再不然就要牢牢記著。是妳太天真了。」

「……我會謹記在心。」

班諾說得沒有錯。既然契約書沒有備份，就該自己另外記錄下來，或者暗記在腦海裡。心想著魔法契約的懲罰很嚴厲就大意了，是不爭的事實。
「既然妳現在開口要求追加了，那我就會支付這些先行投資。」
「什麼我開口要求，本來契約就是這麼規定的吧。你這樣子不算違約嗎？」
我不滿地嘟起嘴唇，班諾就露出勝利的笑容，神情非常愉快地看著我。
「只有我明明白白地說我不付，那才算違約。這次是妳沒有要求追加，但既然要求了，我就會支付。既會支付，就不算是違約。想當商人的話，這點妳可要牢牢記住。」
「唔唔～……」
看到我心有不甘的模樣，班諾的嘴角咧得更開了，還笑說：「要是妳看了那些和契約有關的木板還是什麼都沒有發現，我就打算毫不客氣地剝削你們呢。」但既然班諾願意提供提示讓我察覺，表示他為了栽培我成為商人，也算相當用心。雖然心態正面地接受了他的好意，但不甘心就是不甘心。為了下次不再被騙，我從頭仔仔細細地看起木板，班諾忽然停下手邊的工作問我：
「啊，對了。梅茵，冬天的手工活能夠稍微提早做出來嗎？」
「我們家的過冬準備已經結束了，想提早應該是有辦法……」
我們家要在何時開始準備過冬，全看父親工作的情況。因為大門的所有士兵都需要回家準備過冬，但總不可能所有人同時放假，所以必須輪流。
父親去年的過冬準備休假相當晚，都快要下雪了才排到假進行準備，但今年提早了不少，所以應該還有一些閒暇時間。

「能請你們做十到二十個左右，顏色都不一樣的髮飾嗎？因為公會長到處跟人家炫耀孫女的髮飾，很多人跑來詢問……其中也有幾個委託無法推掉。」

「可是，只有芙麗妲會在冬天洗禮儀式上戴髮飾的優越感不就沒了嗎？」

這樣子當初向人家獅子大開口的理由，不就被自己毀了嗎？我歪過頭，班諾的眼神有絲游移。

「……只有那個髮飾是配合本人做的，和現成的髮飾完全不一樣，所以沒問題。」

「沒問題的話我是沒關係，但既然要我們臨時趕出來，可以請你支付急件費嗎？」

我笑容可掬地要求加價，班諾看著我啞然失聲。

「你不是說過，能讓對方掏出錢來的時候，要能拿多少就拿多少嗎？我正在向班諾先生看齊，學習當個商人喔。」

我「唔呵呵」地笑道，班諾就露出了苦瓜臉，臉頰抽搐。

「一個髮飾十枚中銅幣。價格提高為兩倍，這下子妳沒意見了吧？」

「這可不行，我希望是十一枚或十三枚中銅幣。考慮到我和路茲商量好的花飾與木簪的報酬分配，價格要單數才好分。」

我們也對家人說了，花飾一個是兩枚中銅幣，木簪一個是一枚中銅幣。剩下的錢還要和路茲均分，所以拿到偶數的中銅幣會很傷腦筋。

「沒辦法，那就十一枚吧。妳這小丫頭還真會做生意。」

「承蒙您的誇獎，小的備感光榮。」

「……妳這些話到底都從哪裡學來的啊？」
班諾的表情既無奈又好笑，說完便聳聳肩。
「啊，還有，我想要先領一個髮飾的費用。當作是預付，先從我的存款裡領出來也沒關係……」
「這可以由我先預付給妳，但妳拿這筆錢要做什麼？」
「請人臨時趕工的時候，需要施點魔法。」
要想在下雪前趕出十個髮飾，必須請母親和多莉幫忙不可，而既然要請她們幫忙，就需要提供點動力。
尤其母親這麼多年來都在做手工活，髮飾手工活的報酬比起其他工作又高得離譜，所以心裡面經常有些存疑，擔心會不會被騙，或者做了以後會不會拿不到錢。如果能夠每完成一個，就交給她說好的金額，既能得到她的信任，幹勁肯定也會大幅上升。
這時響起敲門聲，馬克回來了。
「老爺，我回來了。下訂的木柴會在今日關門前送到店裡。梅茵，明天早上我再吩咐店裡的人把木柴搬去倉庫。」
「馬克先生，謝謝你。」
「那麼天氣很冷，路上小心。」
在馬克的目送下來到店門外，只見路茲背著幾乎空無一物的籃子站在外頭。看樣子是去木材行的時候，順便把陀龍布放進倉庫裡了。怪不得不想帶我一起去。

兩人朝著住家，慢慢地走在日落速度變快了的街道上。天氣很冷，其實我很想快點回家，但要是依著本能加快腳步，鐵定又會發燒病倒。於是我小步小步地走著，向路茲說了要提早做冬天手工活這件事。而且也要求到了急件費，我要他也請家人幫忙，一起完成。路茲點了下頭，然後不安地垂下眉尾。

「比起沒有家人的幫忙，我一個人也趕得出來的手工活，我更擔心陀龍布。」

「陀龍布？」

我側過臉龐，路茲就垮下肩膀用力嘆氣。

「……梅茵，妳家人都不准妳去森林了，妳還能夠幫忙處理陀龍布嗎？該不會我得自己一個人處理吧？」

「這次我打算在倉庫前面處理樹皮，所以可以一起做喔。雖然得在屋外待上一鐘的時間，不知道家人會不會有意見就是了。」

並不是要走到大門外，只要說聲要去班諾的商會，我想外出這件事本身並不困難。只不過，因為要長時間待在屋外，感冒發燒的風險也會大幅攀升，這點教人傷腦筋。

「要在倉庫……不用去河邊嗎？」

路茲吃驚地瞪大眼睛。但其實只要稍微想一下就會發現，路茲要自己一個人帶著鍋子、蒸籠和木柴去森林，根本不可能啊。

「之前是因為還要蒐集材料和木柴，在森林裡工作比較有效率，但這次做紙材料的陀龍布和木柴都已經放在倉庫裡了，所以不需要特地跑到森林。而且，要把所有東西都搬到森林再處理也不可能啊。」

「啊，對喔。我還得先把所有東西都搬過去。」

因為更擔心所有事情都得自己一個人處理，所以路茲反而沒有意識到自己屆時得搬多少東西。

「只是明天蒸好陀龍布後，就變成不是泡在河水裡。但這個步驟也只是木頭蒸好後，要先泡過冷水，才比較好剝下樹皮而已。現在井水的溫度也夠冰，只不過因為水會變溫，就要麻煩你反覆從水井汲水，但還是比去森林輕鬆吧？」

但是，路茲還是愁容滿面，表情十分灰暗。

「是比較輕鬆啦……可是，之後要怎麼辦？不是要做成白色樹皮保存嗎？」

「情況允許的話，做成白色樹皮再保存會比較好，但其實在黑色樹皮的狀態下也是可以保存的，所以你放心吧。雖然之後要剝掉黑色樹皮會比較麻煩，但在這個季節不論是我去森林，還是路茲走進河裡，根本就是自殺行為，所以還是算了吧。」

發現擔心的事情都解決了，路茲的小臉頓時變得明亮。他反覆叨唸著「啊啊，太好了。這樣我就放心了」，步幅也變大了一點。

……回家以後，要請母親和多莉幫忙做手工活，明天還要蒸陀龍布。

我邊走邊想著接下來要做的事情，然後大概是肚子餓了，思考慢慢地偏離了原本的軌道。

……都有蒸籠了，好想吃熱騰騰又香甜美味的蒸地瓜喔，不然熱呼呼的奶油馬鈴薯也好。這裡並沒有類似地瓜的薯類，倒是有很像馬鈴薯的考夫薯。從我家帶考夫薯過去，再叫路茲帶奶油過來，明天不就能吃到奶油馬鈴薯了嗎？啊，這主意真不錯。感覺吃了以後，身心都會很暖和。嗯，就這麼決定了。

沉醉在幸福的想像裡時，已經來到了住家前的水井。路茲停下腳步轉過來。

「梅茵，那我明天先去拿鑰匙，搬好木柴以後再來叫妳，在那之前先等我吧。」

「知道了。路茲，你也別忘了準備奶油喔！」

我用力揮手，跳進建築物裡頭。開始走上樓梯時，採光窗外傳來了路茲驚慌失措的大叫聲：

「咦？啥？奶油?!為什麼?!妳要用來做什麼啊！」

……奇怪了？我沒有告訴他嗎？哎呀，太迷糊了。

立刻試做

吃完晚餐，父親因為明天要上早班，馬上就上床睡覺了。為免吵到父親，能在廚房安靜工作的手工活，正好適合用來打發睡前的這段時間。父親進了臥室以後，我就告訴多莉和母親冬天手工活的事情。

「因為做給芙麗妲的髮飾大受歡迎，也有很多人說想要，班諾先生就找我商量，能不能提早開始做手工活呢？他說款式要和多莉的髮飾一樣。」

「真要做也不是不行……」

母親與多莉先是對望一眼，然後露出了懷疑的表情。臉上明明白白寫著雖然不是不行，但要提早做冬天的手工活太浪費時間了。

兩人的反應在我預料之中，於是我把手伸進托特包裡，叮鈴噹啷地拿出兩枚中銅幣擺在桌上，當作是證據。

「我稍微預支了一點報酬，所以只要做好一個，就會直接付錢喔。」

下一秒，母親與多莉猛然站起來，一聲不吭地把桌子推向比較明亮的爐灶旁邊。

「咦？什麼？」

我一臉呆滯，只能愣愣地坐在椅子上，獨自被留在原地。期間，多莉已經從裁縫箱裡拿來三個人的小鉤針，母親則從儲藏室裡搬出裝滿了線的籃子。兩人的動作太過合作無間，我大氣也不敢喘一下，跳下椅子。叩叩叩地要把椅子拉到桌子旁邊的時候，母親揚聲問道：

「梅茵，參考用的樣品在哪裡？」

「咦？我之前已經還給多莉了……」

多莉聽了迅雷不及掩耳地移動，從自己的木箱裡拿出髮飾。聽到多莉窸窸窣窣地翻找髮飾的聲音，就聽見父親在問：「怎麼了？出了什麼事嗎？」於是母親從廚房大聲回道：「沒事。昆特，晚安。」

當我把自己的椅子搬到桌子旁邊，「嘿咻」地重新坐好的時候，手工活的前置作業就已經結束了。

「梅茵，要用什麼顏色做呢？」

母親邊問邊翻看籃子裡的線。但班諾並沒有指定顏色，只要求款式要和多莉的髮飾統一。

「班諾先生說了，因為不知道客人的髮色和喜歡的顏色，所以最好做很多不同顏色的髮飾。要和多莉的髮飾一樣挑三種顏色，花的數量也一樣。」

「那我知道了。白色、黃色再搭配紅色怎麼樣？」

「不錯啊，很可愛呢。」

我回答的同時，母親就用極快的速度開始編織。因為之前織過多莉的髮飾，也知道做法，所以速度很快，超級快。我做一個要花上十五分鐘的小花，母親花五分鐘就織好了。

「有很多顏色可以選，一定會很開心吧。那我選白色、黃色和藍色吧，和我的髮飾一樣。梅茵要選什麼顏色？」

多莉從眾多顏色當中挑選出了自己喜歡的顏色，呵呵地笑了。她似乎非常喜歡我做的髮飾，所以我也很高興。

「我先選粉紅色、紅色和綠色好了。綠色的小花會像葉子一樣，很可愛吧？」

「嗯，很可愛……欸欸，梅茵，小花要怎麼做呢？」

看到母親認真得目不斜視，多半是不敢問她，多莉就把椅子搬到我旁邊來。現在當作參考樣本的髮飾是為多莉做的，所以她自己並沒有做過。

「做法不難喔。像這樣、再這樣……」

我為多莉示範織法，教她怎麼編織蕾絲小花。因為比芙麗妲的玫瑰花要簡單許多，多莉很快就學會了。

「知道了，謝謝妳。」

多莉再把椅子拉回原位，然後靜靜地埋頭編織。

工作了一會兒後，我織好了三朵小花，抬起頭，發現自己和兩人做好的小花數量有著壓倒性的差距。母親做好的數量已經只差一些就可以完成一個髮飾，多莉面前則擺著六朵織好的小花。

……噢噢，不愧是裁縫美人。

母親與多莉的手腳之快，我根本望塵莫及，感覺眨個眼就做好了。主婦工藝出身的我，論速度和成品的精緻程度，都不可能贏得了她們，所以我勤奮地動著鉤針，緩慢但細心地編織。希望至少做好的髮飾和兩人的成品擺在一起時，不要讓人看一眼就覺得我做得比較糟糕。

一般冬天的手工活，都是下大雪時被困在家裡，大家閒得發慌才會做的工作，所以都會一邊做一邊愜意地聊天。但是，今晚因為桌子上的現金，兩個人都沒有開口閒聊，心無旁騖地認真工作。

「做好了！那接下來呢？」

多莉興高采烈地喊道，我才回神抬起頭來，只見多莉面前已經做好了三色各四個，共計十二朵的小花。接下來就可以縫成花束。

「多莉，好快喔，太厲害了！呃，接下來要縫在小塊的布上面……啊，布條！這部分沒有算進成本裡面！」

「大部分手工活的材料都是要自己準備，所以用家裡的布條就好了。」

母親已經把小花縫在家裡的布條上，完成了髮飾用的花束。

「……之後我會再向班諾先生請款，或是請他提供布條。」

「做一個髮飾就能拿到兩枚中銅幣了，不用算得那麼清楚。」

……咦？平常大家做的手工活到底有多廉價？

我在心裡打定主意，等冬天正式開始做手工活的時候，要把布條的成本也算進去，重新計算價錢，然後拿起一片多莉從儲藏室裡拿出來的布條。

「現在就參考媽媽已經做好的，但縫的時候不要相同顏色的小花都擠在一起喔。而且也要縫得盡量蓋住底下的布條，小花密集一點，看起來就會像花束一樣。」

「嗯，我知道了。」

多莉做的髮飾完成以後，今天就此告一段落，準備上床睡覺。

結果就寢之前，我只做好了一半，多莉卻完成了一個髮飾，母親則是第二個都做好了八成。

「那麼，今天的報酬先給妳們。」

「耶──！」

我各支付了兩枚中銅幣給兩個人，把做好的花飾收進自己的木箱裡。

「那妳們兩個都上床睡覺吧。媽媽把這個做到一半的髮飾完成後就去睡。」

母親傷腦筋地笑笑，指著已經做好八成的髮飾。照母親的速度，想必一下子就完成了吧。於是我和多莉小心著不吵醒父親，悄悄鑽進臥室。

……然而，怎麼早上一起床，桌上卻放著兩個做好的髮飾呢？……媽媽熬夜工作了吧。依依不捨地上床睡覺的多莉生氣了唷。

「媽媽居然自己一個人晚上偷偷做，太奸詐了！」

「對不起喔，多莉。媽媽以後會小心。好了，快點去工作吧。」

母親向氣呼呼地鼓著腮幫子的多莉道歉，並催促她出門工作。多莉一臉不甘心，喊著：「等我回來，我也要做很多很多！」然後才衝了出去。確認多莉已經出門，我收好母親完成的兩個花飾，再拿出四枚中銅幣。

「媽媽，為了避免我忘記，先在妳出門工作前把錢給妳吧。還有，我今天也要去找班諾先生。還要用路茲做的木簪完成髮飾，才能拿到錢再給妳們兩個人。」

「知道了，路上要小心喔。也代我向班諾先生問聲好。」

母親把中銅幣收進錢包裡，充滿鬥志地燦笑著說「那今晚也要加油」就出門了。大門「啪噹」關上，聽見了門鎖鎖上的聲音。我一直笑著揮手，直到腳步聲逐漸遠去，才「唉」一聲嘆氣。

……糟糕，現金的威力太強大了。想不到速度竟然會變得這麼快。

母親會熬夜更是教我意外。等一下必須把花束縫在木簪上完成髮飾，然後賣給班諾補充現金，否則今晚我就會有大麻煩了。

「不過，今天的首要之務是剝陀龍布的樹皮呢。」

不知道路茲什麼時候會來接我，為了隨時都能出門，先做好準備吧。

首先，要帶兩顆類似馬鈴薯的考夫薯。接著是石板、石筆和計算機，就可以趁著蒸陀龍布的時候學習。今天還預計要去找班諾，所以訂單工具也要記得帶。另外還要帶鉤針和線，把我做到一半的花飾完成。還有已經做好的七朵小花和布條，最後是要把花束縫在布條和木簪上的針和線。

準備完成以後，我決定邊織小花邊等路茲來接我，拿著鉤針慢慢編織。做好了兩朵小花的時候，聽見了咚咚的敲門聲，接著是路茲的聲音：「梅茵，妳在家嗎？」

「路茲，早安。我問你喔，你有沒有先做好一些木簪？」

「我目前先做好了五個，怎麼了嗎？」

「把那些木簪都帶過來吧，我也會帶針線去倉庫。得趁著蒸陀龍布的時候做好髮飾，再拿去賣給班諾先生。」

昨晚就已經做好四個了……我低聲咕噥後，路茲瞪大了眼睛。

「咦，這也太快了吧?!妳不是說過那些小花織起來很辛苦、很花時間嗎……」

「嗯，我也沒想到可以做得這麼快，其實我也很緊張。」

「……知道了。只要帶木簪過來就好了嗎？還需要其他東西嗎？」

今天路茲絕對不能忘記帶的東西只有一樣。

「奶油呢？你帶了嗎？」

「原來真的不是我聽錯……我去拿。妳關好門窗，走到下面等我吧。」

看來路茲並沒有準備。差一點今天就吃不到奶油馬鈴薯了。眼見路茲翻身跑下樓梯，我也帶著準備好的行李出門。

「好冷喔。」

毫無人氣的倉庫冷得讓人牙齒瘋狂打顫，甚至覺得有太陽光的戶外非常溫暖。倉庫裡沒有地方可以生火，所以我們決定在倉庫前面蒸一鐘的陀龍布，再剝下黑色樹皮。

在倉庫放好行李後走出來，就看見路茲正堆著石頭，準備放鍋子。我負責把陀龍布放進蒸籠裡頭，過沒多久就放滿了。

「路茲，需要再一層蒸籠。」

「我去拿來。」

因為之前只是做試作品，蒸的數量並不多，但這次必須把手邊現有的陀龍布都放進去蒸。幸好蒸籠一開始就是做成可以疊起來的樣式，所以我請路茲從倉庫裡頭拿出另一個蒸籠。

「可以放在鍋子上了嗎？」

「嗯，我陀龍布就快放好了。」

路茲把鍋子固定在石灶上的時候，我也擺好了剩下的陀龍布。緊接著用小刀在帶來的考夫薯上劃下十字，讓考夫薯容易受熱，再一起放進去，蓋上蓋子。接下來只要蒸上二十分鐘，就可以吃到美味的奶油馬鈴薯了——正確地說是奶油考夫薯。

我一邊在鍋子前面就火取暖，一邊織起小花。我做一朵小花大約要十五分鐘，再加上收拾的時間，剛好奶油考夫薯也熟了吧。

「路茲，你用倉庫裡還剩下的竹子做根細竹籤吧。前端要尖尖的。」

「啊？為什麼？」

「因為要用來確認『奶油馬鈴薯』熟了沒有啊。」

「咦？梅茵，妳做了什麼嗎？」

「趁著在用蒸籠，我就想吃吃看……路茲不吃嗎？」

「我當然要吃！原來『奶油馬鈴薯』是食物嗎?!」

……啊，對喔。路茲聽不懂奶油馬鈴薯是什麼。不過，這裡也有用奶油香煎考夫薯的料理，平常也吃得到。

一聽到蒸籠裡頭有食物，路茲就卯足了勁開始削竹籤。

「梅茵，妳說的那個『奶油馬鈴薯』好吃嗎？」

「我還滿喜歡的唷。我想口味也是路茲習慣的味道。」

因為鍋子很大，所以等了比預期要久的時間才開始冒出熱氣，於是我改為以做好兩朵小花的時間當作基準。現在差不多可以檢查考夫薯的熟度了。

「路茲，可以了。打開蓋子吧！」

我把拉爾法做失敗的作品當作踏腳臺站上去，右手拿著剛做好的竹籤，左手拿著長筷，等著路茲打開蓋子。

「梅茵，妳的臉不要靠太近！」

路茲一打開蓋子，大量的白色水蒸氣就一鼓作氣衝出來。等到高溫的白色水蒸氣都散開，視野變得清晰，就看見了在陀龍布之間，顏色稍微變黃的考夫薯正冒著騰騰熱氣。

我用右手上的竹籤輕輕刺了刺考夫薯。竹籤毫不費力就穿透了考夫薯，形狀依舊保持完整，表示現在的熟度剛剛好。我互換手上的工具，這次用右手拿著長筷。

「路茲，我要盤子！」
「這裡哪有盤子啊！」
「那邊那塊平坦木板也可以，拿給我吧！啊，還要準備奶油喔。」
「剛才在做髮飾前，妳應該先準備好這些東西吧！做事情先想好嘛！」
「嗚，是我失策。」
用長筷夾出考夫薯，放在木板上後，我立刻請路茲蓋回蓋子。
接著我跳下踏腳臺，用小刀把劃十字的地方切開，迅速把奶油放進去。受熱的奶油慢慢融化，飄出來的香味讓人口水直流。相較於越來越興奮激動的我，路茲的心情則在看到從蒸籠裡拿出來的考夫薯後，開始直線往下掉。
「……什麼嘛，原來是考夫薯。因為是梅茵做的料理，我還那麼期待。」
因為平常已經很常吃了，路茲大失所望。考夫薯在這一帶是有很多人種植的作物，所以經常出現在餐桌上，路茲也已經吃膩了吧。要是經過精心調理也就算了，但看到考夫薯還帶著皮，可以理解路茲一定絲毫不抱期待。
「嗯嗯，這裡的確已經有很多用奶油和考夫薯一起調理的料理了呢。所以，路茲你不吃囉？」
「……我要吃。」
不理會板著臭臉的路茲，我剝開考夫薯上半部的外皮，再用圍裙把考夫薯包起來以免燙傷，然後大口咬下還不斷冒著熱氣的考夫薯。

因為接觸到了外面的冷空氣，奶油考夫薯外涼內熱，一下子就在嘴裡融化開來。也因為和陀龍布一起蒸，還帶有一種像是用木頭燻過的香氣，與奶油的香味互相結合後，形成了在家裡也吃不到的絕妙滋味。

我「嗯～」地捧著臉頰，好吃得忍不住左右扭動身體。一旁的路茲無奈地吐出白氣，張口咬下考夫薯。但下一秒，他猛然張大雙眼，眼神發直地盯著考夫薯瞧。臉上帶著像是被人騙了的奇怪表情看看我又看看考夫薯，歪過頭再吃了一口。

「……好好吃！為什麼?!味道跟家裡燙好的考夫薯完全不一樣！」

「因為是用蒸的。用蒸的可以把營養和美味都鎖在裡面喔。這次還和陀龍布一起蒸，多了用木頭燻過的香味，感覺像在吃很高級的食物呢。」

吃著熱呼呼又美味可口的奶油考夫薯，我順便告訴了路茲昨晚母親和多莉兩個人做髮飾時的情形。

「……所以就是這樣，昨晚媽媽和多莉的速度都很驚人喔。今晚她們兩個人也都幹勁十足。我重新體認到，連一個花飾也做不出來的我真的很沒用呢！」

「別為這種事情自豪啦。」

「路茲呢？你問得怎麼樣？」

路茲吃完了考夫薯，還意猶未盡地把每根手指頭都舔乾淨，然後沉下臉搖頭。

「大家都對我做的事情完全沒有興趣，就算我問他們願不願意幫忙，也都當作沒有聽見。」

「這樣啊……那麼，今天換我去路茲家施點魔法吧。」

「魔法？」

「沒錯。去班諾先生那裡領了錢以後，會去你家一趟，敬請期待吧。」

吃完了奶油考夫薯，請路茲去水井汲水，洗手漱口。接著我抱著帶來的計算機走回來，放在路茲面前。

「嗯……今天做好的髮飾總共是四個。昨天先請班諾先生支付了一個髮飾的費用，所以今天能領到三個髮飾的報酬，髮飾的報酬一個是十一枚中銅幣。那麼我問你，等一下我們可以拿到多少錢呢？」

拿出計算機提出問題後，路茲神色認真地動起手指。

「能拿到三十三枚中銅幣！」

「沒錯，答對了。做得很好！那麼，你必須要做好二十個木簪，昨天已經做好了五個。接下來你還要再做幾個呢？」

果然一遇到必須進位或退位的計算，路茲就算有計算機也無法馬上算出來，看起來腦袋都快打結了。必須先讓路茲能夠馬上心算出個位數的加法，否則就算會用計算機，計算起來還是很花時間。因此我暫時把計算機擱在一旁，在石板寫下數字，讓他從加法開始練習。

「這些一定要背起來喔。要背到一問你，馬上就能回答出來。」

路茲唸唸有詞地背起加法，我則在旁邊把木簪和花飾縫起來。做好了自己那一份的髮飾時，都已經是下午了，陀龍布也蒸好了。

「路茲，倒了水以後你先後退。」

我用長筷一一夾起陀龍布，放進裝了井水的水盆裡。迅速過水後，就放在一旁路茲拿著的木板上。因為不是流動的河水，水盆裡的水很快就變溫了。

「水變溫了，妳等一下。」

路茲去水井汲水，換掉水盆裡的水時，我就坐下來剝黑色樹皮等他。等到裝好了水，再夾起陀龍布，不斷重複這個步驟。蒸籠裡的陀龍布全都拿出來以後，我就趁著還有熱度，一個個地剝下黑色樹皮，路茲則是收拾鍋子和蒸籠。然後，把黑色樹皮掛在倉庫裡的釘子上陰乾，今天的工作就結束了。

「結束了——！」

「好，我也整理完了！」

因為剛才都在剝燒燙的樹皮，晾好樹皮後，有些燙傷的指尖還在陣陣發麻，接觸到冷空氣後反而覺得很舒服。我用力吸一口氣，把冷空氣吸進肺裡。

「……啊？」

但是，明明並不感到絕望，也沒有感到不安，就只是工作結束後感到安心和解脫。然而，體內身蝕的熱意卻突然間竄了出來。我反射性地繃緊全身，想要壓下身蝕的熱。

「喂，梅茵?!」

因為忽然在路茲面前定住不動，路茲焦急地搖晃我。雖然我很想說：「你會害我分心，不要搖我。」但緊咬著牙關，根本無法說話。我伸出右手抓住路茲的手，他就用兩隻手反握回來。

「怎麼回事？妳身體怎麼突然變得這麼燙?!梅茵，妳沒事吧？聽得見我說話嗎?!」

我把意識都集中在路茲緊緊握著的右手上，一如先前幾次，拚了命地壓抑熱意。每一次我都想像自己張開了包圍網，將熱意往中心追趕，這個方法至今也都成功了，但這次卻有一些熱意突破了包圍網鑽出來。

……快點回去！

為了把所有鑽出來的微小熱意壓回中心，這次花費的時間好像是最久的一次。熱意終於消退後，一湧而上的疲憊讓我連話都不想說。

渾身頓時虛脫無力，我再也沒有力氣站著，當場坐下來，和我手牽著手的路茲也跟著一起蹲下來。

「咦？怎麼突然退燒了？這是怎麼回事？喂！梅茵，妳沒事吧?!」

「……是身蝕，芙麗妲之前也說過了吧？」

我吐著大氣回答，路茲不解地看著我。

「等一下。可是，這次完全沒有身體不舒服的前兆啊？」

「身蝕都出現得很突然。之前都是情緒起伏很劇烈時才會出現，但最近只要我有點情緒波動，就會自己跑出來……啊啊，嚇死我了。」

事實上，我受到的衝擊不只是嘴上說的「嚇死我了」這麼簡單。但是，看到路茲像是快哭出來的表情，又還緊緊握著我的手，為了讓他稍微安下心來，我瞇起眼睛微笑。

「不能想辦法醫好嗎？」

「芙麗妲也說了吧？這要花很多錢，班諾先生也說過一樣的話。」

路茲的小臉頓時沒了血色，變得非常慘白。

「所以，為了多賺點錢，我們現在去找班諾先生吧？」

老實說熱意如果再變得更加強大，我也支撐不住了——這句真心話就藏在心底，我露出笑容。路茲用力咬了咬牙，放開我的手後，轉身背對我。

「我背妳去店裡……我也只做得了這件事。」

「才不只有這件事呢，路茲幫了我很多喔。」

「別說了，快點上來！」

路茲催促著我的聲音聽來非常恐慌。我假裝沒有發現，靠在他的背上，手臂越過路茲的肩膀往前伸，感覺到有水珠滴滴答答地落在手臂上。

真傷腦筋呢……麗乃那時候，我所有的注意力都只放在書上頭，從來沒有朋友會為我這樣哭泣。雖然看了那麼多書，還是不知道這種時候該說什麼才好。

……路茲，你太善良了啦。明明我這麼一無是處又礙手礙腳，卻還是願意陪著我。也明知道我不是真正的梅茵，還是接納了我。

「萬一我真的因為身蝕病倒了，路茲也不要覺得是自己的錯喔。因為身蝕真的來得很突然……而且，我才不會認輸。我還沒有把書做出來呢。」

嘶嘶。我聽見了吸鼻子的聲音，但路茲沒有回應我。

抵達商會門口的時候，滿臉憂心的馬克和表情凝重的班諾已經來到了店門外。看樣子是守衛一發現背著我走來的路茲，就去通知了兩人。

「唉……真是的。」

班諾嘆著氣走上前來，下一秒冷不防把我抱起來，然後把我往馬克一扔。

「呀啊?!」

「噢噢?!」

幸好馬克牢牢地接住了我，但怎麼可以這樣子對待才被身蝕的熱意攻擊、全身還虛軟無力的病人呢！但早在我開口抱怨之前，一直低垂著臉龐的路茲終於抬起頭來。

「路茲，你進來。」

不給路茲開口說話的時間，班諾就臉色沉重地往店內揚起下巴。

路茲委靡不振地跟著班諾走進店裡。途中只有一次擔心地回過頭看我，那張臉上滿是淚水和鼻水。

「啊，路茲……」

「路茲妳不用擔心。而且，今天是有事情才過來的吧？外面很冷，我們進店裡吧。」

於是馬克抱著我走進店裡，又為我準備了溫暖的熱茶。喝著熱茶，手和身體都變暖和了，我請馬克結算剛才做好的髮飾。

「啊，路茲，事情談完了嗎？你看你看！今天帶來的髮飾已經算好錢了！」

我忐忑不安地等著路茲出來。但路茲從裡頭的辦公室走出來時，眼睛雖然還紅紅的，但看起來鎮定多了。看到我舉高的報酬，還稍微擠出笑容。

「哦，好多錢喔。」

「這些錢要撐兩、三天應該沒問題喔。」

「才兩、三天嗎？」

甚至已經冷靜到可以打趣地互相調侃幾句了。我這才鬆了口氣。

……不知道他們說了些什麼，但班諾先生果然厲害。

跟在路茲後頭走出來的班諾一派若無其事，聳聳肩說：

「別在店裡聊天了。梅茵，事情辦完了就快點回家躺著吧。路茲都說了，妳還沒有完全恢復。」

班諾揮了揮手趕我們回家，接著又想到什麼地補充說：

「馬克，你陪他們一起回去吧。這麼小的孩子身上帶這麼多錢很危險。」

「是。」

為了方便支付報酬給多莉他們，今天領到的酬勞都換成了中銅幣。要是帶著三十三枚中銅幣走在路上，肯定會發出鏘啷鏘啷的響亮聲。只是手上握著幾枚銅幣那倒還好，但還沒受洗的小孩子身上帶這麼多錢太引人側目了，很有可能被偷或被人找麻煩。我乖乖地把錢袋交給馬克保管。

馬克與班諾互看一眼後，連同錢袋一起抱起我，邁步開始移動。

「馬、馬克先生，我可以自己走啦！」

「剛才還讓路茲背妳過來，妳的話不能相信。梅茵是好孩子吧？為了大家健全的心靈著想，就請乖乖聽話吧。」

對方都要求病人該乖乖聽話了，我也無法反駁。無力地垮下頭後，放棄掙扎。

回家路上，我和馬克討論了要怎麼管理做好的手工活，也向路茲淺顯易懂地說明。這也算是成為商人的練習。

路茲請家人幫忙做冬天手工活的時候，必須要做好三件事。首先，是規定並在木板上寫下各自要做的木簪數量。然後把木板收在不會被找到的地方，以免家人擅自增加數量。最後是每做好一個木簪，路茲就能拿到四枚中銅幣當作佣金，所以要用計算機累計金額。

對於要和家人算錢這件事，路茲說他真的提不起勁。馬克於是告誡路茲，面對家人如果無法公私分明，以後也當不了成功的商人。

梅茵病倒了

咚咚！

「卡蘿拉伯母，早安。路茲在嗎？」

知道路茲的家人依然不願意幫忙，我前來拜訪路茲家，打算稍微助他一臂之力。

「哎呀，是梅茵啊……路茲，梅茵來了喔！」

卡蘿拉大喊後，衝得比路茲還快的是雙眼都閃耀著期待光芒的哥哥們。

「今天怎麼來了？妳想到新的食譜了嗎？」

「我們會幫忙！要先開始做什麼？」

看到他們這麼期待新食譜，心裡雖然過意不去，但我今天過來的主要目的，是要讓哥哥他們願意主動接下路茲冬天的手工活。

「我今天來不是要煮東西，只是要拿報酬給路茲。」

「報酬？」

「對啊。因為我請路茲幫忙做手工活，所以要給他報酬。」

我「唔呵呵」地笑著，從哥哥們之間穿過去，站到路茲面前。然後，為了讓哥哥他們能夠看見，一枚枚地把中銅幣放在路茲的手心上。

「因為做了五個木簪，總共是五枚中銅幣。一、二、三、四、五，沒錯吧？」

只見哥哥們的目光都牢牢地盯在了發出鏘啷聲響，逐一放進路茲掌心的中銅幣上。我還聽見某個人用力吞了口口水。

「梅茵，妳說路茲幫妳做的手工活，該不會就是他之前在做的木棒吧？」

來了來了——我轉向拉爾法，露出和藹的笑容。

「是啊。因為我要做髮飾，木簪的部分就拜託了路茲。一根木簪一枚中銅幣喔。」

「那樣子一枚中銅幣?!」

札薩瞪圓了眼大叫，死盯著路茲的掌心。奇庫輕甩了甩頭，然後直視著我問：

「……梅茵，妳那份手工活非得路茲幫忙才行嗎？我可不可以也幫忙？」

奇庫恐怕問出了在場哥哥們的心聲，所有人都朝我投來了帶有強烈渴望的眼神。我回望向他們，笑著點頭。

「當然找路茲以外的人幫忙也可以啊。不過，木簪的大小有規定，還要磨得非常平滑，不能勾住頭髮，所以不可以隨便交差喔。」

聞言，哥哥們立刻爭先恐後地炫耀自己的本領。

「梅茵，這種木工加工的工作我比路茲更擅長！那是我每天的工作！」

「我做得也比路茲要更好！」

「論年紀的話是我最厲害吧！」

看到三個哥哥的態度一百八十度大轉變，得意地對自己的本事自賣自誇，路茲在旁邊目瞪口呆。

「等一下！你們之前不是還說不屑幫我做那麼無聊的木棒，要我自己一個人做嗎？你們還說這蠢死了……唔唔唔！」

札薩迅速伸手摀住路茲的嘴巴，不讓他說話，還狠狠瞪著路茲。

「路茲，你沒說過有報酬吧？」

「反正你一定是想自己獨占吧？」

我想路茲應該提起過報酬這件事，但看眼下的情況，哥哥們當時肯定沒有放在心上，或者以為他只是隨口說說。

我不禁同情起被團團包圍住的路茲，立刻伸出援手。

「那麼，接下來可以請哥哥們幫忙做嗎？每個人要各做五個。因為要是做太多，我這邊也趕不出來……那我三天後過來拿。但大家都還要工作，沒問題嗎？」

聽到我的提議，哥哥們都露出了燦爛的笑臉，隨手把路茲推開。然後笑容滿面地拍了拍胸脯，接下工作。

「沒問題，包在我們身上。連三天都不用。」

「馬上就能做好了！」

「比起速度，精緻度更重要喔。要是做得不夠精緻就不能用，就要請你們重做了。啊，那麼關於大小和要用哪種木頭，你們再問路茲吧。那我三天後過來拿。」

我說著「加油」向路茲微微握拳，為他加油打氣。一切都準備就緒。這下子哥哥們就會主動幫忙做手工活了。剩下的路茲必須自己努力。

……路茲，努力成為商人吧。

說好請路茲的哥哥們幫忙製作木簪以後，已經過了三天。這三天我大門不出二門不邁，都在家裡慢吞吞地編織小花。因為現在身蝕的攻擊變得很頻繁，常在體內到處竄動，感覺很不舒服，所以我不太想外出。有時候半夜還會突然被熱攻擊，早上醒來就累得癱軟無力，全身倦怠。說真的，我很擔心自己要是哪天在外面突然被身蝕攻擊，就這麼倒地不起那怎麼辦。

足不出戶的期間，我做好了兩個花飾。包括之前做的，總計二十個花飾中，只有三個是我做的，其他全是母親和多莉的戰果。速度如此相差懸殊，真教我灰心喪志。母親和多莉依然像在互爭高下，勤奮地編織小花。現在多莉的速度也變快了，所以這三天來兩人共做好了十二個花飾。此時兩人正分工合作，完成最後一個花飾。

「媽媽、多莉，我去一下路茲家喔。要把木簪拿回來，付錢給他們。」

「路上小心。」

專心一意地織著小花的兩人頭也不抬，異口同聲對我說。

把十五枚中銅幣放進束口袋狀的錢包裡，踏出家門。走下樓梯，來到平地，再穿過水井所在的廣場，爬上正前方建築物的樓梯。

路茲家在六樓，但租了可以兩代同住的空間，改建成遼闊的一戶。雖然因為樓梯很多，上下往返很辛苦，但屋子大，家裡有四個男孩子也不覺得擁擠。但是路茲說過，因為家人都是木匠，家裡到處都堆滿了工作用具，當初又是為了設工作房才加大空間，所以實際上的生活範圍並沒有那麼寬敞。

咚咚！我敲了敲門報上名字後，大門就發出「嘰嘰」聲打開，卡蘿拉伯母探出頭來。

「卡蘿拉伯母，早安。我來收手工活了，哥哥他們在嗎？」

「在啊，一大早就坐不住地在等妳了呢。」

笑著說完，卡蘿拉忽然稍微拉下臉，往左右張望後壓低聲音。

「……梅茵，我問妳，路茲是真的想當商人嗎？怎麼勸也勸不聽，搞得家裡的氣氛很糟糕呢。可是，那孩子卻一點也沒有要妥協的樣子。怎麼可以不惜和家人鬧翻也要當商人呢，妳不覺得嗎？」

早就聽路茲說過，他和家裡的人處得不太融洽，看來情況比我想像中的還要嚴重。雖然擔心路茲，但路茲不會主動妥協吧。因為他都已經下定決心就算要住進宿舍，也要成為商人了。

「卡蘿拉伯母，妳問我我怎麼知道呢。決定自己將來想做什麼的人是路茲吧？」

局外人的我要是對別人家的親子問題插嘴，只會造成麻煩，所以我避重就輕地側頭這麼回答。但看我沒有和她同一個鼻孔出氣，卡蘿拉不高興地癟著嘴。

「真受不了。女孩子都會乖乖聽父母的話，男孩子卻怎麼也說不聽，真頭痛。」

「因為家裡有四個男孩子嘛。卡蘿拉伯母，妳一定很辛苦吧？」

但我以後可不打算照著父母說的話活下去喔——這句真心話就放在心裡面吧。再不讓卡蘿拉停止抱怨，平常早就切身體會過母親嘮叨起來有多麼麻煩的兒子們，肯定會不想被捲進來而不願意出來解圍，我也不能進去。最好的辦法就是適時表示同意，盡快帶過這個話題。和那些可以在積了雪的井邊長舌閒聊的媽媽們不同，我可沒有站在寒冷的玄關前與人聊天的興趣。

「但那群孩子根本不懂得我當媽的用心良苦，像前陣子也是……」

……啊，完了。感覺會講得又臭又長。

就在我心想可能等一下再來比較好的時候，屋內傳出了路茲的聲音。

「媽媽，梅茵是來收手工活的吧？因為要在下雪前交貨，時間很趕喔。而且梅茵很容易生病，快點讓她進來啦。」

「哎唷，我都忘了。快點進來吧。」

「打擾了。」

我和路茲用眼神進行對話：「路茲，謝謝你，真是救了我一命。」「我媽一嘮叨起來就會講很久，對不起啊。」然後輕輕聳肩。突破了卡蘿拉這道關卡，總算進入路茲家了，果然屋內比屋外溫暖多了。

「路茲，哥哥們的工作都做完了嗎？你有好好練習計算嗎？」

「嗯。」

「……梅茵，難道妳在教路茲計算嗎？」

大概是豎耳聽到了我們的對話，卡蘿拉從背後用有些尖銳的嗓音質問。言下之意明顯在說「妳可別多管閒事喔」，但我徹底無視，笑咪咪地回道：

「嗯，因為我也會在大門幫忙計算。」

「啊，梅茵是在幫爸爸的忙吧？路茲你也該向梅茵看齊，去幫爸爸的忙啊。」

這裡的女孩子通常都是幫忙父母的工作，然後和父母介紹的男孩子結婚，婚後再協助丈夫的工作。換在偏僻的農村，就是幫忙田裡的工作，然後與農民結婚成為農民。

所以我身為士兵的女兒，周遭的人都會希望我隨便找份工作，然後盡到士兵之妻的本分扶持丈夫。因為士兵的工作時間非常不規律，要成為士兵的妻子很辛苦，所以如果原本就有家人是士兵，也理解工作內容的話，適應速度會不同於完全不清楚的人。

聽在卡蘿拉耳裡，大概以為是父親安排我在大門幫忙，正為了將來在做準備吧。但很遺憾，現在的我為了成為商人學徒，完全是不受控制的脫韁野馬，絲毫沒有成為士兵之妻的打算。

進到屋內，路茲的哥哥們手上都握著木簪在等我。我一走上前，三個人就不約而同地舉高木簪。

「梅茵，妳看！」

「這點小事一下子就做好了！」

「我自認為做得很完美！」

「哇哇！你們按照年紀排好吧！」

木簪削尖的那一邊都朝著我，未免太恐怖了。我慌忙伸手在眼前揮了揮，遠離木簪。三個人聽話地照著年紀迅速排好，快得都能聽見咻的聲音。我一一檢查每個人做的木簪，然後支付報酬。沒有半個人偷工減料，全都磨得非常光滑，品質絕佳。我情不自禁綻開笑容。

「大家好像都做得比路茲還好呢，不愧是工匠。我們家也是多莉和媽媽都做得比我還好。哥哥們，冬天的手工活也可以麻煩你們做一樣的東西嗎？不過，冬天的手工活得等到春天才能支付報酬，但價錢一樣。」

「嗯，沒問題！」

哥哥們笑著一口答應。這下子路茲就可以專心學習了。

「路茲，你算出來了嗎？總共是多少？」

「總共是六千里昂，六枚大銅幣……對嗎？」

這次請路茲的哥哥們做了十五個木簪。每一個有四枚中銅幣的佣金，所以是六枚大銅幣。光佣金就是筆大收入。

「嗯，答對了！那你繼續保持，也要練習計算喔。我把這些木簪帶回去，今天之內會做好，明天可以去趟店裡嗎？」

「了解。」

我帶著木簪回家的時候，最後一個花飾已經做好了。然後和母親及多莉一起把花飾縫在木簪上，完成最後的步驟。

「明天我會帶這些髮簪去店裡，領剩下的報酬回來。妳們兩個人都太快了，之前拿到的報酬根本不夠付給妳們嘛。」

當初班諾委託手工活的時候，我還心想能做好十個就不錯了，想不到竟然做好了二十個，真是太驚人了。親眼看到現金後拿出真本事的母親，以及習慣後就加快了速度的多莉，表現得完全超出我的預期。

「呵呵～我的速度也變快了吧？」

「多莉好厲害喔。冬天的手工活一定也能做很多。」

「嗯，我要努力做很多很多！」

對於腳踏實地成為裁縫美人的多莉，我要脫帽致敬。對我來說實在是不可能的任務。

隔天，我和路茲一起帶著做好的髮飾，前往班諾的商會。走在石板路上時，路茲拋來了問題：

「梅茵，還有沒有其他可以做來賣的東西？」

「路茲？」

「班諾老爺告訴我，要醫好身蝕就需要錢。雖然到了春天可以賣紙，就能賺到不少錢，但我在想要不要再做點其他的東西……只要妳想得出來，我一定會幫妳做。」

我知道路茲是真心擔心我，所以我也試著想了下有沒有什麼新產品，可以幫助自己的身蝕。

「嗯……看我們目前為止賣的東西，利潤高的商品都是賣給有錢人的呢。」

有錢買日常生活用品的客群是固定的。髮飾也是只要買高級的線、設計再精巧一點，價格就有雲泥之差，紙也一樣是稀有的陀龍布更昂貴。所以如果想賺很多錢，就必須思考有錢人們會想要哪些東西。

「不過，我實在不知道這裡的有錢人會想要什麼東西呢。因為不管是絲髮精、髮飾還是紙，以前在我身邊都是隨處可見。」

「妳以前的世界好厲害喔。」

路茲知道我擁有梅茵以外的另一份記憶，但沒有因此覺得我毛骨悚然，反而興致勃勃，所以兩個人單獨聊天的時候，我也不會刻意隱瞞有關日本的回憶。到了現在甚至有懷念的成分在，每次都描述成了好像是個很美好的地方，在路茲心中也許成了夢想國度。

但單就四處可見書店和圖書館這點而言，對我來說也是夢想的國度。其實現在如果有辦法，我還是想回去。

「不如參考『百圓商店』的商品和『文創商品』，想想看可以改良什麼生活用品好了。像是改良肥皂，或是把蠟燭做得更高級？去年的香草蠟燭雖然結果都不太一樣，但感覺還不錯呢。」

「香草蠟燭？」

路茲皺眉歪頭。

「去年準備過冬的時候，因為蠟燭太臭了，我就在蠟燭上面貼了香草想要消除臭味。結果有的香草味道還不錯，但也有的蠟燭在味道相加後變得非常可怕。所以今年媽媽就禁止我，要我別亂來。」

我躺在床上表示想做香草蠟燭後，就立刻遭到駁回，還嚴格囑咐我「絕對不能下床」。比起我的身體狀況，媽媽絕對是更擔心我又做了怪蠟燭。

「妳在我沒看著的時候，還是很亂來嘛。」

「唔……做實驗一定會有失敗嘛。其他像是籃子和蕾絲編織都很受歡迎，不知道『主婦工藝』裡頭還有沒有可以做的東西……嗯～想做『串珠飾品』但是沒有『串珠』，雖然用壓花做過圖畫，但這又不能拿來賣，『彩繪』也要有畫具才可以。怎麼辦呢……」

「我完全聽不懂妳在說什麼。所以，有什麼可以做的嗎？」

不論要做什麼都和做紙一樣，必須從製作工具這一步開始。一想到這裡，瞬間我就幹勁全消。如果不是我自己需要的生活用品，我就產生不了動力。

「路茲，我發現了一個很嚴重的問題。思考新產品的時候，我發現最主要的問題，好像是我對於對自己生活沒有必要的東西，完全產生不了從工具開始做起的熱情耶。」

「那就快點產生！妳想死嗎?!這是為了妳自己喔！」

路茲瞬間猙獰咆哮。

「不用擔心，只要是我需要的東西，就會產生熱情了。那接下來做書怎麼樣？」

「給我慢著！除了我以外沒有人會想要書，所以根本賣不出去——這句話不是妳說的嗎！想點可以賣的東西啦！」

路茲激動過度，眼眶都泛淚了。我拍了拍路茲的肩膀。

「路茲，你太激動了。冷靜一點嘛。」

「是妳害我這麼激動的！」

「嗯，也是啦。抱歉、抱歉。」

安撫著路茲時，無預警地有人從後面抓住我的腦袋。

「呀啊?!」

「你們到底在大馬路上聊什麼啊？別人都在笑你們了，是故意在搞笑嗎？」

聽見班諾熟悉的嗓音，我才驚覺地環顧四周，確實聽見了低低的竊笑聲。我難為情得脹紅了臉，遷怒地瞪向班諾。

「班諾先生，你為什麼會在這裡？」

「剛才去巡視工坊，現在正要回去。你們呢？」

「髮飾已經做好了，正要拿去給你。」

「是嗎？那就走吧。」

班諾輕輕鬆鬆地單手抱起我，性急地大步前進。隔著班諾的肩膀，可以看見路茲小跑步地跟在後頭。

進了店裡，班諾也沒有把我放下來，直接帶進裡頭的辦公室，再把我放在平常那張桌子旁邊。我「嘿咻」地爬上椅子坐好，從托特包裡拿出髮飾，一一擺在桌上。
「包括之前已經提交的，總共是二十個髮飾。請你確認。」
「……好，這下子也可以販售髮飾了。下個土之日就是洗禮儀式，得加緊腳步。」
這次的洗禮儀式和我們家完全無關，所以我提不起什麼興趣，「哦……」地充耳不聞，但旋即注意到有沒聽過的單字。
「……路茲，土之日是什麼？我第一次聽說。」
「啊?!問我是什麼嗎……但土之日就是土之日啊，不是嗎？」
路茲大概也無法說明，把問題丟給班諾。班諾嘆著氣說明了：
「水之日、芽之日、火之日、葉之日、風之日、實之日、土之日不是一直在反覆嗎？」
……咦？是這樣子嗎？但就算問我，我也是頭一次聽說啊。想成是星期幾的名稱就好了嗎？
「春天是積雪融化成水的季節，草木長出嫩芽；夏天是太陽距離最近的火熱季節，枝葉結實繁茂；秋天是涼風吹起的季節，草木結出果實；冬天則是生命長眠的土之季節。所以土之日都訂為安息日，店家也都休息。」
所以土之日就等於是星期天。目前為止，母親都會固定在某一天休息，所以我知道這裡也有所謂一週的概念。但因為家裡沒有月曆，父親的工作時間也不規律，又從沒有人說過今天是星期幾，所以才會不知道。

……原來一週的每一天也都有名字啊。疑惑終於解決了。

班諾又說了，洗禮儀式都是在每個季節的第一個「季節之日」舉行。如果是春天的水之季節，就在水之日舉行，夏天的火之季節就在火之日，而芙麗妲即將參加的冬季洗禮儀式，就是在下個土之日舉行。路茲也佩服地連連點頭。

「哦……原來有這些意思喔。我知道這些名字，但都不知道意思。」

這裡沒有月曆也沒有倒垃圾的日子，日常生活中，有工作的人只要知道安息日就夠了。因為平常不會特別聊到，就算不知道也可以過生活。和人相約的時候也只會說幾天後見，彼此不容易產生誤會，所以日常生活中並不會提到今天星期幾。照班諾的說法，這些稱呼似乎和宗教有關，洗禮儀式上你不想學也會教，那現在先別管也沒關係吧。

「每一天叫什麼名字就先不管了。現在我們先結算吧。」

「也是，平常也不太會用到。」

請班諾結算髮飾後，把還未付給多莉和母親的中銅幣放進錢包裡，再收進托特包裡帶回家。剩下的報酬，則和班諾疊起彼此的公會證，存進公會裡頭。

「今天也謝謝你的關照。」

事情辦完了，不想妨礙到班諾工作，正想馬上離開，班諾卻緊緊抓住我的手臂。

「妳想到什麼新產品了嗎？剛才在路上就是在討論這件事吧？」

不知道班諾從哪個部分開始聽到我們的對話，但從他充滿期待的眼神和提問，可想而知就是他煽動了路茲讓我想出新產品。

……不過，我確實是需要錢啦。

光這幾天，身蝕的熱意攻擊就變得越來越不受控制，得消耗大量的時間和體力才能壓下來。坦白說，我不覺得自己的身體可以撐到存到錢的那一天。

不過，這麼悲觀的事實無須老實說出來，我輕輕聳肩，繼續和班諾商量這件事。

「班諾先生，你覺得哪些東西可以高價出售呢？如果想牟取暴利的話，我覺得就要鎖定富人階級，生產稀有的東西或是高品質的消耗品。」

「嗯，妳說得對。」

班諾微微苦笑頷首。

「但是，稀有的東西等大家都有了就不稀奇了，也會失去價值；但消耗品用完了就得再買，可以持續帶來收入……這樣一想，絲髮精的利益非常龐大呢。」

「是啊。」

絲髮精的權利已經悉數讓給了班諾，所以他的笑容一派好整以暇。現在又能製造高品質的絲髮精，聽說以後也會開始販售。絲髮精這類的商品將能帶來長期的收益。

「在我看來，還是只想得到美容方面的產品。因為女性追求美麗的渴望非常驚人。」

化妝品很貴。但是，有很多女性再貴也想找到適合自己的化妝品，不惜砸下重金也想讓自己變得美麗。尤其是貴族和富豪階級，只要有效，一定會心甘情願掏錢。

多半想法也和我一樣，班諾雙眼燦然生光地往前傾身。

「那妳想到了哪些？」

「嗯……我個人是想要味道好聞的高級肥皂。還有，因為整個冬天都會用到，要不要試著做有顏色或是有香味的漂亮蠟燭呢？去年我做的香草蠟燭雖然有些做失敗了，但感覺還不錯唷。」

我扳著手指數出想到的東西，就發現了幾樣也許可以成為新商品的東西。路茲也雙眼發亮地看著我。

「梅茵，每樣東西的做法妳都知道嗎？」

「嗯……大致上都知道。但和做紙那時候一樣，要準備好齊全的材料和工具會很辛苦，還要反覆實驗，仔細調整比例……」

「好，就試試看吧！」

班諾用食指比著我露出奸笑，完全就是在腦海裡盤算著利益的商人表情。真會打如意算盤——我在心裡頭嘀咕，按著太陽穴。

「唉，班諾先生，你說得簡單，但得等到春天我才能外出……啊?!」

老實說，我根本不知道身蝕能不能撐到春天，感覺好像很危險——就在我這麼思考的瞬間，封印起來的蓋子突然被彈飛，身蝕的熱意頃刻間爆發出來。

……怎麼回事？和平常不一樣！

體內簡直像竄起了一道火柱，身蝕來得太過兇猛，沒辦法再像平常一樣把它圍起來。我還慌亂不知所措的時候，熱意就在眨眼間迅速蔓延。

「喂，梅茵！」

察覺到異狀，路茲臉色丕變地站起來。

我勉強朝路茲抬起了頭，卻無法如願在身體上使力，身體開始搖搖晃晃。全身上下都好熱，我卻壓抑不了，明知道自己要從椅子掉下去了，卻無法阻止自己的搖晃。只能透過視野，知道自己掉下了椅子。

「梅茵，危險！」

身體「咚」地掉在了地板上，然而體內的熱意更加猛烈，所以我一點也不覺得痛。張著雙眼的視野中，看見了厚厚的地毯和兩人朝我跑來的雙腳。

「梅茵，妳沒事吧?!」

路茲搖晃我的身體，但一瞬間被熱嚇得縮了回去，又重新搖晃我。

班諾轉向大門，急得沒有拿搖鈴就扯開喉嚨大喊：

「糟了！馬克，快派人通知臭老頭！」

「喂！妳不是說妳還要做書嗎！還不會認輸吧！梅茵！妳要撐住……」

「馬克……也快……馬車……」

兩人的大吼聲聽起來越來越遙遠了。

漸漸地我再也聽不見他們在說什麼，意識就這麼徹底中斷。

終章

「萬一我真的因為身蝕病倒了，路茲也不要覺得是自己的錯喔。因為身蝕真的來得很突然……而且，我才不會認輸。我還沒有把書做出來呢。」

先前梅茵在身蝕發燒時說過的話，重新在路茲耳裡復甦。她又和那時候一樣，沒有任何身體不適的前兆，突然間就病倒了。無論路茲怎麼搖晃她也不張開眼睛，掌心傳來的體溫也越來越燙，已經到了異常的地步。

「梅茵，妳快醒醒！快點張開眼睛！」

即使路茲拚命呼喊，梅茵仍然完全失去了意識，沒有任何回應。再加上之前很快就消退的高溫，這次卻完全沒有下降。

「梅茵！梅茵，雖然妳每次都說自己很沒用，可是，其實是我沒有了妳，根本就不知道該怎麼辦。要是梅茵不在了，什麼都做不到的人是我才對！」

路茲握著梅茵的手呼喊時，她的體溫還在持續攀升，燙得讓人懷疑她是不是都要融化了。全身甚至開始飄出了帶點黃色的熱氣，彷彿全身的水分正在蒸發。眼前的情況怎麼看都已經超出了路茲的能力範圍。

路茲環顧四周後，懇求地抬頭看向明顯比自己要強大的班諾。

「在我說想當旅行商人的時候，家人都嘲笑我、無視我，只有梅茵笑著肯定了我的夢想。連在介紹跟老爺見面的時候，其實我也害怕得想要逃跑，但梅茵握住了我的手，向我伸出援手。現在也是，我完全不知道該怎麼做才能成為商人，都是梅茵教我的。可是，明明梅茵為了身蝕這麼痛苦，我卻什麼也幫不了她……班諾老爺，拜託你了，請你救救梅茵。我一點力量也沒有。還只是個小孩子，沒有錢又什麼都不會……」

「不可能。」

然而，班諾冷靜又冷淡地一口回絕了路茲的苦苦哀求。

「為什麼?!班諾老爺是大人，又有錢，還跟貴族做生意……」

路茲鍥而不捨地繼續懇求，希望班諾可以救救梅茵。但是，低頭看著路茲的班諾卻痛苦得臉龐扭曲，不甘心地咬著牙關，搖了搖頭。

「雖然我說過一直在擴大生意的規模，但對貴族大人而言，我還只是最近才開始冒出頭的新面孔，並沒有什麼交情。現在的我還是得看他們的臉色，任由他們宰割……我也和你一樣無能為力。」

「連老爺……也救不了梅茵嗎？」

這番話對路茲來說簡直青天霹靂。開了這麼大的店，還和貴族有往來的班諾，也沒有能力可以救梅茵嗎——路茲一時間無法相信。

那麼，要治好身蝕其實根本不可能吧？就在眼前變成一片黑暗的時候，路茲想起了曾經有人治好了身蝕。

「可是，聽說芙麗妲治好了吧……那如果找公會長！」

「我已經和他談過了。」

班諾輕吐口氣，撥起頭髮，冷笑著聳起肩膀。

「他說只要有錢，就可以暫時延長壽命。之前為了讓孫女活下來，他花了大把大把的錢到處向沒落貴族搜購隨時可能失靈的魔導具，現在手邊還剩下幾個。但是，那種用過一次就壞了的魔導具，一個就要兩枚小金幣。」

「金、金幣?!」

賣紙得到的一枚小銀幣，就已經是筆足以讓路茲歡天喜地的鉅款了，班諾卻說如果要救梅茵，必須要支付小金幣。一輩子也賺不到的金額讓路茲感到暈眩。

「但是，就算用了魔導具，也只能延長半年到一年左右的時間。一旦花了錢延長壽命，很快又需要再延長。尤其梅茵還小，據說每當身體成長，身蝕的症狀也會加重，購買魔導具的次數就得越來越頻繁。難道要為了一名學徒花這麼多錢嗎？我是不可能。」

班諾說得沒錯。怎麼可能拿得出這麼龐大的金額。但是，要是就這麼死心，就等於放棄了梅茵的生命。

「我能做的少之又少。只能夠買下梅茵擁有的奇怪知識，盡可能讓她多賺點錢，還有這一次為了她和老頭協商……那麼，路茲，你又做得了什麼？」

在班諾如猛獸的銳利眼神瞪視下，路茲也反瞪回去。已經是成年人，有能力有頭腦也有錢的班諾能做的事情都少之又少了，自己更是什麼也做不到。

「……我什麼也做不了。現在還是小孩子，腦袋也不聰明，沒有力量也沒有錢，什麼都沒有……如果有我可以做的，就請你告訴我！我為了梅茵一定會去做！」

「那就不要讓她為你擔心和操心。」

班諾想也不想就說，路茲倒抽口氣。一針見血，完全無法反駁。

路茲不甘心得眼眶發熱。班諾低頭看著他，稍微放鬆了緊繃的臉龐，但目光依然凜冽地開口說了：

「路茲，這傢伙並不如外表看起來的還是個小孩子。至少在她自己痛苦的時候，還是會擔心你，露出笑容給你看。你不能因為這樣就鬆懈，被她騙了。」

路茲想起了身蝕的熱意退去後，一邊喘著大氣，一邊嘿嘿笑著的梅茵。也想起了看見梅茵的笑容以後，自己就感到安心了。

「如果你是男人，就別再讓梅茵為你擔心了。不知道的事情當然做不到，那就幫助這個丫頭，讓她盡可能可以延長自己的壽命。既然之前誇下海口，梅茵想的東西都由你來做，那就快點把每樣東西都做出來賣錢！有時間哭不如動動你的大腦、動動身體，賺到更多的錢！」

聽完班諾語氣嚴厲地點明自己該做的事情，路茲用力抬起頭。

「……哦？表情變得很不錯嘛。」

班諾勾起嘴角賊笑著說時，馬克衝進房間。

「老爺，聯絡上公會長了，他要我們立刻帶梅茵過去。馬車也已經準備好了。」

「路茲，走吧。」

班諾抱起發著高燒的梅茵，一個箭步跳上馬克備妥的馬車。路茲也緊跟在後，跑著跳上馬車。

「快，用最快速度！」

自己究竟做得了什麼？幫得了梅茵嗎？——一如路茲心中搖擺不定的不安，馬車也哐咚哐咚地搖搖晃晃，以十萬火急之姿在大道上向北直奔公會長家。

珂琳娜的結婚

「您回來了，珂琳娜夫人。」

和布朗男爵的千金討論完了要為夏季的星結儀式縫製怎樣的新衣後，回到店裡，馬克就走上前來迎接我。

「我回來了，馬克。店裡沒有任何情況吧？」

「梅茵和路茲來了店裡，提交之前向您提過的髮飾。稍後方便向您報告嗎？」

奇爾博塔商會都由哥哥班諾全權掌管，但因為將來的繼承人是我，所以馬克會定期向我報告店裡發生的事情。

「你報告的時候，能順便帶髮飾過來嗎？」

拜託了馬克後，我回到三樓自己的住家換下衣服。緊接著，前往二樓哥哥家中依然為我保留著的以前的房間。因為婚後和歐托一起住在三樓，所以現在這個房間成了我的辦公室。

「珂琳娜夫人，打擾了。這是今天收到的髮飾。這邊幾個都是今年冬天和春天即將舉行洗禮儀式的小姐們所訂購的。」

我立刻細細端詳起馬克帶來的髮飾。各種不同顏色的細線精巧地編成了一朵朵小花，再集中起來縫成了髮飾。看起來就像小小的花束一樣，對於洗禮儀式和成年禮剛好落在秋末到春初這段時期，想在頭髮上裝飾花朵卻找不到半朵花的女孩子來說，肯定有很多人都想要這個髮飾。

「而這邊的髮飾提供了各種顏色的組合，讓客人可以搭配自己的髮色，選擇喜歡的髮飾。此外，因為梅茵希望能夠盡量壓低價格，所以售價是三枚大銅幣。」

梅茵是貧窮人家的孩子，才會希望價格可以訂在如果自己身邊的人想要，只要努力一下就買得起的金額。但三枚大銅幣這麼便宜的售價，哥哥居然願意答應。年紀輕輕的梅茵說的話這麼具有分量，讓我有些驚訝。

「馬克，不久前交給公會長的髮飾也類似這樣嗎？」

「不，那個髮飾製作得非常精美，可以說完全是不一樣的商品。既用了最高級的線，花的大小和形狀也截然不同，真的讓人嘆為觀止。」

之前為了將出席今年冬季洗禮儀式的公會長的孫女，曾做好特別訂製的髮飾，但梅茵在讓哥哥看過後，馬上就交給公會長了，所以我無緣親眼目睹。實在是萬分遺憾。

「……但話說回來，梅茵到底是怎麼想出這種東西的呢？」

貴族的千金會施展魔法，用時間被停止了的鮮花裝扮自己，但這種髮飾我還生平未見。住在城市南邊的人多是貧窮的平民，應該很少會拿什麼東西打扮自己。所以在那裡出生長大的梅茵竟然能夠做出這種髮飾，真是讓我感到匪夷所思。

聽見我的低喃，馬克輕笑著聳聳肩。

「這點我和老爺也都想不通。不過，關於梅茵想出來的商品，老爺說他已經放棄去想她是怎麼知道的，又為什麼做得出來了。比起來源，他說更想把大腦用在怎麼利用梅茵想出來的商品獲利。」

最終能夠獲利即可。對於哥哥大膽的取捨，我輕笑了一會兒後，嘆口大氣。

「我實在沒辦法像哥哥那麼果決呢。」

明明和奇爾博塔商會的服飾全然無關，卻為了用植物做的紙，相信一個衣服都是補丁的貧窮孩子說的話，甚至出資援助她，讓她做出成品，最後還打算納為學徒。換作是我，這些事情我根本做不到。

奇爾博塔商會最先是從服飾工坊起家，由女人負責縫衣，丈夫負責販售，所以繼承人才會選定是自己。但姑且不說工坊，商會的部分如果能由哥哥繼續掌管，肯定會經營得更加出色。聽了我吐出的喪氣話，馬克瞇起雙眼搖頭。

「雖然老爺的果決和當機立斷每每令我感到驚訝，但珂琳娜夫人下起決定時，也果斷得不容小覷喔。」

「是嗎？」

「您不覺得當初選擇了歐托老爺，是非常正確的決定嗎？」

聞言，我回想起了當年歐托向我求婚的情景，雙唇綻開了難以言喻的笑意。

「的確，連我也覺得當年的選擇非常大膽呢。」

◆

初識歐托，是在我半年後即將成年，非常忙碌的時期。

每個工藝協會都有各自的規定，如果要獲得認可，具備資格成為工坊長，就必須達到工會要求的條件。這點我所屬的裁縫協會也不例外。裁縫協會的規定，是一年必須有五件以上的新衣訂單，以及顧客中要有貴族。

通常要等到成年，才能進行挑戰。但哥哥和我說好，只要我能達到要求，就把已逝母親名下的工坊交給我。為了早日成為工坊長，接管母親留下來的工坊，我夜以繼日辛勤地縫製作品。

「今天第三鐘的時候，歐托先生會過來打招呼。」

馬克在吃早餐的時候說明今天的行程，哥哥一邊聽著一邊吃早餐。這在我家是習以為常的早晨風景。

「歐托先生是哪間店裡的人呢？好像幾乎沒有聽過他的名字……」

「歐托不是城裡的人，是旅行商人。雖然才剛成年，還很年輕，但看商品的眼光獨到，也和父母一樣工作認真能幹，但他說不再當旅行商人了。」

哥哥說歐托的父母存到了可以在城裡定居的錢以後，已經在靠近法雷培爾塔克的一個城鎮買下了市民權，開始在那裡定居。若父母已經住進城裡，子女就可以半價購得市民權。歐托也已經存到了開店資金，決定不再當旅行商人，要在父母定居的城鎮開店。

因為往後不會再來到艾倫菲斯特，所以昨天為了最後一次買賣來打招呼，但不巧哥哥不在。為了當面鄭重寒暄，今天會再過來一趟。

「我也想和旅行商人打聲招呼。好想聽聽看旅行期間的趣聞喔。」

「妳可以端茶過來打聲招呼，但別占用到人家太多時間。」

我從來沒有踏出過這座城市，很想看一眼一直在外旅行的人。基於這樣小小的好奇心，我決定負責端茶水進去，和對方打個招呼。

第三鐘響了。隨後，馬克就通知歐托已經到了，我便端著茶水走向哥哥位在一樓店面深處的辦公室。

「其實我最想要在艾倫菲斯特開店做生意，但以我的積蓄只買得起市民權，根本沒辦法在這裡開店。」

「畢竟艾倫菲斯特就在領主大人腳下，什麼東西都很貴。市民權、開店資金、商業公會的登記費……光想就不知道要花上多少錢。每次你都能送來品質優良的線，所以你不當旅行商人，在我看來可是非常可惜，但也祝福你今後開店能夠生意興隆。」

門後傳來這樣的對話，我輕輕打開門。

和哥哥面對面交談的年輕男子，想必就是歐托了。有著深棕色的頭髮和褐色眼珠，大概因為是旅行商人的關係，身材比起珂琳娜身邊的商人都要結實。但如果和大門的士兵站在一起，看起來還是偏瘦吧。乍看之下忠厚老實，但哥哥這麼欣賞這名旅行商人，肯定也有剛強可靠的另一面。

「請用茶。」

我竭盡己能地擠出親切的笑容，端茶上前。「謝謝。」歐托說著抬起頭來，看見我後，吃驚得瞪大了眼珠動也不動。

「歐托，這是舍妹珂琳娜。她說很想聽聽看你旅行期間的趣聞，堅持要來打聲招呼……歐托，你怎麼了？」

發現歐托突然靜止不動，哥哥在他面前輕輕揮了揮手。

歐托恍然回過神，眨了幾下眼睛後，奮力甩了甩頭。緊接著褐色的雙眼璀燦發亮，像看見了什麼刺眼事物似的瞇起眼睛，露出了有些痴迷的笑容。

「珂琳娜？好動聽的名字，和妳優雅迷人的身影真是太相稱了。」

「謝、謝謝您。」

……好奇怪的人。

初次見面的人稱讚自己這件事本身並不稀奇，但歐托方才和哥哥講話時的沉穩模樣突然消失無蹤，現在看起來就像是發了燒神志不清，讓人有些發毛。

「班諾先生，我對珂琳娜小姐一見鍾情！請您答應我和令妹結婚！」

無預警地，歐托開口求婚。我的腦筋變成一片空白，完全不懂眼前的男人在想什麼。

一般商人要結婚，都是在考量過利益和婚後的生活狀況以後，找到各方面都門當戶對且正值適婚年齡的女子，父母再告訴男方，由男方從中挑選對象。然後男方與雙方父母一同談過以後，對於結婚有了一定的共識，才會告知女方有人向她求婚。

然後交往大約一個季節的時間，讓本人互相試探，確認對方是否真如傳聞中所形容的樣子，看起來是否真的會遵守誓言、對彼此說的話有無虛假。一旦確認過後覺得沒有問題，才會開始準備結婚。像這樣直接在本人面前求婚，我還真是前所未聞。

「……歐托，珂琳娜還未成年，她的年紀還不能結婚。你是在開玩笑嗎？」

哥哥赤褐色的雙眼凌厲地瞪著歐托。這也是重點，成年以後才能結婚。所以不能夠向未成年的女子求婚。

但是，歐托在哥哥的瞪視下也沒有畏縮，搖頭回應。

「不，我是認真的。我就要離開這座城市了，所以只有現在這個機會可以求婚。現階段只是訂婚也沒關係。等她成年，我馬上就來迎娶她！」

歐托的眼神非常認真，感覺得出他說的是真心話。如果要先回到雙親所在的城市，準備好店面和新居再來提親，我早就已經成年，也會出現其他求婚的男子吧。多半是擔心這件事，才會這麼急著求婚。

「不行。我不會讓珂琳娜離開艾倫菲斯特。」

「為什麼?!」

哥哥不悅地皺眉。雖然對外沒有明言，但奇爾博塔商會其實是女系世家。因為我還未成年，父母過世後，現在是由哥哥繼承，但原本的繼承人是我。就算我不是繼承人，現在也正為了成為工坊長而發憤努力，完全沒有離開工坊前往其他城市的打算。

「歐托先生，真是非常抱歉，但因為我在艾倫菲斯特工作，也打算在這裡開工坊。基於工作上的關係，我很希望結婚對象也是住在城裡的人。」

「怎麼會……」

眼看歐托一臉絕望，我內心產生了強烈的罪惡感。雖然是第一次見面，但歐托意志消沉的模樣也讓我很難過。但是，這件事我絕不能退讓。

「很遺憾就是這樣。在你父母所在的城市，應該也能找到令你傾心的女性吧。」

「這世上再也不會有像珂琳娜小姐這麼完美的女性了！我身為旅行商人跑遍了各地，還是第一次遇見我理想中的女性！」

生平第一次有男性對我一見鍾情，求愛的話語還直截了當到教人吃驚，其實我內心有一絲動搖。但是，我還是搖搖頭，拒絕了歐托。

「您的心意我很高興，但我無法與您結婚。」

「是嗎……」

歐托垂下頭，垮著肩膀灰心離開。

我和哥哥盯著關上的房門好半天，接著不約而同對望。

「我第一次看到歐托這副模樣，搞不好是認真的喔？不想清楚就拒絕他好嗎？」

哥哥調侃地賊笑著，但最後又嘀咕補上一句：

「不過，我完全不打算讓妳嫁到外地去就是了。」

「我也完全不打算離開這座城市喔。」

於是到了隔天，歐托再度敲響奇爾博塔商會的大門。一雙褐色眼眸熠熠生輝，表情明亮，完全看不出半點昨天失魂落魄的樣子。

「昨天我去購買了市民權，現在我已經是這座城市的居民了。班諾先生，請您准許我和珂琳娜小姐結婚！」

「……咦？」

「……啥？」

始料未及的發言讓我和哥哥都僵在原地。想買艾倫菲斯特的市民權，必須花上一大筆錢，可不像是隨隨便便在路邊買樣東西。

哥哥好一會兒用力皺眉，緊緊閉著眼睛，然後在猛地睜大雙眼的同時，拋開了面對生意對象時應有的友好笑容，怒聲咆哮：

「你說你買了市民權？你昨天不是才說過，那筆錢要用來在父母定居的城市買市民權和開店嗎?!你這白痴，你的腦袋到底在想什麼?!」

「罵我白痴也無所謂！就算有開店資金卻沒有市民權，就不能和珂琳娜小姐結婚了吧！只要想想哪邊對我來說更重要，答案一下子就出來了！」

……我簡直不敢相信。

單是考慮到我們和商業公會長的關係，還有親戚以及店裡員工會有什麼反應，都不能讓旅行商人成為我的另一半，招攬進店裡來。就算有市民權，我也不可能與他結婚。

「你……目標是我們商會嗎？」

「並不是。如果珂琳娜小姐不能離開這座城市，那就只能我留下來。僅此而已。」

「但很遺憾，我不能讓旅行商人進我們店裡工作。現在你已經把賺來的錢都花在市民權上了，那接下來到底要怎麼養活你自己？你以為可以入贅進我們家嗎？還是你想讓珂琳娜賺錢養你？」

曾是旅行商人，又為了市民權花光了所有積蓄，這樣的人究竟能在城裡找到什麼工作呢？如果沒有熟人的引薦，根本找不到工作。別說結婚了，歐托甚至維持不了自己的生計。

「……失陪了。」

哥哥的當頭棒喝讓歐托心有不甘地緊咬牙關，握著拳頭轉身離開了。

只是一味地要人接受自己的專情與對求婚的認真，反而留下了比昨天更讓人不快的感受，我和哥哥目送著歐托離去的背影。

「珂琳娜，怎麼辦？妳被奇怪的傢伙看上了。」

「我會和適合繼承這間店的人結婚。」

「是嘛。」

說完，哥哥的表情忽然變得嚴肅，揚起下巴示意桌子。明白他的意思是有重要的事情要說，要我坐下來，我便往椅子坐下。

哥哥帶著難看至極的表情，取出一片木牌遞給我。

上面寫著有意提親，想約個時間地點詳談──是來自公會長的會面邀請函。

「……這件事好像傳進了公會長耳裡。今天早上，他最小的兒子就來提親了。」

腦海中浮出了比哥哥更年長，當年也向姊姊死纏爛打地求過婚的公會長的么子。

……我不要。

這是我第一個念頭。公會長在父親過世後，立刻就提出自己與母親再婚的提議，拒絕以後，就三番兩次在一些小事情上刁難我們。後來甚至在哥哥的意中人去世之後，馬上就提議與自己的女兒結婚，哥哥盛怒之下拒絕後，接著又是向姊姊提議與自己的兒子結婚。有了以往種種不快的經驗，姊姊說她絕對不想和公會長的兒子結婚。

「如果和其他男人結婚，就能避免與公會長兒子的聯姻，但要在不想與公會長為敵的商人當中找到其他結婚對象，簡直是難如登天。這點妳也明白的吧？」

死也不願和公會長兒子結婚的姊姊，最終只能嫁往外地。

但是，我是這間店的繼承人，不能離開這座城市。只要城裡沒有人敢不畏公會長的惡勢力向我求婚，那我最終只能和公會長的兒子結婚。

聽說了公會長這件事，心情又更加煩悶的隔天。這回歐托又帶著完全沒有學到教訓的爽朗笑容，輕揮著手登門拜訪。然而，他身上不再是昨天之前旅行商人的打扮，反而穿著這座城市守門士兵的制服。

「昨天在熟人的介紹下，我現在是守門的士兵了！這下子您願意相信我的目標是珂琳娜小姐，而不是商會了嗎？請您答應我和珂琳娜小姐結婚！」

居然在一天的時間內就找到了工作。這會兒連哥哥也只能傻眼地望著歐托。

「歐托，那你結婚資金打算怎麼辦？」

「珂琳娜小姐還未成年。我會在她成年之前存到這筆錢的，我自有門路。」

「歐托先生，您腦海中完全沒有放棄這個選項嗎？」

「完全沒有。」

筆直地注視著我的雙眼再認真不過。我忍不住笑了。

「一旦和我結婚，歐托先生就再也無法以商人的身分維生喔。因為屆時我們就要拒絕公會長兒子的提親，也將與公會長為敵。不管您有多渴望，都無法進入奇爾博塔商會，也沒有辦法發展新的事業。」

視野中，只見吃驚地睜著雙眼的歐托，和張大眼想阻止我的哥哥。但我輕抬起手制止哥哥，詢問歐托：

「從前您身為旅行商人賴以維生的一切，都將沒有用武之地。這樣子也無所謂嗎？」

「並不是沒有用武之地。正因為我一直以旅行商人的身分活到現在，才能夠遇見珂琳娜小姐。如果我是在城裡長大的商人，也許就會畏懼公會長的權力，但來自外地，選擇不再當個商人的我，並不怕他。」

不過，要是商會因此被刁難就不太好了——歐托嘀咕。

這點事到如今倒是不用擔心，因為我們已經有好幾次都和公會長唱反調，老早就被視為眼中釘了。

「……真是拿您沒辦法。那麼，等到我成年的時候，請帶著結婚資金上門吧。我想想，必須趕在我和公會長的公子談好婚事之前。」

「咦?!這句話的意思是……我、我明白了。我一定會存到這筆錢！」

好耶！歐托欣喜若狂地握緊拳頭，突然往我的臉頰輕輕一吻，就飛也似的衝出了房間。和昨天落寞的背影判若兩人。

被歐托出其不意的舉動嚇到，我按著自己的臉頰，怔怔地望著他的背影時，哥哥低聲叫了我的名字：「珂琳娜。」我掛上做生意時的笑容回過頭，朝著神色陰鬱的哥哥堆起笑臉。

「哥哥，如果歐托先生真的能夠存到結婚資金，我就會和他結婚。雖然之前很突然就求婚，還買了市民權，看起來做事情有勇無謀，但也表示歐托先生在當旅行商人的時候，也建立起了能夠找到工作的門路。不論是為達目的不擇手段的貪心、還是瞬間就能決定自己最重視什麼的果決，還是確定自己能有門路賺到結婚資金的自信，這些哥哥都不討厭吧？」

我笑吟吟道，哥哥就失態地嘖了一聲。看樣子是被我說中了。

「……而且，能為了我不在乎與公會長為敵，還願意向我求婚的人，我想這世上也只有歐托先生了吧。」

我聳一聳肩後，哥哥也放鬆了緊繃的臭臉，臉上的表情像是死心又像拿我沒轍，不語地摸了摸我的頭。

◆

「那時候會選擇歐托，只是因為比起公會長的兒子，我還寧願選他。現在卻很慶幸選擇了歐托呢。雖然我還是很後悔歐托因為這樣，再也不能當商人了。」

「……最近老爺越來越忙，也考慮把歐托老爺納進店裡，交代了很多雜務給他處理。也許在不久的將來，珂琳娜夫人就不用再擔心了。」

聽到馬克這麼說，我覺得眼前彷彿變作一片光明。如果這是真的，那就太棒了。

「哥哥明明說過等我結婚了他就會考慮，現在也該找找結婚對象了吧。」

「因為梅茵開發的商品，接下來可能會越來越忙碌，老爺若想結婚恐怕還很困難。」

馬克說完就輕聲笑了。

「那哥哥要是娶不到老婆，就請梅茵負起責任吧？」

我咯咯笑著提議後，馬克瞬間一臉嚴肅地沉思，然後回答：「考慮到梅茵身體虛弱的程度，恕我無法贊成。」

井邊洗衣的閒話家常

「媽媽，那我去洗盤子了。」

「多莉，麻煩妳囉。」

多莉抱著吃完了早餐的髒盤子出發去水井。幫多莉打開玄關大門，送她出門後，我嘆著氣筆直走向臥室。

今天是土之日，我和女兒多莉都休息不用工作，擔任士兵的丈夫昆特則上早班。因為必須趕在第二鐘開門前完成交接，大清早就出門了。

多莉和梅茵預計去森林採集，我則是洗完衣服後，就要用昨天買回來的食物做成過冬要吃的防腐食品。大家都照著各自的安排開始行動了，梅茵卻還躺在床窩裡頭磨磨蹭蹭，不肯下床。

「梅茵，妳還不快點起床！第二鐘都響了喔。妳今天不是要和多莉還有路茲去森林嗎？」

「對……我要去……」

梅茵一臉睡眼惺忪地慢吞吞爬起來，準備開始洗臉。明明每天都會用熱水擦臉和擦身體了，根本沒有必要再洗臉，洗這麼多遍還不夠嗎？梅茵極度地愛乾淨，都已經到了鄰居太太們會取笑的地步了。

「梅茵，臉等一下再洗，妳先吃完早餐。」

「……是。」

梅茵不滿地鼓著臉頰，迅速用木簪盤起頭髮，「嘿咻」地喊了一聲，爬上最靠近爐灶的椅子，說完「我開動了」就吃起早餐。

梅茵早上都很晚起床，吃飯也吃得慢。如果要等她吃完早餐，不知道要等到什麼時候才能收拾。

「多莉已經去井邊洗髒盤子了。媽媽也要去洗衣服。妳可以用水缸裡的水，至少自己吃完的盤子要自己洗乾淨喔。」

「知道了～」

轉過身，背後傳來了梅茵還帶著睏意有些迷糊的回答，我抱起裝了髒衣服的籃子和放了肥皂的水盆，踏出家門。瞬間，冷風迎面撲來。

「今年這麼早就變冷了呢。」

時節進入深秋，風也變得非常寒冷。我快步奔下樓梯，一想到接下來水井的水會變得有多麼冷，就不由得打了個冷顫。

士之日除了昆特這種職業為士兵的人之外，大部分的人都不用工作。許多太太們聚集在水井四周，一樣不是在洗衣服就是在洗碗盤。

「啊，媽媽。」

正洗著盤子的多莉一看見我就大力揮手。

「等我洗好了，就要準備去森林。梅茵起來了嗎？」

「現在正在吃早餐。」

「梅茵動作還是這麼慢！路茲等等就要來接她了耶。」

多莉鼓著臉頰說，抱起洗好的盤子，一邊走回家一邊嘟嘟囔囔：「得叫梅茵快點準備好才行，她真會給人添麻煩耶。」最近的多莉老是放不下梅茵，讓我不禁覺得，就是因為多莉時時顧著她，梅茵才會這麼放心地做事拖拖拉拉吧。

因為身體變好了，現在也知道自己的能力範圍了吧。從前總是哭著說「只有多莉能夠和改變後的梅茵一起去森林，多莉心裡一定開心得不得了吧。雖然老用生氣或會，不公平」的梅茵，現在已經會由衷地稱讚多莉：「多莉什麼都會，好厲害喔！」無奈的語氣抱怨，但臉上始終是眉開眼笑，腳步也輕盈又雀躍。感情好最重要。

「多莉勤快又能幹，還會照顧體弱多病的妹妹，真是個乖孩子呢。」

「是啊。多莉乖到我都覺得她太能幹了。」

聽到鄰居稱讚女兒，我笑著應道，尋找可以洗衣服的空間。在太太們之間穿梭後，「咚！」地把籃子放在一小塊空出來的空地上。

「伊娃，早啊。」

「早安，卡蘿拉。家裡人一多，洗衣服也很辛苦呢。」

在我放下籃子的隔壁位置上，卡蘿拉正以驚人的速度洗著比我們家多出兩倍的髒衣服。她聽了大口吐氣，停下來轉了轉手臂。

「我們家和伊娃你們不一樣，沒有可以幫忙的女孩子啊。真希望別四個都是男孩子，至少給我一個女孩子嘛。」

卡蘿拉是路茲的母親，底下有四個男孩子。男孩和女孩可以幫忙做的家事完全不一樣，所以她常常都在發牢騷，希望至少有一個是像多莉一樣的女孩。

「雖然多莉很勤快，但萬一生的是像梅茵這樣的女兒，那可就麻煩了。」

我用這句話帶過了卡蘿拉的不滿，拿起水盆走向水井。因為汲好水後，得倒進水盆裡。

在手臂上使力，從水井裡汲出水來。沒有力氣的梅茵還汲不了水井的水。她勉強只能吃力地搬動小木桶裝的水，搬完後還會無法動彈。

……但現在身體也比較健康了，說不定再過不久就汲得了水了？

梅茵從出生以後就經常發燒，身體又虛弱，常常因為羨慕活蹦亂跳的多莉而哭喊：「為什麼不把我生得和多莉一樣！」那種時候，我都只能對她說對不起。

梅茵在發燒陷入昏睡時，似乎都會作非常開心的夢，當她聊起夢境裡的世界，是她看起來最快樂的時候。她說她在夢裡不管怎麼奔跑都不會難受，想做什麼就可以做什麼，還能吃到很多好吃的東西，吃得肚子都撐了。每一次都用口齒不清的稚嫩嗓音說些莫名其妙的話。聽到她說「夢裡的世界更快樂，好想一直睡下去」時，意思好像在說「我不想活了」一樣，我還曾經因此怒聲斥責她。

……這麼說來，她最近沒有再提起過作夢的事情了呢。

成天哇哇大哭的梅茵自從進入幼童特有的反抗期，從愛哭轉變成愛發脾氣以後，就沒有再提起過作夢了。但相對地，也開始老是做一些奇怪又不知所云的事情。不過，開始和路茲一起做紙以後，她的奇言怪行好像也有慢慢減少的趨勢。

……梅茵也真的長大了呢。

往水盆裡倒了三次的水，量已經足夠洗衣服了。我搬起裝了大量冷水的水盆，回到自己占據的位置上，在卡蘿拉旁邊坐下來。

拿起肥皂開始洗衣服後，井邊例行的閒話家常就開始了。

「今天梅茵也要去森林吧？她老是發燒，身體又那麼虛弱，我一直擔心她會不會哪天就走了呢。不過，最近看起來狀況還不錯嘛。」

「都是多虧了路茲一直在照顧梅茵啊。真是幸好有他。」

只會成為眾人累贅的梅茵現在能去森林，用小籃子採集再帶回家來；又為了成為商人的徒弟，能夠用做好的紙和髮飾賺錢，全都是因為有路茲的幫忙。如果只有梅茵一個人，肯定什麼也做不了。

「唉，路茲也有做一些值得人家稱讚的事情嘛。之前居然說他想當旅行商人，現在又擅自在城裡找了當商人學徒的工作，這孩子做的事情都讓我們父母頭痛得要命。所以聽到有人誇獎他，感覺還真奇怪。」

卡蘿拉說完聳起肩膀。雖然在父母眼中是個令人頭疼的孩子，但在我眼裡，路茲可是個乖巧到連我都想要有這種兒子的好孩子。

「路茲對梅茵很好，也很會照顧人喔。」

「那是因為梅茵介紹了商人學徒的門路給他吧？我也搞不太懂，但聽說他們在賣紙？還在做一種奇怪的木棒呢。好像賺了一點零用錢，但幹嘛不乾脆當做紙的紙匠，非得要當什麼商人呢。果然是因為梅茵的關係嗎？」

「是嗎？這我也不曉得。不過，我也沒想到梅茵可以自己找到商人學徒的工作，嚇了好大一跳呢。聽說是昆特以前是旅行商人的部下幫忙介紹的，但真沒想到對方居然真的會錄用他們。」

我還以為梅茵以後會和昆特一起在大門工作，幫忙處理文件，所以在聽到確定要和路茲一起在城裡的富商底下當學徒時，內心不知道有多吃驚。

「居然想當要做騙人勾當的商人，真不知道路茲那顆腦袋到底在想什麼。」

「可是，我們幫忙做髮飾的時候，對方都會如實付錢，還幫忙準備了材料，我想那個商人應該沒有那麼壞，妳不用這麼擔心。」

製作高級髮飾的時候，費用還提高到了讓人瞠目結舌的地步。梅茵和路茲也都開心地說著那天發生的事情，梅茵暈倒的時候，還有一個衣著乾淨整齊的人，誠惶誠恐地上門道歉。在我看來，奇爾博塔商會並不是那麼惡質的商人。

「既然妳都這麼說了，那對方在商人裡頭可能還算不錯的吧，但我還是擔心啊。怎麼偏偏就要做這種這麼不穩定的工作呢。」

「畢竟是男孩子嘛。都會嚮往旅行商人和吟遊詩人的生活，想要出去闖闖看吧。昆特以前也是這樣啊。至少現在決定要留在城裡了，有什麼關係呢。」

「唉，跟旅行商人和商人比起來，昆特成為士兵還算不錯的了。況且路茲是工匠的兒子，就算成了商人，看不懂文字又不會計算，根本做不了商人的工作吧？一定要不了多久就被掃地出門了。到時候，路茲就會比別人家的孩子晚一、兩個季節才開始工作。」

我明白卡蘿拉身為母親的擔心。但是，因為我也知道路茲有多麼努力，所以沒辦法再多說什麼。這麼心想的時候，就聽見路茲的聲音。

「伊娃阿姨，早安！梅茵呢？她準備好了嗎？」

抬起頭，已經做好準備要去森林的路茲正往這邊跑來。

「哎呀，路茲，早安。剛才多莉喊著『得叫梅茵快點準備好才行！』就回家了，所以應該差不多準備好了吧。」

「是喔，那我去接她了。」

「路茲，今天也麻煩你了。」

路茲家和我家所在的建築物正好隔著水井相對，所以路茲如果要去接梅茵，就必須先從我們這一群媽媽之間穿過去。他表情有些膽怯地踏入重圍，四面八方的媽媽們就一一向他搭話。

「啊唷，這不是路茲嗎？別讓你媽媽那麼操心。」

「別只顧著玩，要好好幫忙家裡的工作喔。」

因為總聽路茲的母親卡蘿拉在抱怨，媽媽們紛紛向路茲好言相勸。路茲聽了苦著臉，敷衍地應道：「我知道、我知道，聽到了啦。」然後大概是想要盡快逃離現場，拔腿狂奔跑走了。

「因為上面的哥哥都很會照顧人，老么就是比較任性。」

「等到路茲當了學徒開始工作，他也會明白的。卡蘿拉，妳就放心吧。」

「是嗎……？」

「而且不只哥哥們，路茲也很會照顧人啊。每次都很照顧梅茵，我很感謝他的幫忙呢。」

我稱讚了路茲後，媽媽們就聳聳肩。因為路茲都是最優先照顧梅茵，並沒有照顧附近其他人家的孩子。孩子們也很少提起這方面的事，所以媽媽們都傾向於相信卡蘿拉說的話，看待路茲的眼光也比較嚴格。

「媽媽，那我走了。」

「嗯，多採點東西回來啊。」

孩子們三三兩兩地開始從住家走出來，往集合場所移動。出發去森林的時間快到了吧。多莉、路茲和梅茵也從我們家那棟建築物走出來。

「媽媽，我出門了。」

「路上小心！」

梅茵大力揮手，和路茲一起走在最前面。走路極慢的梅茵要是不先出發，就會被其他孩子拋在後頭。

孩子們出發以後，四周的媽媽們像是卸下重擔，氣氛變得慵懶許多。

看到梅茵這麼充滿朝氣，媽媽們似乎大吃一驚，紛紛往我周遭聚集。

「平常很少看到梅茵，現在也能去森林了嘛。真是太好了。」

「是啊，現在變得越來越健康了。雖然還是常常發燒病倒，但和以前比起來，躺在床上的次數減少很多了。」

以前梅茵是一個月內能外出的天數一隻手就數得完，最近則變成了臥病在床的天數，用兩隻手就數得出來。和她說想去森林，卻根本走不到大門的初春那時候比起來，梅茵的身體真的強壯了很多。

「但身體變健康了，卻也老是做些奇奇怪怪的事情，讓我們傷透了腦筋。」

我一邊洗著衣服，一邊生動地向媽媽們講述梅茵的各種奇言怪行。

像是幹勁十足地握著掃把說要打掃房間，卻還沒掃完臥室就不支倒地；還說什麼跳這個身體會變好，開始跳起了詭異的舞蹈，卻還沒數到十就癱軟不動；偷偷摸摸地把用泥土捏成的東西放進爐灶裡，結果引起爆炸；為了煙灰打掃爐灶和煙囪，卻在爐灶裡頭失去了意識。梅茵的古怪事蹟真是說上三天三夜也說不完。

「去年準備過冬的時候，梅茵還偷偷在蠟燭裡面加了藥草，結果真是太可怕了。加了迦耶利和桑可萊勒的蠟燭臭得就算外面在下暴風雪，還是要打開窗戶換氣，不然根本受不了。」

啊哈哈哈！四周響起了哄然的爆笑聲。

「那還真是一場災難。今年得好好監督她才行。」

「是啊。不過，路墨莎和汀耳芬倒是消除了不少蠟燭的臭味喔。大家如果要加藥草，可以加路墨莎跟汀耳芬。」

「我們才不會把藥草加在蠟燭裡頭呢，還不如用在其他地方。」

梅茵的奇怪舉止也偶然做出了成功的蠟燭，我分享給大家知道，但大家都不打算在做蠟燭上頭花更多工夫。

「伊娃，妳家不只昆特，連梅茵也讓人放心不下，真是辛苦妳了。」

「我已經放棄了。誰叫她是昆特的孩子呢。妳們不覺得梅茵就算有點奇怪，也是沒辦法的事嗎？」

我輕輕聳了聳肩，周遭又響起了帶有深意的笑聲。

我們家不只梅茵，昆特的事蹟說起來也不少。比起很少與鄰居往來的梅茵，其實昆特的事蹟更廣為人知。

「昆特那個人啊，就像是還不懂得分辨夢想和現實，就直接長大成人了。」

因為崇拜吟遊詩人口中的騎士，當年昆特雖是木匠的兒子，卻夢想成為騎士。其實小孩子會崇拜騎士也算稀鬆平常，但是，騎士是只有貴族大人能當的職業。明白了現實以後，孩子們都會大失所望。一般的孩子會就此理解到吟遊詩人所說的故事與現實並不相同，進而死心放棄。

然而，昆特沒有死心。他拒絕了父母親介紹的工作，為了成為士兵，逕自跑到大門直接找士長商量：「既然不能成為騎士，我想成為保護城市的士兵！」然後成為了見習士兵。順便說，當時的士長正是我父親。

每次去城市周邊消滅魔獸，昆特都會卯足全力，想要獵捕到比其他士兵更大的魔獸，要是比別人的小，還會真的很不甘心，內在真的從以前到現在一點也沒變。甚至還關照剛買了市民權的旅行商人，為對方當介紹人，普通的士兵才不會做這種事。

……但梅茵在路茲的拜託下，就把他介紹給以前是旅行商人的士兵，一樣也不是普通人會做的事情。果然是父女。

對於梅茵沒有找父母商量，就答應把路茲介紹給昆特的部下這件事固然讓人驚訝，但一般也不會料到雄心壯志地說要介紹路茲而出門的梅茵，最後竟然帶著商人學徒的身分回來。居然和商人談判，在父母不知情的情況下擅自成了商人的徒弟，梅茵這一點怎麼看都和昆特如出一轍。先不說五官，個性完全不像我。

兩個人都會朝著目標橫衝直撞，眼裡完全看不見旁人，日常生活中也經常出現我很想叫他們兩個人冷靜一點的情況。

……梅茵會這麼異於常人，肯定都是昆特的關係。

「但話說回來，伊娃到底為什麼會和昆特結婚呢？依妳裁縫的本事，應該有很多追求者吧？」

原是士兵女兒的我，旁人自然都希望我將來也成為士兵的妻子扶持丈夫。當年提親的都是鄰居和父親工作地方的士兵，求婚的對象確實不只一個。

「……發生了不少事情嘛。」

我嘆口氣搖搖頭，想用一句話就打發掉這個話題，卡蘿拉卻樂不可支地勾起嘴角。

「我知道喔。當年昆特對伊娃一見鍾情，從此之後就每天沒有間斷地上門提親。」

「嗚哇，完全想像得到！」

一旦鎖定目標就會勇往直前的昆特，真的每天都來我們家報到，懇求父親讓女兒和他結婚。父親敗給了他的熱情，也受不了他每天都跑上門來，最後應允說道：「只要伊娃選擇了你，我就答應你們結婚。」

……當時我還心想：「不要因為嫌麻煩，就把這件事情丟給我啦！」

「所以是昆特每天都上門追求，伊娃才屈服了吧？」

「啊哈哈哈，感覺昆特一發動攻勢就不會停下來，都可以想像那幅畫面了！」

媽媽們哈哈大笑，猜想著昆特一定會說這種話，接二連三地舉出了吟遊詩人在講故事時會出現的求婚臺詞。聽著看好戲的媽媽們列舉出的各種求婚臺詞，我輕輕聳肩。

「伊娃，有沒有說中的？」

卡蘿拉捂著嘴角竊笑看我。

……討厭，就愛取笑人！

眼看大家都聯合起來捉弄我，我鼓著臉頰，動作迅速地擰乾衣服，丟進籃子裡。

「啊，妳想逃走對吧？」

「那怎麼行，這麼有趣的話題可不多。」

感覺到媽媽們的包圍網逐漸縮小，我把水盆倒過來，倒掉裡頭的水。

「伊娃，好歹告訴我們正確答案嘛。」

「至少有一個說中了吧？」

我把籃子和肥皂丟進水盆裡，抱著水盆一骨碌站起來。

「全部都對，因為我全都有聽過。」

只丟下這一句話，我就一溜煙地跑向住家所在的建築物。奔上樓梯的途中，聽見了媽媽們的爆笑聲。

……唉，太難為情了。

但因為她們並沒有猜中真正讓我決定結婚的求婚臺詞，就隨她們去瞎起鬨吧。

回到家，開始晒衣服。多莉的衣服、梅茵的圍裙，接著是昆特的制服。攤開晒制服的時候，當年昆特說的話閃過腦海。

對吟遊詩人講述的騎士故事十分嚮往的昆特，求婚時也模仿了騎士。他跪在我的面前，捧著打倒魔獸後得到的小小魔石說了：

「我是真心想要成為保護整座城市和家人的士兵。只有伊娃沒有嘲笑我的夢想，所以我希望妳能待在我的身邊。」

聽了忍不住怦然心動，深受感動的我，說不定其實也是個愛作夢的人呢。

後記

大家好，我是香月美夜。這兩集因為是兩個月連續發行，所以相隔一個月，我們又見面了呢。

真的非常感謝各位購買本作，《小書痴的下剋上：為了成為圖書管理員不擇手段！【第一部】士兵的女兒（Ⅱ）》。

其實在寫這篇後記的時候，第一集都還沒有上市呢。但一週之後也即將出版，我每天都既緊張又期待，也持續更新著網路上的連載。

言歸正傳。梅茵在第一集獲得了商人這條人脈，終於可以在第二集開始做紙了。因為有了大人當後盾，從一無所有的現狀產生了一百八十度大轉變。往做書之路又前進了一大步。

然後在做紙的過程中，遭到路茲指責：「妳不是梅茵！」到後來接受了她：「我的梅茵是妳就好了。」麗乃終於可以以梅茵的身分在這個世界活下去。也能夠問路茲，或在路茲的糾正下，了解自己不明白的事情，讓言行舉止符合這裡的常識。

因為如果沒有人指正，根本不會知道自己是哪個部分與這個世界脫節。尤其梅茵在麗乃那時候就已經有點……不，是大幅與社會脫節了。

第二集接續第一集，也寫了兩篇短篇番外篇。分別是從珂琳娜的角度描述她與歐托結婚的經過，和從伊娃媽媽的角度，描述她眼中的梅茵這群孩子們，以及為何與昆特爸爸相戀。兩篇番外篇都是在「成為小說家吧」上請讀者指名角色後所決定的，不知道大家看得還開心嗎？

尤其是伊娃觀點的番外篇，目前為止在「成為小說家吧」上也都沒有寫過。所以讀者們指定想看的內容很多，為了盡量回應大家的要求，我在故事裡頭添加了不少當初設定好的資訊。

因為第一、二集是兩個月連續發行，這段時間我忙得焦頭爛額，但所有相關工作人員一定更加勞累。真的非常感謝TO BOOKS的所有工作人員。

以及在緊湊又繁忙的行程中，我還針對角色草圖和封面插圖提出各種瑣碎的要求，諸如「如果能這樣畫就好了」，但椎名優老師仍是以極快的速度就回應我，這份恩情我沒齒難忘。真心無盡的感謝。

最後，也要向購買本書的各位讀者獻上最高等級的謝意。

第三集預計在初夏發行，期待屆時再相會。

國家圖書館出版品預行編目資料

小書痴的下剋上：為了成為圖書管理員不擇手段!.
第一部，士兵的女兒. II / 香月美夜著；許金玉譯.
-- 初版. -- 臺北市：皇冠，2017.09
面；　公分. --（皇冠叢書；第4643種）(mild；8)

譯自：本好きの下剋上：司書になるためには手段
を選んでいられません. 第一部，兵士の娘. II

ISBN 978-957-33-3328-9（平裝）

861.57　　　　　　　　106014174

皇冠叢書第4643種
mild 8

小書痴的下剋上

爲了成爲圖書管理員不擇手段！

第一部 士兵的女兒 II

本好きの下剋上
司書になるためには
手段を選んでいられません
第一部　兵士の娘II

作　者—香月美夜
譯　者—許金玉
發行人—平　雲
出版發行—皇冠文化出版有限公司
台北市敦化北路120巷50號
電話◎02-27168888
郵撥帳號◎15261516號
皇冠出版社（香港）有限公司
香港銅鑼灣道180號百樂商業中心
19字樓1903室
電話◎2529-1778　傳真◎2527-0904
總編輯—許婷婷
美術設計—嚴昱琳
著作完成日期—2015年
初版一刷日期—2017年9月
初版六刷日期—2023年5月
法律顧問—王惠光律師

讀者服務傳真專線◎02-27150507
電腦編號◎562008
ISBN◎978-957-33-3328-9
Printed in Taiwan
本書特價◎新台幣299元／港幣100元